KB122736

누굴 죽였을까

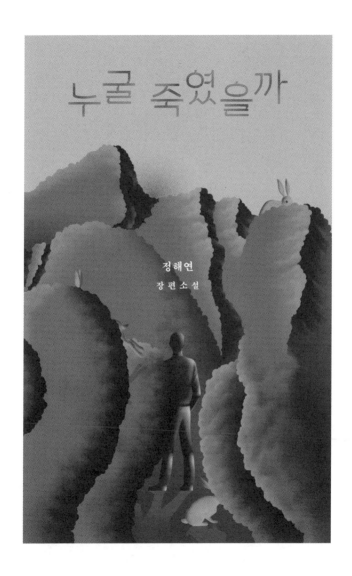

누굴 죽였을까

정해연

장편소설

눅진한 숲의 냄새 위로 작은 불빛 세 개가 떠올랐다. 훅 내뿜는 숨에 흰 연기가 공중으로 흩어졌다. 밤 10시가 넘었지만, 저 멀리 숲 안쪽으로 보이는 청소년수련원에는 아직 불빛이 환했다. 이따금 환호성이 들리는 걸 봐서는 캠프파이어나 장기자랑 같은 걸 하는지도 모른다. 그쪽을 보다가 다시 고개를 돌리자 원택이 바닥에 침을 퉤 뱉었다. 평소에도 그러지만 오늘은 더 기분이 나빠 보였다. 분명 학교에서 있었던 일 때문일 터다.

"씨발, 시골구석에 뭐 볼 거 있다고 와서는 저렇게 꽥꽥거리냐. 존나 재수 없게."

원택의 말투는 조금 전 침을 내뱉을 때와 별반 다르지

않다.

"왜 쓸데없이 다른 애새끼들한테 화풀이냐? 너 피해망상 있냐?"

옆에 서 있던 필진이 낄낄거리며 웃었다. 원택의 표정이 더욱 일그러졌지만 어두워 그런지 눈치가 없어 그런지 필진은 그다지 상관하지 않았다.

오늘 원택은 학교에서 정학 15일 판정을 받았다. 가방 검사에서 담배가 걸린 원택은 쓸데없는 허세로 영어 선생에게 대들다가 자기도 모르게 주먹을 휘둘렀다. 때린 것은 아니고 겁을 먹으라고 한 제스처였는데 그것에 놀란 선생님이 뒤로 넘어졌다. 하필이면 임신한 선생님이라는 게 문제였다. 선생님은 병원으로 이송되고, 다행히 유산되지는 않았지만 천하의 빌어먹을 놈이 된 원택은 지방 뉴스에까지 보도되었다. 얼굴을 푹 숙인 원택이 경찰 조사를 받는 장면이 저녁 뉴스에 나왔다.

"그만 좀 투덕거려라."

바위 위에 걸터앉아 있던 선혁이 말하자 원택이 바닥에서 자갈을 집어 던졌다.

"네 일 아니라 이거냐?"

선혁은 가볍게 그걸 피하고는 손을 들어 그만하자는 제스처를 취했다.

"저 새끼 요새 존나 선 그어. 뒤늦게 철들었냐?"

"웃기고 있네."

선혁은 웃어넘겼지만 숨기려던 것을 들킨 기분이었다. 사실 이 두 사람과의 관계가 요즘 들어 불편해지기 시작했다. 이제 고등학교 2학년. 조금 있으면 성인이 된다. 대학에 가든 가지 않든, 자신의 인생을 책임지는 시기가 되는 것이다. 언제까지고 뭉쳐 다니며 어른들의 눈을 피해 담배나 피우고 껄렁댈 수는 없는 일이라는 걸 느끼고 있다. 당장 공부를 시작해 인생을 새로 시작하겠다는 것은 아니지만 대학에 들어가 학비를 벌기 위해 늦은 시각까지 아르바이트하는 사람들을 보면 새삼 남의 일이 아닌 것을 느끼고 있었다. 대학은 가지 않더라도 취업을 하려면 이제 정신을 차려야 한다는 것쯤은 알게 됐다. 부모가 없는 자신이 스스로를 먹여 살리려면 지금처럼 살아서는 안 된다는 걸 알고 있다. 이제 곧 보호소에서도 나와야 한다.

그렇다고 이 두 사람과 인연을 딱 끊겠다는 것은 아니다. 얄팍한 우정도 남아 있고, 두 사람과 노는 것은 꽤 재밌는 편이기도 하다. 다른 샌님들 사이에 섞여 공부하는 척하는 것도 자신의 취향과는 맞지 않았다. 물론 샌님이 된다고 해서 그냥 둘 두 사람도 아니었다.

"그냥 나이에 맞게 놀라는 거다, 유치한 놈들아."

"아, 예, 예."

원택이 비아냥대듯 허리를 꾸벅꾸벅 숙였다. 필진이 그 옆에서 웃었다.

선혁은 담배의 마지막 한 입을 깊게 빨아들이고는 꽁초를 바닥에 던졌다. 발로 불을 비벼 끄면서 말했다.

"이제 가자. 춥기만 하다."

입에서 나오는 하얀 김이 담배 연기인지 입김인지 분간이 안 갈 정도였다. 늦가을이지만 숲이라 그런지 밤부터 새벽까지는 훨씬 추웠다. 지나가다 보면 열 사람에 한 사람은 알 정도인 시골 바닥이라 아무 데서나 담배를 피울 수 없던 세 사람은 자주 이 숲에 들어와 놀았다. 여름엔 술을 마시다가 모기에 잔뜩 뜯겨 병원 신세를 진 적도 있었다. 그래도 이 숲만 한 곳이 없었다. 도시에 있는 학교들의 야영 기간만 아니면 이 주변은 인적이 없었기 때문이다.

곧 겨울이 되면 세 사람만 알고 있는 장소로 들어갈 것이다. 숲을 지나 절벽 끝까지 가면 간신히 넘어갈 수 있는 작은 동굴이 나왔다. 겨울엔 그곳이 세 사람의 아지트가 된다.

"와, 너 지금 이 형님 버리고 가겠다는 거냐."

원택이 비난하는 눈길을 보내왔다. 내일부터 학교에도 가지 못하게 됐으니 밤새 위로라도 해달란 이야기인가.

"오선혁, 그러지 말고 더 놀다 들어가자."

필진이 말을 보탰다. 바위 위에서 일어나려다 말고 선혁은 다시 엉덩이를 붙였다.

"여기서 밤새 뭐 하냐? 나 돛대였다."

"존나 거지새끼. 저 새끼는 맨날 돛대래."

"나 거지인 거 첨 알았냐? 네가 예비 보호종료아동의 설움을 알아?"

"저 새끼는 걸핏하면 저 얘길 한다."

"돈 가진 거 좀 없냐? 술 당기는데."

원택이 쫙 벌린 손을 필진과 선혁을 향해 왔다 갔다 해 보였다. 필진과 선혁은 서로를 잠깐 보았지만, 어깨를 으쓱했다. 집에 늦게 들어가도 잔소리 걱정은 안 해도 될 세 사람은 주머니 사정 역시 비슷하다.

"야, 잠깐만."

원택이 몸을 낮추며 입술 중앙에 검지를 가져다 대었다. 선혁과 필진도 말을 멈추고 몸을 숙였다. 조금 떨어진 곳에서 자갈이 밟히는 소리가 들려왔다. 누군가 걸어오는 것이다. 수련원에 야영을 온 학교 선생님이 주변 시찰을 하는지도 몰랐다. 선혁은 혹시라도 담배가 걸릴까 봐 조금 전 바닥에 버린 꽁초 위로 흙을 밀어 덮었다. 고개를 드는데 원택의 표정이 이상했다. 건수를 하나 잡은 사람처럼 한쪽 입술을 끌어올려 씨익 웃고 있었다. 눈이 반짝였다. 그는 선혁과 눈이 마주치자 손가락을 소리가 나는 쪽으로 가리켰다.

가장 먼저 보인 것은 손전등 불빛이었다. 불빛은 불안하게 흔들리고 있었다. 선혁은 몸을 조금 앞으로 내밀어 보았다. 손전등을 쥐고 있는 손의 주인이 그제야 보였다.

고작해야 자신들의 또래로 보이는 남학생이었다. 회색 트레이닝복을 입고 있었고, 같은 색의 점퍼를 걸쳤다. 지퍼는 목 끝까지 잠그고 있었다. 손전등을 든 나머지 한 손은 점퍼 주머니 안에 넣고 걸음을 재촉하면서도 이따금 양쪽에 늘어서 있는 숲을 향해 불빛을 비추곤 했다. 분명 수련원에 야영을 온 학생일 터였다. 세 사람이 서 있는 이곳은 수련원 펜스 바깥의 숲이다. 정문이 아니라 이쪽으로 나온다는 것은 선생님 몰래 뭔가를 사러 나왔다는 얘기였다.

필진과 원택이 눈을 마주치면서 의미심장하게 웃는 것이 보였다.

"야, 하지……."

말리려고 했을 때는 이미 두 사람이 길가로 나서고 있었다.

"야!"

원택이 부르자 손전등을 든 남학생의 걸음이 멈추었다. 그는 소리가 난 쪽으로 손전등을 돌렸다. 환한 불빛이 눈을 찔렀다.

"아, 씨발. 누구 실명하게 할 일 있나. 불 좀 치우시고."

필진이 손을 휘저으며 말했다. 손전등의 불빛이 아래쪽으로 조금 내려갔지만, 여전히 세 사람을 비추고 있었다. 불빛이 미세하게 떨렸다.

"잠깐 얘기 좀 할까?"

필진과 원택이 길로 나가며 말을 걸었다. 남학생은 주춤주춤 뒤로 물러나기 시작했다. 딱 봐도 불량배한테 걸렸다는 얼굴이었다. 그는 세 사람을 떨리는 눈으로 번갈아 보았다. 아주 잠깐, 선혁은 어둠 속에서 남학생의 눈과 자신의 눈이 마주쳤다는 것을 알 수 있었다. 뭔가를 부탁하듯 애절한 눈빛이었다.

남학생이 돌연 뒤로 돌아 달리기 시작했다.

"잡아!"

원택이 소리쳤다. 필진이 뒤를 따라 달렸다.

"야, 저쪽으로!"

원택의 지시에 정신을 차리고 보니 선혁 역시 숲 안으로 들어가 뛰고 있었다. 이 숲길은 누구보다 세 사람이 잘 아는 곳이었다. 어떻게 하면 손전등에 의지해 달려가는 남학생을 앞지를 수 있는지 잘 알았다. 수풀이 우거져도, 아무리 어두워도 세 사람에게는 이 숲이 손바닥을 들여다보듯 훤히 보였다. 선혁은 오른쪽 숲길로 원택은 왼쪽 숲길로 달려 들어가며 어느 순간 방향을 꺾었다. 뛰쳐나가듯 길로 들어서자 예상대로 남학생의 앞을 가로막을 수 있었다. 남학생은 뛰는 것을 멈추고 눈치를 보다가 펄쩍 뛰며 뒤를 돌았다. 하지만 이미 필진이 그 뒤에 바짝 붙어 있었다.

"야영 왔어?"

거친 호흡을 내쉬며 필진이 앞으로 나섰다. 남학생은 뒷걸음질 쳤지만 그럴수록 선혁과 원택에게로 가까워질 뿐이었다. 남학생은 아랫입술을 깨물며 고개를 푹 숙였다.

"잘못했어요. 보내주세요."

원택이 피식 웃었다.

"뭐라는 거야? 뭘 잘못했어? 자, 그럼 네 입으로 뭘 잘못했는지 말해봐."

원택은 남학생의 어깨에 팔을 얹었다. 남학생은 덜덜 떨 뿐 아무런 말을 하지 못했다. 선혁은 수련원이 가까워진 것이 약간 마음에 걸렸다. 혹시 주변을 순찰하는 선생님이 있지는 않을까. 잠깐 치는 장난에 원택처럼 정학을 맞는 것은 싫었다.

"말해보라고!"

원택의 주먹이 남학생의 배에 그대로 꽂혔다. 남학생이 컥 소리를 내며 허리를 굽혔다. 꽤 고통이 심한지 무릎이 꿇렸다. 원택은 중학교 때까지 복싱을 배웠다.

필진이 남학생 옆에 쪼그리고 앉았다. 그러고는 친한 척 옆에 붙었다. 필진은 남학생의 어깨를 먼지라도 묻은 것처럼 손으로 툭툭 쳐 털었다.

"몇 학년?"

"2, 2학년……."

"그럼 친구네!"

남학생의 어깨에 팔을 두른 필진이 더욱 힘을 줘 그를 안았다.

"우리는 그냥 너랑 친구가 되고 싶어 그러지. 친구, 야영 왔어?"

그렇게 물은 필진은 대답은 필요 없다는 듯 곧장 뒷말을 붙였다.

"그럼 돈 좀 있겠네?"

필진의 손이 남학생의 오른쪽 점퍼 주머니로 들어갔다.

"없어요."

남학생은 필사적으로 몸을 뒤틀었다. 그 바람에 필진이 남학생의 점퍼 주머니에 손을 넣은 채로 옆으로 나동그라졌다.

"몸 개그 하냐?"

원택이 침을 퉤 뱉으면서 앞으로 나서 남학생의 멱살을 잡아 올렸다.

"야영 왔는데 이 시간에 나오면 뻔하지. 너 술 사러 가잖아. 그런데 돈이 없다고?"

"아니에요. 그런 거 아니에요."

남학생은 원택의 손에서 벗어나려 했지만 쉽지 않아 보였다.

"선혁이 뭐 하냐?"

원택이 뒤를 돌아보며 말했다. 선혁은 자기도 모르게 앞으로 나서서 남학생의 주머니를 뒤졌다. 지갑은 점퍼 안주머니에 있었다. 지퍼를 내리고 지갑을 꺼내려는데 남학생이 필사적으로 몸을 뒤틀었다. 점퍼 위쪽에서 지갑으로 보이는 것을 꽉 쥐고 있었다.

"안 돼요. 안 돼요. 제발 보내주세요."

"씨발, 닥쳐라. 오늘 기분 더러우니까."

원택이 남학생의 머리를 쳤다. 선혁은 남학생의 점퍼 안주머니에서 지갑을 빼앗듯 꺼냈다. 가죽으로 된 검은색 반지갑이었다. 열어보니 학생증과 교통카드가 제일 먼저 보였다. 나동그라졌던 필진이 어느새 바닥에 떨어진 손전등을 들고 와 안을 비췄다.

"은파고등학교 백도진. 존나 좋은 학교에서 왔네. 너 이름 딱 봤으니까 아가리 조심해라."

"주세요. 지갑 주세요."

"씨발. 같은 97년생끼리 주세요, 이러고 있다. 확 뒈지고 싶냐? 안 닥칠래?"

원택이 손을 치켜들었다. 남학생은 반사적으로 양손을 들어 머리를 막고 상체를 숙였다. 원택이 협박하는 동안 필진이 지갑의 지폐가 든 쪽을 열었다. 돈을 세어보고는 허, 기가 막힌 웃음을 터뜨렸다.

"3만 원? 고작 3만 원 가지고 존나 사람을 그렇게 처뛰게 했냐?"

필진이 어이없어하면서도 3만 원을 빼냈다. 그때 남학생이 원택을 확 밀치고 필진에게 달려들었다. 워낙 엉겁결에 일어난 일이라 원택이 뒤로 벌러덩 넘어졌다. 남학생은 필진에게 매달려 사력을 다해 지갑과 돈을 빼앗으려 하고 있었다.

"어, 어……."

필진까지 뒷걸음질을 치며 뒤로 넘어가려 했다. 아까까지만 해도 올무에 걸린 노루처럼 벌벌 떨었는데 어디서 나오는 힘인지 필진의 손에서 지갑을 탈환하기에 이르렀다.

"야."

할 수 없이 선혁이 앞으로 나섰다. 남학생은 이제 필진의 손에서 3만 원을 빼앗으려 혈안이 되어 있었다. 벌써 뒤로 넘어진 필진의 배 위에 올라타고 그의 손목을 쥐고 있었다. 선혁은 주먹을 휘두를 생각까지는 없었다. 다가가 두 사람을 떼어놓을 생각이었다. 남학생의 손을 꽉 붙잡아 더 힘을 쓰지 못하게 했다.

"비켜, 씨발!"

원택의 목소리가 분명했다. 동시에 퍽 하는 소리가 났다. 우직, 뭔가 부서지는 소리가 들려오는 것과 동시에 남학생이 그대로 앞으로 고꾸라졌다. 선혁의 손에 끈적한 무언가가 튀었다. 선혁은 뒤를 돌아보았다. 원택이 한쪽 손에 주먹만 한 돌을 쥐고 씩씩거리고 있었다. 한쪽 손은 배를 쥐고 있었는데 손가락 사이로 피가 흘러나왔다. 아마 남학생에게 밀리면서 넘어질 때 나뭇가지에라도 찔린 모양이었다. 하지만 선혁의 손에 묻은 것은 원택의 피가 아니었다.

"재수가 없으려니까."

"야……."

필진의 목소리가 들렸다. 정신을 차리듯 휙 돌아보자 남학생의 아래에 깔린 필진이 버둥거리며 도움을 요청하고 있었다. 선혁은 빨리 다가가 남학생의 어깨를 잡아 젖혔다.

아무런 힘도 없이 남학생의 몸이 그대로 뒤집혔다. 동시에 우두둑, 남학생의 머리에서 흘러내린 피가 필진의 얼굴로 쏟아져 내렸다.

"으악!"

필진이 비명을 질렀고 선혁도 너무 놀라 그대로 남학생을 놓아버렸다. 남학생은 아무렇게나 벗어 던진 옷가지처럼 바닥에 늘어졌다.

필진은 피가 묻은 얼굴을 닦아내려 손으로 비벼댔지만 그럴수록 피가 번져 더욱 괴기스러워졌다. 선혁이 얼른 남학생 옆으로 다가가 목에 손을 대보았다. 그리고 다시 가슴을 만져보았다. 몸을 흔들어도 보았다. 남학생의 몸은 선혁의 손이 하는 대로 따라 흔들렸다. 필진과 눈이 마주쳤다. 두 사람은 우뚝 서 있는 원택을 향해 천천히 고개를 돌렸다.

"죽었어."

시간이 흘러 아주 나중에 생각해 보면, 그 말을 한 것이 선혁이었는지 필진이었는지, 둘 모두였는지 알 수 없었다. 그리고 그날, 그렇게 뺏은 3만 원을 누가 어떻게 했는지도 기억이 잘 나지 않았다.

1

선혁의 차량이 부드럽게 커브를 틀자 라이트가 어둠을 둥글게 갈랐다. 밤이라 그런지 주차장에 빈자리는 많았다. 시동을 끄는데 정면 출입구 쪽으로 검은 양복을 입은 남자들이 삼삼오오 모여 담배를 피우는 것이 보였다. 선혁 역시 담배 생각이 간절하긴 했지만, 여자친구 자희와 끊기로 약속한 지 3개월째였다. 여전히 흡연의 욕구는 있지만 이제 와서 다시 담배에 손을 대면 자희에게 실망을 주는 것은 물론이고 3개월의 고생이 전부 거품이 되어버리고 만다. 담배 생각이 날 때 먹으라고 자희가 차에 둔 사탕을 입에 넣으려다 말았다. 장례식장에서 사탕을 입에 넣는 건 예의가 아닌 것 같았다.

선혁은 차에서 내리면서 양복의 단추를 잠갔다. 그는 무심결에 슬쩍 건물을 올려다보았다. 6층짜리 건물 상단에 '월선 장례식장'이라고 적힌 간판이 불을 밝히고 있었다.

부고 문자를 받은 것은 오늘 오전이었다. 출근길에 자희와 통화를 하던 도중 문자 메시지 알림음이 들렸다. 평소대로 광고 문자겠지, 생각하며 느긋하게 전화를 끊은 다음 확인한 문자는 의외의 것이었다.

[부고 알림]

상주: 민선자

망자: 고원택

빈소: 제선시 월선면 28, 월선 장례식장 3호

발인: 2023년 8월 20일 10시

원택이 죽다니, 상상도 못 한 연락이었다. 고등학교 졸업 후 선혁은 은파시로 올라와 전문대학을 다닌 뒤 취직했다. 덕분에 삼인방이던 원택이나 필진과 연락이 뜸해지긴 했지만, 가끔 하는 통화나 문자에서 건강이 나쁘다는 얘기는 듣지 못했었다. 원택은 사기 사건으로 교도소에 수감되었다가 몇 달 전에 출소했다. 그게 원택과 소원해지게 된 계기이기도 했다. 출소 후 원택은 취업이 잘 안 된다며 몇 번 전화를 걸어왔었다. 도움을 줄 수는 없었지만, 상당히 곤란해하는 걸 느낄 수 있었다. 그렇다고 원택은 그런 걸로 자살할 친구가 아니었다. 문자를 받은 후, 발신인인 원택의 어머니에게 전화를 걸어보았지만 받지 않았다. 어쩌면 교통사고일지도 모른다.

"왔냐."

멍하니 서 있는데 누군가 등을 쳤다. 돌아보니 필진이었다. 얼마 만에 봤나, 하고 생각해 보았더니 어느새 1년이 가까워 있었다. 그사이 필진은 살이 꽤 붙어 날렵하던 턱이 두툼해져 있었다.

"어."

손을 내밀자 필진이 악수했다. 선혁은 새삼 황망하다는 얼굴로 장례식장을 다시 올려다보며 말했다.

"도대체 이게 무슨 일인지 모르겠다. 원택이가 죽다니? 넌 뭐 들은 얘기 좀 없냐?"

졸업 후 필진은 월선면에 남았다. 원택은 출소 후 은파시에 올라왔다고 알고 있지만, 원택의 어머니는 월선에 남아 계셨다. 뭔가 들은 얘기가 있을 법도 했다. 하지만 필진은 고개를 저었다.

"나도 잘 모르겠다. 내가 특별히 걔네 어머니랑 연락하는 사이도 아니었고. 부고 문자 보고 나도 놀랐다."

"일단 들어가자."

선혁은 필진의 어깨를 두드리며 장례식장 안으로 들어갔다. 원택이 일자리를 부탁했었다는 말은 일부러 하지 않았다.

출입구에서 양쪽으로 길게 늘어진 복도 옆으로 흰색 꽃이 잔뜩 달린 거대한 화환들이 죽 늘어서 있었다. 중간중간에 있는 방들에서 직원인 듯한 사람들이 수시로 들락거렸다. 그들의 표정은 무덤덤했다. 선혁에게는 오늘 받은 부고 연락이 기가 막힌 것이었지만, 여기서는 이렇게 일상적으로 벌어지는 일이라는 것이 새삼 기이하게 느껴졌다.

3호는 복도 가장 안쪽에 있었다.

그곳의 분위기는 마치 다른 방들과 경계라도 친 것처럼 완전히 달랐다. 화환도 하나 없었으며 드나드는 조문객이나 직원도 없었다. 호실 입구에 고인의 이름이 표시된 모니터가 없었다면 잘못된 문자를 받고 찾아온 것이라 여겼을

지도 모를 일이었다.

전혀 납득이 가지 않는 일은 아니었다. 스물일곱이라는 젊은 나이도 그랬지만, 원택의 마지막 길을 애도할 사람들이 그렇게 많을 리가 없었다. 원택의 삶이 그랬다. 아는 사람 거의 모두에게 돈을 빌리고 갚지 않았다. 돈을 갚으라는 연락을 받아도 콧방귀도 뀌지 않았다. 그러다 교도소에 들어갔으니 돈을 빌려준 사람들은 그냥 포기를 해야 자신의 정신 건강이라도 챙길 상황이었다. 받은 은혜는 있을지라도 준 것은 피해뿐인 인생이었다. 만약 내가 죽는다면 어떨까, 느닷없이 그런 생각을 하며 선혁은 필진과 한번 마주 본 다음 안으로 들어갔다.

지나오면서 봐왔던 다른 호실과는 다르게 이곳은 접객실이나 조문실이 그렇게 크지 않았다. 그래도 신발이 몇 켤레 벗어져 있는 것을 보니 손님이 영 없는 것은 아닌 모양이었다. 입구에 세워져 있는 조의금함 앞에는 아무도 없었다. 양복 안주머니에서 미리 준비해 온 조의금 봉투를 꺼내 넣은 뒤 방명록을 적고 있자니 누군가의 시선이 느껴졌다. 고개를 돌리자 접객실에 서 있던 몇몇의 남자들이 이쪽을 보고 있었다. 선혁이 쳐다보자 다들 시선을 피했지만,

이상한 기분이 들었다.

"들어가자."

필진이 선혁의 팔을 건드리며 말했다.

"응."

접객실을 가로질러 조의실로 들어갔다. 상주 옷을 입고 앉아 있는 노인이 고개를 들었다. 두 사람을 보고는 무릎을 짚고 힘겹게 일어났다. 원택의 어머니일 것이 분명했다. 아무리 고등학교 때 친한 사이였더라도 부모님들과 인사하며 지냈을 정도는 아니었다. 셋 모두 가정사가 복잡했다. 원택은 어머니가 술집을 운영했다. 원택이 집에 들어가지 않는 날은 어머니가 손님을 집까지 데리고 온 날이 분명했다. 원택은 자신의 엄마를 입에 잘 올리지 않았지만, 우연히라도 말하는 날에는 꼭 '걸레'라고 불렀다. 노인의 얼굴에는 눈물 자국도 없었다.

정면에는 원택의 사진이 걸려 있었다. 물가에 놀러 갔다가 찍은 사진인지 바위 위에 앉아 바지를 무릎까지 끌어올리고는 카메라를 향해 환하게 웃고 있었다. 푸른색 벙거지가 안 어울렸다. 만약 원택이 살아 있었다면 아저씨 같다고 비웃음을 날려줬을 것이 분명한 사진이었다. 저건 누구와 함께 놀러 갔던 사진일까. 원택은 사라지는 인연만큼이나 사람들을 금세 사귀었다. 저 사진 속 여행을 함께했던 사람들은 오늘 왔을까? 어쩌면 그의 죽음을 당연하다고 생각하고 있을지도 모른다.

웃고 있는 원택의 사진 위에 둘린 검은 띠를 보니 이제야 현실감이 느껴졌다. 문자를 잘못 보낸 건 아닐까 하던 생각이 완전히 사라져 버렸다.

필진이 앞으로 나서서 향에 불을 피워 올렸다. 선혁은 필진이 돌아오길 기다렸다가 함께 절을 했다. 두 번 반의 절을 마친 후 원택의 어머니 쪽으로 몸을 돌렸다. 원택의 어머니는 피곤해 보이긴 했지만 슬픔에 겨워하는 것 같지는 않았다. 거의 무표정에 가까웠다. 그저 해야만 하는 숙제를 해내는 사람 같았다.

"저희는 원택이 친구들입니다. 얼마나 허망하십니까."

옆에서 필진이 말하는 바람에 선혁은 자신도 모르게 웃음을 터뜨릴 뻔했다. 필진의 어조는 굉장히 연극적이었다. 분명 드라마에서 보고 따라 하는 것이리라. 필진의 인사에 어머니는 표정 없이 고개를 끄덕였다. 선혁은 조심스럽게 궁금하던 것을 물었다.

"그런데 원택이가 갑자기 왜……?"

"……밥 먹고 가세요."

뭔가를 생각하다 뒤늦게 어머니가 꺼낸 말은 물음에 대한 거절과 다르지 않았다. 어리둥절했지만 상주를 붙들고 질문을 퍼부을 생각은 없었다. 필진과 눈빛을 교환하고 곧장 조의실에서 접객실로 나갔다. 그때 옆으로 한 남자가 스쳐 지나갔다.

선혁은 슬쩍 뒤를 돌아보았다. 검은 양복을 입은 남자는 어느새 바닥에 앉은 원택의 어머니에게 다가가 뭔가를 묻고 있었다. 시선을 느낀 것인지 남자가 문득 고개를 틀어 이쪽을 보았다. 가늘고 기다란 눈 끝이 날카로웠다.

접객실은 워낙에 좁아 상이 다섯 개밖에 없었다. 어차피 앉아 있는 사람이 없어서 가장 바깥쪽에 있는 상에 선혁과 필진이 앉았다. 주방에 서 있던 여성이 미리 준비해 둔 쟁반을 가지고 와 두 사람이 앉은 상에 올려놓았다. 도라지무침과 전, 떡 같은 음식들과 육개장이었다. 식사는 이미 하고 왔지만, 너무 접객실이 썰렁해서 잠깐이라도 자리를 지켜주기로 했다.

"대체 왜 죽은 거야?"

필진이 목소리를 낮추고 물었다. 선혁은 고개를 저었다.

"건강에 문제가 있었던 것도 아닌 것 같고……."

"사고일까?"

필진이 그렇게 추측하는 것도 무리는 아니었다. 고등학교를 졸업한 후 원택의 삶은 그다지 평탄치 않았다. 월선면 시내에 있는 성인 관광 나이트클럽 웨이터로 취직을 했다가 무슨 조직에 들어갔다는 걸로 알고 있었다. 선혁에게 이따금 전화를 걸어 최고로 준비해 줄 테니 한번 놀러 오라는 둥 제안했지만 한 번도 응한 적은 없었다.

사실 고등학교 졸업 후 선혁은 원택과는 다른 삶을 살았고, 또한 그러고 싶었다. 전문대학에 간신히 입학했지만 열심히 공부해 중소기업에 취직도 했다. 군대에 김치를 납품하는 업체의 사무직원으로 들어간 것이었다. 원택에게 전화를 먼저 한 적도 없고, 만나자는 것도 몇 번 거절하고 나니 연락은 자연스레 줄어들었다. 얼마 전 원택은 사기죄로 1년을 교도소에 들어갔다 나왔다. 출소 후 은파시로 올라왔다는 전화를 원택으로부터 받았을 때는 당혹스러웠다.

사실 자희에게도 원택 같은 친구가 있다는 말은 한 적이 없었다. 별로 알려주고 싶은 과거가 아니었다.

"깡패들 싸움 같은 거 하다 보면 왜……."

필진이 가능성을 제시했다. 선혁은 얼른 대답이 나오지 않았다. 왠지 마음에 걸리는 것이 있었기 때문이다.

"설마 자살은 아니겠지?"

떡을 하나 입에 집어넣으며 필진이 말했다. 선혁은 고개를 저었다.

"장가도 안 간 자식이 자살했으면 이렇게 상을 치를 것 같지는 않은데."

보통 장례 절차 없이 화장을 진행한다고 알고 있었다. 그럼 뭐야, 하며 고개를 갸웃거리는 필진을 향해 선혁은 상체를 숙였다.

"혹시 살해당한 거 아닐까?"

"살해?"

예상치도 못한 소리였기에 필진의 목소리가 꽤 크게 나왔다. 그는 조문실에 있는 원택의 어머니에게 들렸을까 입을 막은 채로 뒤를 돌아보았다. 다행히 이쪽을 보는 사람은 없었다. 필진이 선혁만큼이나 상체를 앞으로 기울였다.

"왜? 너 뭐 아는 거 있어?"

"아니…… 저 사람들 말이야."

선혁은 앉은자리에서 필진의 어깨 너머를 향해 턱짓했다. 필진이 티가 나지 않게 애를 쓰며 슬쩍 눈을 옆으로 돌렸다. 어차피 들어오면서 서성거리는 남자들을 필진 역시 보았을 것이었다.

"형사 같지 않아?"

일반적인 조문객은 확실히 아니었다. 접객실에 앉아 음식을 먹고 있지도 않으면서 가끔 목소리를 낮춰 서로에게 뭔가를 말하고 있었다. 하나같이 체격도 좋았다.

"그런가? 원택이는 조직에서 나온 거로 아는데."

"맞아. 나도 그건 들었어. 그래도 혹시 모르지."

필진은 뭔가 짚인다는 듯 고개를 끄덕거렸다. 그가 무슨 생각을 하는지 선혁도 알고 있었다. 조직에서는 나왔지만 이후 원택은 엉망으로 살았다. 제대로 된 일은 하지도 않고 여기저기 손을 벌렸다. 그러다 사기까지 쳐 교도소를 다녀오자 대부분의 연락이 끊어졌다. 사실 가능만 하다면 연락을 끊고 싶은 것은 선혁도 마찬가지였다. 만나자는 약속에 머뭇거리거나 전화를 받지 않으면 원택은 여지없이 문자를 보내왔다.

우리는 피로 이어진 사이잖아.

당연히 9년 전 일을 이야기하는 것이다. 그건 협박이나 다름없었다. 아니, 협박이었다.

그런 상황은 필진도 마찬가지라고 생각한다.

고등학교 내내 붙어 다닌 사이에서도 피하고 싶은 존재였는데 다른 사람들이라고 그가 좋았을 리가 없다. 동창들에게 크고 작게 사기도 쳤다. 원망받을 일을 적어 내라면 A4지 한 장으로도 모자랄지 모른다.

"실례하겠습니다."

머리 꼭대기에서 들려오는 목소리에 고개를 들었다. 아까 두 사람이 조문실에서 나올 때 스쳐 지났던 남자였다. 머리는 스포츠형으로 짧았고, 아까 봤던 것처럼 가느다란 눈이 날카로웠다. 얄팍한 입술과 고집스러워 보이는 각진 턱이 꽤 강렬한 인상이었다. 입고 있는 양복 안쪽으로 왠지 잔근육이 대단할 것 같았다. 그는 두 사람이 마주 앉은 상의 머리 쪽에 자리를 잡고 앉았다.

"잠시 얘기 좀 나눌 수 있을까요?"

선혁은 반사적으로 조문실 쪽을 보았다. 조금 전까지

이 남자는 원택의 어머니와 뭔가 얘기를 나누었다. 그리고 직후 이쪽으로 왔다. 원택의 어머니가 무슨 말을 했을까 하는 생각이 들었다.

"누구, 신데요?"

경계심을 숨기지 않으며 필진이 물었다.

남자는 음, 하며 잠시 생각을 하더니 안주머니에서 경찰 신분증을 꺼냈다. 역시 형사가 맞다는 생각이 들었다. 동시에 선혁은 필진과 눈빛 교환을 했다.

"형사입니다. 두 분께 여쭤볼 게 있어서요."

신분증에 '강차열'이라는 이름이 적혀 있었다.

"혹시 원택이 죽은 것과 관련이 있는 건가요?"

선혁이 물었다.

"왜 그렇게 생각하시죠?"

양쪽 입술을 부드럽게 끌어올리는 미소에도 강차열 형사는 그다지 호의적으로 보이지는 않았다.

"사인을 듣지 못해서요. 어머님도 말씀을 안 해주시고."

"그렇군요. 사실은 맞습니다. 고원택 씨 사망 사건과 관련하여 질문을 좀 드리려고 합니다. 지금 잠깐 시간을 내주실 수 있을까요?"

안 된다고 하면 어떻게 되는 걸까. 선혁은 잠깐 생각했지만 거부할 마음은 없었다. 상대는 경찰이다. 어차피 여기서 거부해도 조사를 위해서라면 경찰서로 소환하면 그만이다.

"전 괜찮습니다."

말을 한 후 필진을 보자 그도 역시 고개를 끄덕였다.

"저도요."

그래도 꺼림칙한 얼굴은 숨기지 못했다.

"감사합니다."

강차열은 주머니에서 수첩을 꺼내 펼쳐 들었다. 돌아보니 어느새 다른 사람들은 보이지 않았다. 그들도 형사이리라.

"그전에 좀 여쭤봐도 될까요?"

볼펜을 꺼내 들던 강차열이 질문한 선혁을 보았다. 빤히 보는 시선이 그러라는 대답 같아서 선혁은 말을 이었다.

"사인이 뭔가요?"

강차열은 잠시 생각한 후 결정을 내렸다는 듯 혼자 고개를 끄덕였다. 그는 선혁의 눈을 보며 또렷한 음성으로 말했다.

"고원택 씨는 살해당했습니다."

예상하긴 했지만 놀라지 않을 수 없었다. 선혁의 입이 벌어졌다. 당장 무슨 말을 해야 할지 알 수 없었다. 필진을 보니 한 손으로 입을 틀어막고 있었다. 한동안 내려앉았던 적막을 깬 것은 강차열이었다.

"관련된 사안으로 조사하고 있는데 고인의 어머니께서 고원택 씨 주변 인물들을 잘 알지 못하셔서요. 부득이하게 장례식장에 와서 조문객들과 이야기를 나누고 있습니다."

"저도 최근에는 원택이와 연락을 못 했습니다."

"저도 마찬가지예요. 두 달 전인가, 10만 원만 빌려달라고 전화했을 때가 마지막이었는데요."

선혁이 말하자 필진도 거들었다. 강차열이 고개를 끄덕였다.

"근래 연락이 없으셨던 것은 저희도 알고 있습니다. 고인의 핸드폰이 있으니까요. 딱히 고정적으로 연락하던 분도 없었던 것으로 파악됩니다."

"아, 핸드폰⋯⋯."

당연한 얘기다. 살해 사건이 일어났다면 피해자의 핸드폰을 먼저 조사했을 것이다. 그렇다면 거기에서는 별다른 증거가 발견되지 않았던 걸까.

"핸드폰에 저장되어 있는 목록 모두에게 부고 문자를
보냈죠. 생각보다 오시는 분이 많이 없어서 저희도 놀란 참
입니다."

"그렇군요."

당연한 얘기라고 선혁은 생각했지만 굳이 입 밖으로 내
지는 않았다.

"두 분은 고인과 어떤 사이이십니까?"

"고등학교 동창입니다. 친구기도 하고요."

대답은 선혁이 했다. 필진은 굳이 '친구'라는 말을 넣을
필요가 있었느냐는 듯한 눈치를 보내왔다.

"혹시 삼인방…… 뭐 그 정도로 친하셨던 사이입니까?"

삼인방. 확실히 세 사람이 그렇게 불리기는 했다. 하지
만 그런 단어를 꼭 집어 얘기하는 것이 선혁은 이상했다.
혹시 조문을 왔던 다른 친구들이 있었던 걸까. '원택이에
대해서라면 삼인방이었던 다른 두 사람에게 물어보세요.'
그런 식으로 말했던 걸까. 그런 생각을 하다 선혁은 뭔가
이상한 것을 느꼈다. 친했냐는 건 충분히 물어볼 수 있는
질문이다. 그러나 굳이 삼인방이라는 단어를 언급했다는
게 마음에 걸렸다. 이 형사는 선혁과 필진이 원택과 정확히

어느 정도로 친한 사이인지를 알고 싶어 하는 것보다 그들이 삼인방이 맞는지 확인하려는 느낌이 강했다. 의문을 가진 채로 선혁이 대답했다.

"뭐 그렇게 불리기는 했지만…… 그게 중요한가요?"

"이상하게 들리시겠지만, 혹시 두 분은 요즘 별다른 일 없으신가요? 협박을 받는다거나, 모르는 전화가 걸려온다든가 하는?"

"그게 무슨 말씀이죠? 왜 그런 걸 물으시는 건가요?"

선혁이 따져 묻자 필진도 뒤늦게 이상하다는 것을 눈치챈 듯했다. 강차열은 곤란한 듯한 얼굴로 생각에 잠겼다가 두 사람을 번갈아 보았다.

"사실 보여드리면 안 되는 거지만…… 두 분과도 연관이 있는 것 같아서 보여드리는 겁니다."

강차열이 수첩 사이에서 접어놓았던 종이를 꺼냈다. 길게 찢은 종이에 뭔가를 적어 둘둘 말았던 듯한 흔적이 보였다. 강차열이 종이를 펼쳤고, 거기에 적힌 글씨를 읽는 순간 필진은 그대로 얼어붙고 말았다. 선혁 역시 강차열에게 이상한 낌새를 끼쳐서는 안 된다고 생각했지만, 턱이 덜덜 떨리는 것을 멈출 수가 없었다.

강차열이 빠르게 두 사람의 반응을 날카로운 눈으로 포착하는 것이 느껴졌다.

"이, 이게 뭐죠?"

간신히 정신을 차린 선혁이 물었다.

"고원택 씨가 발견됐을 때 입에 물려 있었던 겁니다."

그 순간만큼은 평정을 지킬 수가 없었다. 선혁은 시선을 빼앗긴 듯 두 눈이 종이에 붙박여 있었다. 누군가 휘갈겨 쓴 글씨는 마법처럼 선혁의 심장을 갈라놓았다.

9년 전 너희 삼인방이 한 짓을 이제야 갚을 때가 왔어.

2

은파시 송인동 주택 밀집가. 그중에서도 눈에 띄는 주
황빛 철제 대문을 열고 나오는 여자가 있었다. 새벽 4시라
는 아주 이른 시간이었지만 그녀에게는 출근하기에 평범한
시간이었다. 30대의 그녀는 새벽반 영어 강사를 하고 있었
다. 첫 수업은 6시에 시작된다. 피곤하지 않은 것은 아니지
만 이 시간에 출근하는 생활을 벌써 3년째 하니 이제는 나
름 익숙해졌다. 원래 꿈은 선생님이었지만 임용시험에 몇
번이나 낙방하자 결국 학원으로 방향을 틀었다. 학원 강사
가 되고 싶었던 것은 아니지만, 이 새벽에도 열심히 자기 계
발을 위해 자리를 채우는 직장인 학생들을 보면 자신도 열
심히 해야 한다는 생각이 들곤 했다.

그녀는 대문 정면으로 나 있는 이면 도로를 걸었다. 이 동네는 차를 세울 공간이 없어 5분 정도 떨어진 무료 임시 주차장에 주차하는 편이었다. 옆 마을이 재개발 구역으로 지정되면서 공사가 시작되었는데, 회사의 부도로 중도에 멈추는 바람에 생긴 공터였다. 적은 이주비를 받고 나간 사람들은 지금 어디서 살고 있을까? 자신의 동네도 요즘 재개발 소식이 들려왔다. 꽤 건실한 건설업체에서 수주를 노리고 있다는 소문이긴 하지만, 이곳도 재개발이 되다가 멈춘다면 어떻게 되는 건가 하는 생각이 들었다. 어찌 됐든 재개발이 되면 이번에야말로 독립해야 한다는 생각이었다. 얼마 안 되는 이주비를 받고 부모님과 자신까지 살 집을 찾을 수도 없을 것인 데다, 그렇게 되면 여러 가지로 눈치도 보이기 때문이다. 당분간 빠듯하게 살더라도 돈을 더 모으는 수밖에는 없다. 그런 생각을 하는 동안 주차장에 도착했다.

여자는 핸드백에서 열쇠를 꺼내 차 열림 버튼을 눌렀다. 삑 하는 소리와 동시에 자신의 차가 번쩍 불을 밝혔다. 운전석 문 쪽으로 다가가려던 순간 여자는 걸음을 멈추고 말았다. 척추를 타고 온몸이 긴장으로 뻣뻣해졌다. 분명 옆 눈으로 그녀는 무언가를 본 것 같았다. 보지 말아야 한다

는 생각이 들면서도 머리는 이상하게 천천히 옆으로 돌아
갔다.

동시에 바닥에 털썩 주저앉고 말았다. 그리고 길고 긴
비명을 질렀다.

배에 칼이 꽂힌 남자는 그랜저 보닛 위에 널브러져 있
었다. 마치 호랑이 가죽을 벗겨 카펫을 깐 것처럼 양팔과
양다리가 각각의 방향으로 벌려진 채 하늘을 바라 보고 있
었다. 덩치가 상당히 좋았고, 입고 있는 반팔 티셔츠 아래
로 호랑이 문양의 문신이 보였다.

여자의 신고로 경찰이 출동했고, 사망이 확인되자마자
경찰통제선이 쳐졌다. 지원을 요청받은 인근 지구대원들이
구경꾼들을 통제했고, 얼마 지나지 않아 과학수사대원들
이 도착했다. 사건을 배정받은 강차열이 도착한 것은 그즈
음이었다.

"사망자 신원 확인됐나?"

미리 도착해 있던 후배 형사인 최인욱이 하던 일을 멈
추고 강차열의 옆으로 바짝 다가왔다. 그는 장갑을 벗으면
서 말했다.

"소지하고 있던 지갑 안의 신분증으로 확인했습니다. 이름은 고원택. 올해 스물일곱 살입니다. 특별히 하는 일은 없는 것 같고, 얼마 전 사기죄로 출소한 것이 특이할 만한 사항입니다."

"발견자는?"

"서미영이라고, 영어학원 새벽반 강사라고 합니다. 나이는 서른한 살. 혹시나 했는데 아는 사람이 전혀 아니라고 합니다. 일단 출근을 해야 한다고 해서 보냈는데 인적 사항은 다 기록해 놨습니다."

"사망자 신원 조회하고 가족한테 연락해. 민 팀장님 오셨나?"

"네, 저기."

인욱이 손가락을 뻗어 가리킨 곳에는 감식 조끼를 입은 과학수사대원들이 열심히 증거를 채집하고 있었다. 사건에 관련된 것으로 보이는 듯한 발자국 위에는 이미 아크릴로 된 통행판이 세워져 있었다. 통행판 위에는 순서별로 번호가 매겨져 있었다. 과학수사대 민 팀장은 사건 현장인 그랜저 옆에 서서 주변을 주의 깊게 둘러보는 중이었다. 시신은 이미 옮겨진 뒤였고, 그랜저 보닛 위에는 시신 모양을 따라 테이프가 붙어 있었다. 보닛에 혈흔이 여실히 보였다.

"민 팀장님."

"왔어?"

민 팀장이 손을 내밀어 악수를 청했다. 그 손을 마주 잡으면서도 차열은 주변을 둘러보았다.

"뭐 좀 나온 거 있나요?"

묻는 차열을 향해 민 팀장은 대답 대신 폴라로이드 사진 한 장을 내밀었다. 시신을 옮기기 전 촬영해 둔 것이었다. 일반 카메라로도 찍지만 바로 형사에게 보여줘야 할 때는 폴라로이드 카메라를 이용하기도 한다.

차열은 사진을 보았다. 들은 대로 시신은 양팔과 다리를 벌리고 보닛 위에 하늘을 본 채로 뉘어져 있었다. 당장 눈길을 끈 것은 배에 꽂힌 칼이었지만 목에도 혈흔이 보였다. 칼은 주변에서 흔히 구할 수 있는 과도였다.

"결정적 사인은 목에 있어. 대동맥 절단. 거의 즉사였을 거야. 배에 꽂힌 건 생전인지 후인지는 알 수 없지만 생명에 지장을 줄 정도는 아니었어."

보닛 위에 피가 흘러 있었다. 아까 민 팀장이 그랬던 것처럼 차열은 주변을 훑어보았다. 뭔가 작위적이었다. 일단 보닛 부분은 조금도 손상 흔적이 없었다. 만약 차 위에서 싸움이 났다면 찌그러지건 흠집이 나 있건 해야 했다. 그것 보다 더 중요한 것은 혈흔이었다. 민 팀장의 말대로 대동맥 절단이었다면 엄청난 피가 순간적으로 분출됐을 것이다. 그러나 양옆에 세워져 있는 차에도 피가 튄 흔적이 없었고, 땅 쪽으로도 통행판이 붙어 있지 않은 걸로 봐서는 혈흔이 발견되지 않았다는 얘기였다. 물론 보닛 위에 피가 흘러 있기는 했지만 이것은 어느 정도 시간이 지난 뒤 시신에서 흘러나온 피라고 봐야 옳았다. 그렇다는 것은.

"살해 후 옮겨졌군요."

"길게 설명을 안 해도 돼서 뿌듯하군."

"근데."

차열은 생각에 잠겼다. 주변을 둘러보고는 팔짱을 꼈다.

"전시 살인일까요?"

차열이 말했다. 살인해 시신을 이동한다면 당연히 사람의 눈에 띄지 않는 곳이 좋다. 인적이 없는 산으로 가 매장을 하든 농수로에 처박든 간에 최대한 늦게 발견되어야 부패가 진행되면서 증거가 사라지기 때문이다. 혹은 사망 시각 확인을 어렵게 하려는 의도도 있다. 그런데 이 사건은 달랐다. 주택 밀집가. 그것도 공터에 가득 주차가 되어 있는 위치다. 새벽이든 언제든, 차를 가지러 오는 사람이 있다면 금방 발견될 장소다. 게다가 떡하니 차 위에 올려놓았다. 시신의 상태도 마찬가지다. 배에 칼이 꽂힌 상태 그대로였다. 최대한 눈에 빨리 띄어야 한다고 안달이 난 범인이 아니라면 이럴 수는 없었다.

"나도 그렇게 생각해. 선물."

민 팀장이 내민 것은 니트릴 장갑이었다. 장갑을 끼고 만져야 할 증거품이 있다는 뜻이었다. 차열은 얼른 장갑을 꼈다. 민 팀장이 주머니에서 증거 수거용 지퍼백을 꺼냈다. 안에는 길게 잘린 종이가 들어 있었다. 작게 접었던 듯한 흔적이 남은 종이에는 뭔가가 적혀 있었다. 차열이 장갑을 낀 손으로 지퍼백을 넘겨받았다.

"피해자 입안에 둘둘 말려서 들어 있었어."

차열은 민 팀장의 말을 들으며 종이를 보았다. 그의 눈에 날카로운 빛이 번뜩였다.

9년 전 너희 삼인방이 한 짓을 이제야 갚을 때가 왔어.

전시 살인이라면 흔한 일은 아니지만 아예 없는 일이라고 볼 수도 없다. 정신이상자인 경우도 있고, 살인을 즐기는 사이코패스나, 사이코패스가 벌이는 예고 살인인 경우도 가끔 있었다는 것을 차열은 알고 있었다. 하지만 이번 경우는 그것과는 조금 달랐다. 메모로 봐서 이번 사건의 목적은 복수였다. 그렇다면 좀 더 조용히, 은밀하게 일을 진행하는 것이 범인의 심리상 맞았다. 그런데 왜 이렇게 눈에 띄는 짓을 벌일까? 전시 살인의 목적이 대체 무엇일까?

사무실로 돌아온 차열은 현장 사진에서 눈을 떼지 못하고 있었다. 인욱이 차열의 책상 옆에 서서 말했다.

"사망한 고원택 씨 가족은 어머니가 유일해요. 결혼은, 일단 법적으로는 안 했습니다. 어머니에게 연락은 했는데, 제선시 월선면에 사신대요."

그곳이라면 은파시에서 차로 세 시간가량의 거리다.

"피해자는?"

"고원택 씨 주소도 일단 제선시로 되어 있기는 한데요, 실제로 거기에 산 건 아닌 것 같아요. 어머니와 함께 살지는 않았다고 합니다. 소유한 다른 집도 없는 것 같고요. 제 생각에는 은파시에서 떠돌이 생활을 하지 않았나 싶어요."

"왜?"

"카드 기록 보니까 거의 은파시에서 사용한 내역이에요. 아까 사기 전과가 있다고 말씀드렸잖아요? 출소한 이후 고향에는 내려가지 않은 것 같습니다."

"사기 전과라……."

당시 피해자를 알아봐야 할 것 같았다. 하지만 마음에 걸리는 것은 이 메모였다. 9년 전이라면 사기 사건과는 무관하지 않을까? 어쩌면 사기 피해자가 시선을 돌리기 위해 이런 메모를 남겼을 가능성도 있다. 하지만 그렇다면 굳이 전시 살인을 할 이유가 없다. 머릿속이 엉키는 기분이었다. 도무지 알 수 없는 사건이다.

"핸드폰은?"

"시신에서 발견됐어요. 혹시 몰라서 핸드폰 포렌식 맡겼는데요, 일단 대충 통화랑 문자 기록 훑어봤는데 특별히 자주 연락한 사람은 없더라고요. 문자로는 만나기로 약속한 내역도 발견 못 했고요."

당연한 얘기다. 중요한 기록이 핸드폰에 남아 있다면 범인이 그대로 뒀을 리가 없었다. 포렌식 기술은 이제는 온국민이 상식으로 아는 정도니 지웠다고 해도 안심하고 버리고 가진 않았을 터였다.

"근데 또 어머니 반응도 묘해요."

"뭐가?"

"살해당했다고 하니까 충격을 받은 것 같기는 한데, 울거나 슬퍼하거나 분노하거나 하는 감정이 없어요. 그냥 예상했다는 듯이 담담하게 알았다고 하면서 저한테 장례를 치러야 하느냐고 물어보더라고요."

직업도 없이 떠도는 사람, 그리고 사기 사건으로 인한 교도소 수감. 고원택이 집에서 어떤 취급을 받고 있었을지 보지 않아도 알 것 같았다.

"부검 끝나야 시신 인도된다는 거 알려드렸지?"

"네. 주변 인물들 좀 더 확인해 볼까요?"

차열은 책상에 놓인 서류 한 장을 내려다보았다. 시신에서 발견됐던 쪽지의 복사본이었다. 거친 글씨로 보아 남자의 것이 아닌가 싶었다. 일부러 꾸며냈을 수도 있지만 그렇다고 하기엔 너무 자연스러운 글씨체였다. 글씨에 관한 분석도 맡겨야 할 듯싶었다.

"9년 전이면 몇 살 때지?"

대답 대신 차열이 되물었다. 인욱은 눈을 허공에 두고

손가락을 접어가며 헤아리고는 대답했다.

"피해자가 스물일곱이니까 열여덟 살 때겠네요. 고등학교 2학년이요."

"그럼 피해자가 어느 고등학교를 나왔는지 확인해 봐. 그리고 고등학교 2학년 때 담임선생님 연락처도. 아마 전근을 갔다 해도 교육청에 문의하면 알 수 있을 거야."

"알겠습니다. 근데 친구 쪽을 알아보는 게 더 쉽지 않을까요? 쪽지에 삼인방이라고 되어 있잖아요. 삼인방이라고 불릴 정도면 사정은 학생들 쪽이 더 잘 알 텐데."

"그 삼인방이 누구인지 확인하는 것도 중요하지만, 혹시 학생들 쪽에 용의자가 있을지도 모르니까."

"아."

약간 입을 벌리고 납득한다는 듯이 인욱이 고개를 끄덕였다. 결국 고원택의 사기 피해자와 9년 전 사건을 동시에 조사해 보기로 결정했다.

고원택이 사기 사건으로 기소된 것은 2018년의 일이었다. 상대는 등산 모임에서 만난 지인 윤호권으로 고원택에게 오피스텔 투자 사기를 당했다. 사기 금액은 1억 원. 오피스텔에 동반 투자를 하여 수익금을 나누자는 권유를 받았다. 윤호권은 고원택과 함께 부동산을 통해 투자할 오피스텔을 보고 계약도 했지만 최종적으로 고원택은 윤호권의 1억 원을 받은 후 연락을 두절했다. 물론 오피스텔도 구매하지 않았다. 이 일로 윤호권이 고소를 했지만 고원택에게는 어쩐 일인지 10원 한 푼도 재산이 없었다. 재판에 재판을 거쳐 결국 고원택은 사기로 구속되었지만, 결과가 나오기까지 3년이나 끌려다녀야 했다. 지칠 대로 지친 뒤에야 이뤄낸 결과였다. 하지만 재산이 없는 고원택에게 돈을 돌려받을 길은 없었다.

"윤호권은 사기 사건 이후에 이혼을 했어요."

"1억은 큰돈이지. 부부간의 신뢰가 깨질 수 있어."

"그런가 봐요.. 1억이라……. 내가 밥을 먹지 않고 살아도 몇 년은 모아야 하는 돈이에요."

윤호권을 만나러 가는 차 안에서 차열과 인욱은 그에 대한 의견을 나누었다. 만약 돈을 잃고 이혼까지 하게 된것이 끝이 아니라 인생이 더욱 나락으로 떨어졌다면 그 원인의 근간인 고원택을 찾아 살인을 저질렀을 수도 있다. 사기를 당한 피해자의 삶이 더욱더 나락으로 떨어지는 경우를 강차열이나 최인욱 둘 모두 많이 보았다.

삼인방이니 9년 전이니 하는 얘기는 어쩌면 처음부터 없는 얘기일 수도 있었다. 경찰의 시선을 다른 데로 돌리기 위한 방책일 수 있는 것이다.

약속된 카페에 윤호권은 미리 나와 있었다. 그를 찾는 것은 어렵지 않았다. 혼자 있는 사람이 그밖에 없기도 했지만, 핸드폰을 들여다보거나 다른 일을 하지 않고 허리를 곧추세우고 출입문을 주시하고 있는 사람은 한 명뿐이었다. 칼라가 있는 셔츠를 입고 있었고 첫 번째 단추는 풀어놓았다. 조금 마른 체형이기는 했지만 머리 스타일이나 착용하고 있는 옷들이 단정했다. 다행히 생각만큼 인생이 나락으로 떨어진 느낌은 들지 않았다. 들어온 지 한참 되었는지 땀은 전혀 없었다. 다만 얼굴이 몹시 상기되어 있었다. 처음 윤호권에게 전화를 걸었을 때 최인욱은 고원택의 일로 보자는 말만 하였으므로, 어쩌면 돈을 받을 기회가 생기는 거라고 생각했는지도 몰랐다.

"윤호권 씨?"

어차피 그가 윤호권인 줄은 알고 있었지만 확인 차원에서 테이블로 다가가 물었다. 그는 긴장한 얼굴을 감추지 못하며 고개를 끄덕였다. 두 사람은 윤호권의 맞은편에 앉았다. 각각 명함을 꺼내 내밀며 소개를 했다.

"그런데, 무슨 일이시죠?"

윤호권의 마음은 급한 것 같았다. 강차열은 최인욱을 향해 고갯짓을 했다. 최인욱이 고개를 끄덕이며 카운터로 향했다. 남자 세 명이서 커피 한 잔만 시켜놓고 대화를 나누는 건 주인에게 미안한 일이었다.

윤호권은 대답이 급한 것 같았다.

"형사님, 무슨 일로……."

"고원택 씨에게 사기 피해를 당하신 적 있죠?"

"네, 네, 맞습니다!"

그의 목소리가 느닷없이 커졌다.

"혹시 근래에 고원택 씨와 만나거나 통화하신 일이 있습니까?"

고원택의 통화 기록에는 윤호권과의 내역이 없었지만, 그렇다고 만나지 않았다 볼 수만은 없었다. 윤호권이나 고원택, 어느 한쪽에서 직접 찾아갈 수도 있는 일이었다.

"아뇨…… 없었습니다."

"사기를 당하신 후, 좋지 않은 감정을 가지셨을 텐데요."

"당연하죠. 재판에서는 그놈이 처음부터 사기 칠 생각은 없었다고 말했지만 그건 거짓말입니다. 등산 모임에서 만났을 때부터, 아니 등산 모임에 나온 것 자체가 사기를 칠 사람을 찾기 위해 나온 겁니다. 바보같이 제가 거기에 걸려들었고요. 형님, 형님 하며 따르는 통에 그 자식을 가까이했습니다."

얼굴을 일그러트리는 걸로 봐서는 사기 사건 이후에 꽤나 자신을 탓했던 것 같았다. 사기 사건의 피해자들에게 자주 보이는 모습이다. 가해자를 원망하지 않고, 그런 가해자의 말에 속은 자신을 질타한다. 짙은 괴로움이 그의 주름켜켜이 찌들어 있었다.

"그런데도 출소한 고원택 씨에게 한 번도 찾아가지 않으셨다고요?"

"그놈이 출소했습니까?"

출소한 사실도 모르는 것 같았다.

"네, 출소했습니다."

"그렇군요. 1년 형 받은 것도 아직 다 안 채웠는데…….이래서 우리나라 법은 안 됩니다."

그는 울화가 터지는 듯 아이스커피를 벌컥벌컥 들이켰

다. 그 사이 최인욱이 커피 두 잔을 쟁반에 받쳐 들고 자리로 왔다. 최인욱이 앉는 것을 기다렸다가 강차열이 말했다.

"8월 12일 밤 11시에서 다음 날 새벽 2시까지 어디에 계셨습니까?"

"네?"

"지난 토요일이었습니다. 그날 어디에 계셨는지 기억 안 나십니까?"

윤호권은 당황한 것 같았다. 어리둥절한 얼굴로 강차열과 최인욱을 번갈아 보았다.

"지금…… 무슨 말씀을 하시는 겁니까?"

두 사람은 대답하지 않고 윤호권을 응시했다. 윤호권은 눈을 깜박이다가 이 자리에 불려 나온 이유가 자신의 생각과는 다를 수 있다는 사실을 깨달은 것 같았다.

"그 자식의 사기 사건 때문에 오신 게 아닙니까?"

"아닙니다."

최인욱이 단호하게 대답했다.

"그럼……."

"고원택 씨는 살해당했습니다."

순간 윤호권은 아무 소리도 내지 못하고 입만 허, 하고 벌렸다. 그의 머릿속에 많은 생각들이 스쳐 지나갈 것이 뻔히 보였다. 이제 아무리 노력해도 1억을 되돌려받을 수 없다는 것과, 그럼 이 형사들은 왜 자신을 찾아온 건지, 8월 12일은 무슨 날인지 같은 생각들일 것이었다. 그러다 그는 답을 찾은 모양이었다.

"설마……."

강차열은 그의 반응을 주시했다. 단번에 이 사람은 아닐 것 같다는 느낌이 들었다. 하지만 정확한 것은 조사해 봐야 했다. 느낌은 느낌일 뿐인 것이다.

윤호권은 기가 막힌다는 듯이 소리를 질렀다.

"설마 내가 그놈을 죽였다는 소리를 하는 겁니까?"

카페 안의 모든 시선이 이쪽으로 향했을 것임을 보지 않아도 알 수 있었다. 강차열은 커피를 한 모금 들이켰고, 최인욱은 말없이 그를 응시했다. 맞은편에 앉은 윤호권만이 카페 안의 사람들을 둘러보고는 눈치를 보며 목소리를 낮췄다.

"그런 거예요? 지금?"

"그런 건 아닙니다. 고원택 씨의 지인들과 주변인들을 모두 만나는 중입니다. 형식적으로 확인하는 것이니 너무 기분 나빠 하지 마세요."

사실 지금 하는 말이 형식적인 것이다. 알리바이까지 묻는 것은 '당신을 의심하고 있다'와 다르지 않다. 어쨌든 지금 상황에서 고원택을 죽이고 싶을 만큼의 원한이 있는 사람은 윤호권이었다.

윤호권은 한숨을 내쉬며 의자의 등받이에 기댔다. 뭔가 맥이 빠진 듯한 얼굴이었다.

"죽이고 싶은 마음으로야 백번도 더 죽였죠, 내가. 할 수만 있다면 그랬을 겁니다."

그는 자신의 이야기를 시작했다. 사기를 당한 후 그의 아내는 무척이나 예민해졌다. 그때 투자한 1억 원은 집을 담보로 대출받은 것이었다. 윤호권은 어떻게든 1억 원의 손해를 다시 채워 넣겠다고 호언장담했다. 그러나 방법 같은 것은 없었다. 돈을 잃어버렸다는 괴로움보다 아내의 무시하는 듯한 시선을 견디는 것이 더욱 힘들었다. 제대로 된 투자를 해서 '보여줘야 한다'는 생각이 들었던 것은 몇 주 뒤였다. 은행에서 꽤 큰 금액의 신용 대출을 받아 주식 투자를 했다. 남들이 다 가지고 있다는 우량주였지만, 영업이익이 반 토막 났다는 공시가 뜨면서 주가가 30퍼센트 이상

떨어졌다. 아내는 이혼을 선언했다.

1억의 대출금을 끌어안고 아내가 집을 가지기로 합의했다. 그는 어머니의 집에 들어가게 되었다. 대학생 때까지 자신이 지내던 방은 어느새 김치냉장고와 냉동고, 그리고 건조기가 차지하고 있었다. 반은 창고가 되어버린 방에 누워, 매일같이 마주하고 싶지 않은 아침을 맞았다. 어머니를 뵐 낯이 없었다.

"그렇다고 사람을 죽이지는 못해요. 아까 언제라고 했죠? 12일이요?"

"네, 토요일입니다."

그는 생각할 필요도 없다는 듯 곧장 대답했다.

"그때는 어머니 칠순이라 가족 여행을 떠났습니다. 제주도였고요."

"숙소는 어떻게 하셨습니까?"

"단독 펜션에서 지냈습니다. 여동생 가족하고 함께 갔고요."

"펜션 이름 기억나십니까?"

그는 당연하다며 제주도의 독채 펜션 이름을 댔다. 전화번호는 곧장 인터넷에서 검색할 수 있었다. 윤호권은 자신의 여동생에게 물어도 된다며 자신 있게 전화번호를 말했지만 가족의 증언은 효력이 없다.

"혹시, 고원택 씨와 사기 사건이 있기 전에 삼인방에 대해 얘기 들으신 것 없습니까?"

"삼인방이요? 요즘도 그런 말을 쓰는 사람이 있나요? 글쎄요, 그런 얘기는 들은 적이 없는데요."

"친하셨다고 하기에 묻는 겁니다. 혹시 고원택 씨가 고등학교 시절 이야기처럼 과거의 이야기를 한 적은 없었나요? 친구들의 이야기를 한다거나."

"그런 이야기를 할 정도로 친하지는 않았습니다."

그런 이야기는 하지 않았지만 믿고 투자를 할 정도의 친한 정도가, 강차열은 잘 이해가 가지 않았다. 물론 입 밖으로 내뱉지는 않았지만 말이다.

윤호권과 헤어진 후 제주도의 펜션에 연락해 확인했다. 그의 사진도 핸드폰으로 전송해 주었다. 펜션 주인은 그의 얼굴을 알아보았다. 얼마 안 된 일이라 똑똑히 기억하고 있다고 했다. 그곳에서 윤호권의 가족은 3박을 했다. 3박 내내 윤호권이 같이 있었는지를 본 것은 아니라고 했다. 하지만 윤호권이 제주도에서 다른 사람들을 속이고 은파시에

온 일이 있었다면 간단한 조회만으로도 비행기 탑승 기록을 확인할 수 있었다. 혹시 하는 마음에 최인욱에게 기록을 확인하라고 했다. 역시나 여행 기간이었던 3박 4일 중 별도로 비행기를 탄 내역은 없었다. 8월 12일 밤, 그는 분명 제주도에 있었던 것이다.

결국 윤호권은 고원택의 사망과는 관련 없음이 증명되었다. 역시 9년 전 일이 관건이었다.

죽은 고원택의 고등학교 2학년 당시 담임을 만난 것은 그로부터 이틀 후였다. 당시 담임이던 박희찬은 퇴임을 한 뒤 양명시에 살고 있다고 했다. 양명시라면 은파시 옆이라 지하철을 타고 올 수 있는 곳이었다. 인욱이 전화 조사로 질문을 대체하려는 것을 출석을 부탁드리라고 지시했다. 생각하는 바가 있었기 때문이다.

"오시느라 고생 많으셨습니다."

차열은 박희찬을 조사실로 안내했다. 냉장고에 있는 병음료를 가져와 대접했더니 당뇨 때문에 음료는 일절 마시지 않는다는 대답을 해왔다. 커피도 거절하고 인욱에게 물을 부탁했다.

"고생은 무슨요. 그런데 전화로 듣기에 원택이가 죽었다고 하던데 어떻게……."

"놀라시겠습니다만, 살해당하셨습니다."

박희찬은 눈을 커다랗게 떴다. 생각지도 못했다는 반응이었다. 그때 문이 열리고 때맞춰 인욱이 물을 들고 들어왔다. 앞에 놓아주자 박희찬은 단숨에 물을 마셨다. 인욱이 차열의 옆자리에 앉아 노트북을 열었다.

"누가…… 어떻게 그런 일이……."

"지금 조사하고 있습니다."

"그런데 저를 부르신 이유가? 저는 그 아이가 졸업한 이후에는 어떻게 지내는지 잘 몰라요. 가끔 궁금하기는 했지만, 다른 아이들도 봐야 하는 터라."

졸업한 제자의 소식을 알지 못하는 일은 흔하다. 차열 역시 졸업 후, 고등학교 선생님들께 연락을 해본 적이 없다. 졸업한 이후에는 대학도 다녀야 했고 경찰이 되고 나서는 적응하느라 정신이 없었다. 적응을 한 이후에는 사건을 처리하는 데만도 온 시간을 다 써야 했다. 그런 사정은 선생님이라고 다를 것 같지 않았다.

"고원택 씨가 당시 어떤 학생이었는지 궁금합니다."

박희찬은 잠시 의아한 표정을 지었다. 고원택의 학창 시절과 살해 사건이 어떤 연관이 있는지 생각하는 것 같았다. 메모를 보지 못했으니 당연한 반응이다. 하지만 수사에 관한 모든 정보를 참고인들에게 알릴 수는 없는 노릇이었다.

　　잠시 고개를 갸웃한 박희찬이 생각을 되짚어 보는 듯 눈을 깜박거리고는 오래지 않아 입을 열었다.

　　"사실은, 선생의 입장에서 그렇게 좋은 학생은 아니었죠."

　　"좋은 학생이 아니라면."

　　"솔직히 말씀드리자면, 좋은 학생이 아닌 정도가 아니라 불량 학생이었다고 봐야죠. 이름만 들어도 금방 생각날 정도로 눈에 띄는 불량 학생이었습니다."

　　학교에서 담배를 피우는 것은 예사였고, 걸핏하면 학교에 나오지 않았다. 어머님께 전화를 드려서 결석 사실을 알려도 그다지 관심 없는 듯한 대응이었다. 박희찬은 그때를 떠올리자 불쾌한 듯 말했다.

　　"그 애가 그렇게 구는 데는 가정 문제도 있다고 생각해요. 아버지가 없었거든요. 어머니가 혼자 키우느라 신경을 못 쓰는 건 어느 정도 이해하지만 아예 자식한테 관심이 없었어요. 혹시 아버지가 밖에서 낳아 온 자식이 아닌가 생각할 정도였습니다."

차열은 인욱에게서 들었던 사망 통보 당시 어머니의 반응에 대해 떠올렸다. 너무 무덤덤해서 예상하고 있는 일이었나 생각했을 정도라고 했다.

"면학 분위기 해치는 것은 기본이었고요. 애들 돈도 빼앗다가 경찰서도 갔었죠. 제가 사정을 해서 빼 오기는 했지만 반성하는 기미는 없었어요. 중학교 때는 소년원 신세도 졌던 걸로 알고 있고요."

"무슨 일이었나요?"

"슈퍼를 털었다죠, 아마?"

박희찬의 말을 입력하던 인욱이 고개를 퍼뜩 들었다. 차열의 눈도 조금은 날카로워졌다. 차열이 물었다.

"사람을 다치게 했나요?"

"아뇨. 문을 닫은 시간이었던 밤에 털어서 그런 건 아니었다더군요. 훔친 돈도 잔돈으로 남긴 몇만 원뿐이었다고 하고요."

"선생님께서 담임을 맡으셨을 때 특별한 사고를 일으키지는 않았나요?"

"제가 맡았을 때…… 아! 있었습니다. 임신한 선생님을 치려고 했었죠."

"임신한 선생님을요?"

"직접 때리지는 않았습니다만, 놀란 선생님이 뒤로 넘어져서 병원에 실려 가고 난리도 아니었어요."

"혹시 유산을 하셨나요?"

그렇다면 복수를 꾀할 수도 있지 않을까 하는 생각이 들었다. 하지만 박희찬의 말은 달랐다.

"아뇨, 그렇지는 않았습니다. 스트레스는 좀 받았겠지만 그런 일은 없었어요. 그 일로 정학을 받았죠. 나중에 선생님께 따로 반성하는 편지를 보냈던 걸로 알고 있습니다. 물론 진심은 아니었을 테지만 말이에요."

"그 뒤로도 그 선생님이 고원택 씨를 가르쳤나요?"

박희찬은 금세 손을 내저었다.

"그럴 수가 있나요? 다른 학년을 맡도록 배정했던 걸로 알고 있습니다."

"그것 말고는요? 작은 일이라도 상관없습니다."

"글쎄요, 오래된 일이고 저도 나이를 먹다 보니, 기억이 가물가물하네요."

그는 멋쩍게 웃었다. 차열은 고개를 끄덕이며 다음 질문으로 넘어가기로 했다. 기억이 가물가물한 것을 보면 임신한 선생님과의 일보다 더 큰 일은 없었던 듯했다. 정학을 맞은 것까지 기억하는 것을 보니 분명했다.

"그럼 다른 질문을 좀 하겠습니다. 고원택 씨와 친하게 지냈던 친구들 기억하십니까? 같이 늘 몰려다니는. 이를테면 어릴 때는 삼인방, 사인방 그런 식으로 부르잖습니까, 왜? 그런 친구는 없었나요?"

박희찬은 바로 고개를 끄덕였다.

"아! 말씀하시니까 바로 기억이 나네요. 같이 몰려다니던 애들이 있었습니다. 말씀하신 대로 교무실에서는 그 애들을 문제아 삼인방, 골칫덩이 삼인방으로 부르곤 했죠. 둘 다 저희 반은 아니었습니다."

"혹시 이름을 기억하십니까?"

"저희 반 애들이 아니라 그것까지는 잘……. 그래도 졸업 앨범을 보면 알아볼 수 있을 겁니다. 집에 졸업 앨범이 있는데 확인해 볼까요?"

"부탁드립니다. 이쪽으로 연락해 주시면 됩니다."

차열이 명함을 건넸다. 박희찬이 그걸 받아 자신의 지

갑에 넣었다. 차열은 옆에 앉은 인욱에게 눈짓을 했다. 인욱이 고개를 끄덕거리고는 마우스를 누르자, 조사실 한편에 있는 프린터가 윙 울리면서 종이를 뱉어냈다. 인욱이 그것을 가지고 왔다.

"오늘 대화한 내용을 조서로 남긴 겁니다. 내용 읽어보시고 아랫단에 성함을 정자로 기입하시고 사인 부탁드립니다."

박희찬은 차열이 넘겨준 조서를 짧게 눈으로 한번 훑은 다음 곧장 볼펜을 들어 이름을 적고 사인을 했다. 어차피 자신은 고원택의 죽음과는 전혀 무관한 사람이니 꼼꼼히 훑어봐야 한다고 생각하는 것 같지 않았다. 사인한 조서를 넘겨준 후 박희찬이 자리에서 일어섰다.

"여기까지 와주셔서 감사합니다."

"네. 다른 애들 이름은 집에 가서 연락드리겠습니다."

"감사합니다."

인욱과 차열이 허리를 숙였다. 박희찬은 묵례한 다음 조사실을 빠져나갔다. 문이 닫히자 차열은 테이블 위에 놓여 있던 조서를 집어 들었다. 그러고는 자신의 다이어리 안에 있던 쪽지 복사본을 꺼내 글씨를 비교해 보았다. 명백히 다른 글씨체였다.

그날 저녁 박희찬으로부터 전화가 걸려왔다. 고원택과 같이 다니던 삼인방 중 두 명의 이름은 각각 허필진과 오선혁이라고 했다. 이후 장례식장에서 두 사람을 만날 수 있었다.

3

"선혁 씨?"

자신을 부르는 목소리가 들려왔다는 걸 뒤늦게 인지하면서 선혁은 문득 정신을 차렸다. 여자친구인 자희가 걱정스러운 눈길로 보고 있었다. 선혁은 자세를 바로잡아 앉았다.

"미안. 뭐라고 했지?"

"이거 예쁘냐고."

자희가 흔들고 있는 핸드폰은 선혁의 것이었다. 핸드폰 끄트머리에 은빛 비즈로 만들어진 부엉이가 매달려 있었다. 자희의 취미는 비즈로 무언가를 만드는 것이었다. 자신이 끼는 반지부터 목걸이까지 만들더니 이번엔 장식용품인 모양이었다. 두 사람은 요즘 SNS에 핫플레이스로 자주 언급되는 카페에 와 있다. 자희가 좋아하는 데이트 코스였다. 빈티지 장식품으로 잔뜩 꾸며진 카페는 상당히 분위기가 좋았다. 한쪽에서는 빈티지 그릇들을 팔고 있었다. 조용히 깔리는 클래식은 시끄럽지 않아 좋았다.

"무슨 일 있어? 아까부터 계속 딴생각이네."

자희가 입술을 내밀었다. 선혁은 고개를 저으면서 핸드폰을 받아 들었다.

"무슨 일이 있긴. 신경 쓰이는 회사 일이 있어서 잠깐 다른 생각을 했을 뿐이야. 어디 보자. 정말 예쁜데? 누가 보면 산 거라고 생각할 거야."

그제야 자희의 입가에 미소가 걸렸다.

"정말? 마음에 들어?"

"그럼. 네가 해주는 건 다 마음에 들어."

자희가 웃으며 장난스럽게 그를 노려보았다.

"진심으로 이게 마음에 드는 건 아니라는 거지?"

"아냐, 아냐."

선혁이 손을 내젓자 그녀가 환한 미소를 지어 보였다. 만나기 시작한 지 3개월밖에 되지 않아서인지 아직도 저런 미소를 볼 때마다 마음이 설렜다. 그녀 역시 같은 마음이라는 것을 느끼고 있었다. 그는 오래 사귀지 않아도 곧 그녀에게 프러포즈를 할 거라는 걸 예감하고 있던 차였다.

그런데 이게 무슨 일이란 말인가. 원택의 죽음과 함께 발견된 메모에는 자신을 향한 살인 예고가 쓰여 있었다. 자신이 아니라고는 도저히 생각할 수 없었다. 삼인방이라니. 고등학교 시절 누구에게 물어도 삼인방이라면 원택과 자신, 그리고 필진을 꼽을 것이었다. 그것만이 문제가 아니었다. 그를 진정으로 공포에 몰아넣고 있는 것은 바로 '9년 전'이라는 단어였다. 9년 전 삼인방이 벌인 일 중 죽음으로 갚아야 할 정도의 일은 하나뿐이었다. 9년 전 그 가을날, 야영을 왔던 학생을 죽이고 만 일.

하지만 그때의 일은 세 사람만의 비밀이었다. 누가 약속을 하지 않아도 무덤에 들어갈 때까지 비밀이어야만 했다. 그 사건을 아는 사람이 있을 수 있을까? 혹시 목격자라도 있었던 걸까? 그건 아닐 것이다. 분명 그곳에는 삼인방과 그 남자아이 단 네 명뿐이었다. 혹여 자신들이 놓친 목격자가 있었다 해도, 그랬다면 그때 경찰에 신고했을 것이다. 당시 그 아이의 실종 사건은 지역 뉴스에도 날 정도로 시끄러웠다. 그런데도 나타나지 않은 목격자가 9년 만에 나타나 복수를 할 이유가 없다. 그 일 이외에 살인 예고를 받을 정도의 나쁜 짓은 아무리 생각해 보려 해도 떠오르는 것이 없었다.

결국 짚이는 것은 그 일 하나뿐이다. 누군가가 그 일을 알고 있다.

"오늘 정말 이상하네? 진짜 회사에 큰일이라도 있는 거야?"

자희의 말에 또다시 넋을 놓고 있었다는 것을 깨달았다. 선혁은 어색하게 웃었다.

"미안. 아무래도 오늘 컨디션이 안 좋네."

"아파?"

상당히 걱정스러운 얼굴이었다.

"아니, 그건 아니고. 회사 일 때문에 자꾸 스트레스를 받아서 그런 것 같아."

"회사에서 힘들게 하는 사람 있어? 그럼 나한테 데려와. 아니, 그냥 때려치워 버려!"

자희가 특유의 시원한 웃음으로 말하자 답답했던 속이 좀 풀리는 기분이었다.

"너도 놀면서 나까지 놀면 어떻게 해? 누구 하나라도

벌어야지."

선혁을 만났을 때, 자희는 쉬고 있는 상태였다. 그전에는 간호사 일을 했다고 들었다. 은파대학 부속병원 입원 병동에서 꽤 오랫동안 근무한 모양이었다. 하지만 3교대 일과 인력 부족으로 자희의 몸이 많이 약해졌다고 들었다. 스트레스로 인한 두드러기까지 그녀를 괴롭혔다. 결국 퇴사를 결정했다.

"요새는 돈 안 들이고 데이트도 많이 하거든?"

"그거보다는……."

말을 하다가 입을 다물었다. 자칫 결혼 이야기를 꺼낼 뻔했다. 너무 급한 것도 사실이었지만 문제는 따로 있다. 만약 9년 전에 자신들이 벌인 일을 이야기하면 자희는 어떻게 생각할까? 게다가 살인 협박까지 받고 있다. 소름 끼쳐 하는 것을 넘어서 다시는 보고 싶어 하지 않을 것이었다.

선혁은 짐짓 장난스럽게 말했다.

"그보다, 진짜 끝까지 오빠라고 한 번을 안 불러주네?"

자희가 입술을 오므리면서 몸을 흔들었다.

"나는 오빠가 없어서 그 말이 잘 안 나와. 알면서 그래."

장난스럽게 눈을 흘기는 자희의 모습을 보니 가슴이 설

렌다. 그 밑바닥에 깔린 불안이 넘실대는 것을 모르는 척하고 싶었다.

"하하, 알았어."

이후에도 몇 번이나 자희에게 집중하려 했지만 잘되지 않았다. 자희의 제안으로 데이트는 이만 끝내기로 했다.

집으로 돌아오자마자 선혁은 옷도 갈아입지 않은 채 핸드폰을 꺼내 소파에 가 앉았다. 그는 원룸형 복층 오피스텔에 살고 있었다. 평형은 8평형으로 넓지는 않지만 적지 않은 월세를 내고 있었다. 지하철역 바로 앞에 위치해 있는 데다 창문 밖으로는 도심이 훤하게 보였다. 거실에는 소파와 낮은 테이블을 두고 침대 대신 프레임 없는 매트만 복층에 올렸다. 작은 주방에서는 주로 요리보다는 데우는 정도의 반조리 식품만 해 먹었다.

저장된 전화번호 위에서 손가락이 멈추었다. 선뜻 용기가 나지 않아 아랫입술을 깨물었다가 깊은숨을 내쉬며 통화 버튼을 눌렀다. 신호가 몇 번이나 흘렀지만 전화를 받지 않았다. 끊으려던 중 상대가 전화를 받았다.

"전화하면 어떻게 해?"

필진은 누가 듣기라도 하는 듯 목소리를 낮췄다. 전화기 너머에서 별다른 소리가 들리지 않는 것을 보니 밖은 아닌 것 같았다. 이미 퇴근해 집에 있을 시간이었다. 다른 가족들이 신경 쓰이는 모양이다.

"내가 이 얘기를 네가 아니면 누구랑 할까?"

자신도 모르게 날 선 반응이 나왔다. 지금 불안하고 예민해진 것은 필진만이 아니다. 잠깐 정적이 흘렀다.

"……이러다 경찰이 우리 뒤를 캐면 어떻게 해?"

그런 뜻은 아니라는 변명처럼 필진이 물어왔다.

"어차피 경찰은 우리가 메모에 언급된 삼인방이라는 걸 알고 있을 거야. 기억 안 나? 우리가 원택이 장례식장에서 삼인방이라는 말을 들었다고 인정했잖아. 근데 그게 뭐? 우리가 무슨 짓을 벌였는지 알 수도 없고, 안다고 해도 증명할 수 없어. 이미 9년이나 지난 일이야."

"그런데 무슨 일로 전화를 했어?"

"무슨 일이냐니. 당연히 할 얘기가 있지 않아?"

"너 이상해."

"뭐?"

선혁은 필진이 대체 무슨 생각을 하는지 알 수 없었다.

살인 예고는 삼인방 모두를 향해 있었다. 원택만으로 끝나지 않을 거라는 뜻이었다. 필진과 자신 역시 언제 무슨 일을 당할지 몰랐다. 그렇다고 경찰에 도움을 요청할 수도 없는 사안이었다. 당연히 둘이 만나서 대책을 논의해야 했다. 그리고 이런 장난을 치는 것이 누구인지 알아내야 했다. 둘이서 얘기한다면 뭔가 새로운 걸 알게 될지도 몰랐다. 적어도 정말 그 사건에 대해 아는 사람은 없는지라도 말이다. 실수로라도 9년 전에 벌인 일을 흘린 적이 있을 수 있다. 자신은 절대 아니지만 필진은 가족도 있다. 아내에게 혹시라도 이야기한 적은 없었을까. 그런 식으로 되짚어 나간다면 살인범에게까지 닿을 수도 있다. 그런 상황에서 이렇게 나오는 필진이 이해가 가지 않았다.

"너 평소에 잘 연락도 하지 않았잖아. 혹시 이전에 원택이랑 연락한 적 있어?"

"그게 또 무슨 소리야?"

선혁의 이맛살이 구겨졌다. 사실 대학에 들어간 이후 두 사람과는 자주 연락하지 않았다. 상대에게서 전화가 오면 받는 정도일 뿐이었다. 사회생활을 시작한 이후에는 더욱 그랬다. 그나마 필진과는 가끔 연락을 주고받기는 했지만 원택과는 더욱 연락하지 않았다. 사회에서 어느 정도 자리 잡은 필진과 달리 원택은 조직에 들어가 이런저런 문제를 일으켰다. 생활도 나빠 보였다. 교도소까지 들락거리는 원택의 존재가 부담스러웠던 것은 사실이었다.

"말해봐. 원택이랑 연락한 적 있냐고."

"일자리를 알아봐 달라고 연락이 온 적은 있지만……."

말을 하다가 다른 생각이 번뜩 스쳐 지나갔다.

"너 지금 날 의심하는 거야?"

"그렇다기보단…… 이상하잖아, 내가 연락하기 전에는 연락도 잘 안 하던 놈이. 게다가 9년 전 사건이라면 너도 알고 있듯이 우리 세 사람밖에 알지 못해. 그런데 원택이는 죽었고, 그렇다면 우리 둘이 남아 있어."

둘이 남아 있지만 자신은 아니므로 선혁이 범인이 아니냐는 것이 필진의 생각이었다. 그런 계산이라면 이쪽도 마찬가지다. 허, 하고 어이없다는 듯 선혁은 웃음을 터뜨렸다.

"머리가 어떻게 된 거 아냐? 내가 왜 너희 둘을 죽인단 말이야? 그것도 9년 전 사건을 들먹이면서? 그 사건에서 나도 자유롭지 못한 건 너도 알 텐데?"

"과거를 아예 청산하려는 걸 수도 있지."

기어들어 가듯 작은 목소리로 필진이 말했다.

"미친 새끼, 망상 쩌네."

숨 쉴 새도 없이 욕설이 터져 나왔다.

"잘 들어. 이미 경찰은 우리가 메모 속의 삼인방이라는 걸 알고 있을 거야. 그러면 당연히 9년 전에 무슨 일이 있었나를 찾게 되겠지. 우리가 그 사건 말고는 큰일을 벌인 적이 없지만 너도 알다시피 그때는 온 동네가 떠들썩했어. 경찰이 그 사건까지 알아내기는 시간 싸움일 뿐이야. 그렇다면 당연히 그때의 실종 사건에 우리가 연관 있는 게 아닐까 의심하겠지. 그러니까 그 조사에 대비해서 우리는 미리 말을 맞춰놔야 해. 알리바이 조사가 들어올 걸 대비해서."

잠깐 침묵이 흘렀다가 필진이 말했다.

"미안해. 내가 신경이 날카로워져서 헛소리를 했어."

선혁은 낮은 한숨을 내쉬었다.

"지금 나올 수 있어? 어디서 볼까?"

현재 경찰 조사가 어디까지 진행됐는지 알 수 없는 만큼 최대한 빨리 말을 맞춰놓는 편이 유리하다고 생각했다.

"카페 같은 데서 할 말은 아니잖아. 광판시 쪽으로 올 수 있어?"

광판시는 월선면과 은파시 사이 중간이다.

"광판시? 갈 수 있어."

차를 이용할 생각은 없었다. 그것이 나중에 어떤 식으로 자신의 발목을 잡을지 몰랐다. 평소 잘 만나지 않던 두 사람이 원택의 죽음으로 자주 연락하고 만난다면 더욱 의심을 살 것이었다. CCTV가 많은 지하철도 좋지 않다. 차라리 CCTV가 없는 곳에서 택시를 타고 이동하는 게 좋을 것이다. 술에 취하거나 특별한 옷차림을 한 손님이 아니라면 택시 기사의 기억에 그다지 남지 않을 것이라는 계산이 섰다.

"운정모텔이라고 있어. 거기로 와. 내가 먼저 들어가서 호수를 알려줄게."

"운정모텔. 알았어. 문자로 찍어."

전화를 끊었다. 별 같지도 않은 설명을 해주느라 애를 먹었다. 어떻게 선혁 자신을 의심할 수 있는가. 이래서 머리가 나쁘면 평생을 고생한다고 했다. 그런 생각을 하다 선혁은 흠칫 놀랐다. 생각해 보면 자신은 필진을 전혀 의심하지 않고 있었다. 필진은 가끔 원택과 연락을 했던 걸로 알고 있다. 돈을 빌려준 적도 있었다. 원택의 전화를 잘 받지 않는 자신과 달리 마음 약한 필진은 매번 전화를 받아주었

을 것이다. 혹시 돈을 목적으로 원택이 협박을 하지 않았을
까? 9년 전 사건을 빌미로. 말싸움을 하다가 욱해서 죽였을
지도 모른다. 그리고 생각했을 것이다. 어차피 이렇게 된 것
9년 전 사건을 알고 있는 다른 한 놈도 죽여버리자…….

아니, 아니다. 자신 역시 바보 같은 생각을 해버리고 말
았다. 선혁은 고개를 저었다. 가능성이 전혀 없는 얘기는 아
니지만, 말도 안 되는 얘기였다. 지금 한 생각은 자신이 비
난해 마지않던 필진의 생각과 같은 것이었다. 만약 범인이
필진이라면 굳이 쪽지를 남겨 9년 전 사건을 언급하지 않
았을 것이다.

선혁은 거실의 불을 끄고 나갈 준비를 했다. 문득 창밖
으로 보이는 도심의 야경이 너무 아름다웠다.

문자가 도착한 것은 택시를 타고 광판시에 진입한 즈음
이었다.

203

203호라는 뜻이리라. 필진은 지금 굉장히 방어적이었

다. 만약 나중에 경찰 조사를 받을 때에 이 문자가 문제가 되면 어떻게든 다른 이유를 대려는 생각일 터였다. 적어도 모텔에서 만나 알리바이를 맞췄다고 하지는 않을 것이다.

"여기서 세워주세요."

선혁이 말하자 택시는 '바로모텔' 정문 앞에 섰다. 자신 역시 필진과 많이 다르지 않았다. 혹시 모를 경우를 대비해 인근에 있는 다른 모텔에서 차를 세운 것이다. 택시를 기다리면서 검색해 본 결과 외곽 쪽에 위치한 이곳은 모텔촌이었다. 그래서 운정모텔에서 걸어서 5분 거리에 있는 바로모텔을 도착지로 말했다.

지도 앱을 켜고 5분 거리의 운정모텔까지 걸어서 갔다. 정문에서 들어가면서 곧장 접수를 받는 작은 창이 보였지만 옆으로 나 있는 계단으로 올라갔다. 막는 사람은 없었다.

2층으로 올라가 두 개의 문을 지나자 203호 푯말이 붙은 방이 보였다. 노크를 하고 기다렸지만 응답이 들려오지 않았다. 인기척도 없었다. 다시 두드려보았다. 역시나 마찬가지였다. 아직 도착하지 않은 걸까. 하지만 203호로 오라고 문자를 보냈을 때는 모텔에 도착해 방 배정을 받았다는 얘기였다. 술이라도 사러 간 게 아닐까 싶었다. 선혁은 핸드폰을 꺼내 필진에게 전화를 걸었다.

희미한 음악 소리에 선혁은 고개를 돌려 203호의 문을 보았다. 벨 소리는 분명 안에서 들려오고 있었다. 핸드폰을 놓고 나갔거나 잠이 든 거라는 생각이 들어 짜증이 났다. 지금이 얼마나 엄중한 상황인지 모르는 것 같았다. 문을 다시 쾅쾅 두드렸다. 역시나 대답이 없어 별생각 없이 손잡이를 비틀었다. 예상외로 문이 열렸다.

"뭐지?"

선혁은 고개를 갸웃하며 문을 열었다. 그러고는 자신도 모르게 털썩 주저앉아 버리고 말았다.

"으, 으……."

자신의 목에서 무슨 소리가 나는지도 모르는 채 선혁은 주저앉아 정신없이 발을 움직여 뒤로 물러났다. 벽에 등이 닿았다는 것도 모르고 계속 발을 밀었다. 몇 초 지나지 않아 그의 목에서 소리가 터졌다.

"으아아악!"

활짝 열린 문 정면으로 필진이 있었다. 그의 다리는 허공에 떠 있었으며, 목은 천장에 매달려 있었다. 앙다문 입이 그의 고통을 말해주는 것 같았다. 그의 발아래에는 엄청난 양의 피가 웅덩이를 만들어냈다. 피의 웅덩이 위에 필진의 낡은 구두 한 켤레가 가지런히 놓여 있었다.

"꺄악!"

선혁의 비명에 놀라 나와본 손님들 중 한 여자가 비명을 지르며 뒷걸음질 치는 것이 보였다.

선혁은 경찰서에 앉아 있었다. 문득 내가 지금 여기서 무엇을 하는 건가 하는 생각이 들었다가 어쩌다 일이 이 지경이 되었는가 하는 생각이 들었다. 그러다 돌연 두려워지기도 했다. 대체 살인범은 누구인가. 무엇을 원하는가. 그리고 두 사람이 거기서 만나기로 한 것을 어떻게 알았단 말인가. 분명 뒤를 밟았을 것이다. 필진이 당했으니 그의 뒤를 밟았다는 뜻이었다. 온몸에 소름이 돋았다. 이제 남은 것은 자신 하나뿐이다.

"그럼 그냥 술 한잔을 하기로 한 것이라고요?"

앞에 앉은 형사가 말했다. 꽤 몸집이 컸으며 입고 있는 셔츠가 꽉 끼어 보였다. 그는 대접만큼 커다란 손으로 선혁이 말을 할 때마다 키보드를 두드렸는데 상당히 둔한 느낌이었다.

"남자 두 분이, 모텔에서?"

"그렇습니다."

"한 분은 제선시 월선면에 사시고 한 분은 은파시에서 사시면서요?"

"거리가 머니까 중간 되는 지점에서 만나자고 한 것뿐입니다. 예전에도 가끔 그랬어요."

의심스럽다는 듯 형사가 고개를 저었지만, 선혁은 시계를 확인할 뿐이었다. 현장에서 발견된 뒤 조서 작성을 위해 경찰차에 함께 올라탄 것이 벌써 한 시간 전 일이다. 전부 솔직히 말한 것은 아니지만 만난 경위 등에 대해 이야기하면서 선혁은 지난번에 받은 강차열 형사의 명함을 내밀었다. 그가 온 곳은 광판경찰서였다. 필진의 시신이 발견된 곳이 광판시이니 당연히 이쪽 경찰의 관할일 터였다. 하지만 선혁의 생각은 달랐다. 이건 강차열 형사가 알아야 하는 일이었다. 연락해 달라고 했지만 그 이후 아직 아무런 말이 없었다.

"여기요!"

형사팀 사무실의 문이 벌컥 열리며 어떤 여자가 뛰어들어왔다. 문 근처에 있던 형사가 무슨 일이냐고 물었지만 잔뜩 흥분해 있는 여자의 말은 두서없이 튀어나왔다. 선혁의 앞에 앉아 있던 덩치 큰 형사가 일어나 목소리를 높여 물었다.

"혹시 허필진 씨 가족분이십니까?"

그 말에 여자가 넘어질 듯 이쪽으로 달려왔다. 그녀는 형사에게 말했다.

"누구예요? 누가, 누가 우리 남편을……."

그러던 그녀의 눈이 선혁의 얼굴 위에서 멈추었다. 선혁은 그녀가 필진의 아내일 것이라고 짐작했다. 필진의 결혼식에는 참석하지 못했다. 그때는 한창 원택이 조직에 들어가 거드름을 피우고 있던 터라 피하고 싶은 마음이 컸다. 이런 데서 처음으로 친구의 아내를 만나는 상황이 안타까웠다.

"이 사람이에요?"

"아뇨, 아직 조사 중……."

설명하려던 형사의 말을 필진의 아내가 잘랐다.

"이 사람 이름이 혹시 오선혁이에요?"

"예?"

선혁이 눈을 동그랗게 뜨며 자리에서 일어섰다. 필진의

아내는 그를 가리키며 말했다.

"이 사람이에요. 이 사람이 우리 남편을 죽인 거라고요. 우리 남편이 나가면서 그랬어요. 혹시라도 자기가 연락이 안 되면 오선혁을 찾으라고. 오선혁이 범인이라고!"

4

시골이지만 적당한 카페를 찾는 건 어렵지 않았다. 도시로 떠났던 청년들이 다시 고향에 돌아와 카페를 운영하는 경우가 많아졌다고 들었다. 차를 타고 쭉 둘러보자 고향의 특산품인 감자를 이용해 특색 있는 음료나 디저트를 판매하는 카페가 많이 보였다. 가게가 좁아서 나누는 이야기가 주인에게 들릴 염려가 있는 곳은 제외하고, 넓고 사람이 많지 않은 카페를 골라 만나기로 한 사람에게 문자를 남겼다.

강차열은 지금 최인욱과 함께 제선시에 내려와 있었다. 우선 장례를 마친 고원택의 어머니를 만나보았다. 아무래도 장례식장에서는 자세한 이야기를 물어볼 수 없었다. 하지만 이번 만남에서도 딱히 건진 이야기는 없었다.

"미안하지만 나도 아는 건 없어요. 멋대로 살았다는 것 뿐. 무슨 조직엔가 들어가서 벌어 먹고살았다는 건 알지만 한 푼도 날 갖다준 적은 없어요. 쓸모없는 자식. 나한테 걔 이야기를 물어봐야 나올 건 없을 거요. 나도 당신네만큼이나 걜 모르니까."

그 말을 제외하고 어머니 쪽에서 들을 수 있는 이야기는 없었다. 장례식 때 태도만으로 기대할 게 없다는 건 알았지만 이 정도인 줄은 몰랐다. 남처럼, 아니 남보다 못할 정도로 여자는 고원택에 대해서 알지 못했다. 그 지역에서 40년을 살았다는 옆집 사람에게 문의해 보자 고원택은 어릴 때부터 방임되어 살았다는 답변을 들을 수 있었다. 문득 고원택의 삶이 불쌍해졌다. 자신을 낳아준 사람에게서도 애정을 받지 못한 사람은 스스로 자신을 가둔다. 나는 사랑을 받을 자격도 없다는 틀에. 그렇게 자란 결과 아무렇게나 사는 사람이 되어버린 것이다. 타인의 눈살 찌푸린 시선에는 이미 적응이 되어버린 채로.

아무래도 9년 전 사건이라는 것이 무언지 알지 못하면 용의자를 파악할 수 없을 것 같았다. 당시 담임으로부터 문제아였다는 것은 들었지만 딱히 살인까지 당할 만한 사건에 관련됐다는 이야기는 듣지 못했다. 선생님이라고 모든 것을 다 알 수는 없다. 하지만 학생들이라면 다르다. 더 내밀한 이야기를 들을 수 있을지 몰랐다. 수소문해서 아직 제선시에 남아 있는 동창이 있다는 사실을 알아냈다. 이름은 정유종. 고원택과는 2학년과 3학년 때 같은 반이었다고 했다. 졸업 후 정유종은 지역대학인 제선대학 사회복지학과에 입학했고, 은파시로 올라와 사회복지사로 2년간 일했지만, 결국 고향으로 돌아와 부모님의 농사를 돕는다고 했다. 사회복지사 일이 적성에 맞지 않았던 모양이었다.

"왕따, 뭐 그런 문제가 있었던 거 아닐까요?"

주문한 커피를 받아 들고 오면서 인욱이 말했다. 차열은 쟁반 위의 커피를 받아 테이블 위에 올려놓았다. 인욱이 들고 온 쟁반은 한편으로 치웠다. 차열은 커피를 한 모금 마셨다. 산미가 꽤 강했다. 그는 산미 강한 커피를 좋아하지 않았다.

"글쎄, 모르지."

"가능성 있어요. 왕따의 상처는 몇 년이 지난다고 해도 괜찮아지는 게 아니라잖아요. 실제로 일본에서는 졸업한

지 십수 년 만에 동창회에 나타나 살인을 벌이려다가 실패한 사건도 있었어요."

"그런 경우 트리거가 된 건 동창회지. 그럼 이번의 트리거는 뭘까?"

"음."

인욱은 쉽사리 대답하지 못했다.

"허필진 씨나 오선혁 씨 이야기를 들어보면 세 사람은 고등학교 이후에 관계가 소원해졌어. 고원택 씨가 조직에 들어가거나 교도소에 수감되는 등 문제를 일으키니까 관계를 이어가기가 어려웠겠지. 더 이상 함께 몰려다니면서 낄낄대던 10대 청소년이 아니니까. 허필진 씨나 오선혁 씨 두 명은 자신의 삶을 살아갔던 것 같아. 허필진 씨는 가정을 이뤘고, 오선혁 씨도 평범한 직장에 다니고 있어. 이젠 거의 삼인방이라고 부를 수도 없을 정도지. 그런데 왜 갑자기, 9년이나 지나서야 그들에게 복수할 생각을 했을까, 그걸 알면 용의자의 윤곽이 드러날 텐데."

"그러게 말이에요."

인욱은 약간 김빠진 표정을 지었다. 자신이 꽤 괜찮은 생각을 한 것 같았는데 정작 말하고 보니 중요한 맥락이 빠져 있다는 것을 안 것이다.

"정유종 씨를 만나보면 알겠지."

정유종이 온 것은 그로부터 10분여가 지난 뒤였다. 약속 시간보다 5분이 늦었지만, 그는 조급해하거나 미안해하는 표정을 지어 보이지는 않았다. 여유롭게 들어와 카페를 한번 둘러본 다음 차열 일행 이외에 다른 손님이 없다는 것을 알자 이쪽으로 천천히 걸어왔다.

"전화하신 형사님이신가요?"

헐렁한 폴로 티셔츠에 청바지를 입고 있었다. 나이보다 훨씬 어려 보이는 인상이었다.

"시간 내주셔서 감사합니다. 은파경찰서 강차열 형사입니다. 앉으시죠."

"뭐 주문해 드릴까요?"

인욱이 묻자 정유종은 커피를 부탁했다. 인욱이 주문하러 간 사이 정유종이 먼저 입을 열었다. 어색함을 견디지 못하는 부류인 것 같았다.

"고원택에 대해서 물으실 게 있으시다고요?"

'원택이'가 아니라 '고원택'이라고 칭했다는 것에 유의하며 강차열이 대답했다.

"네, 맞습니다."

"무슨 일을 또 저질렀나요?"

그는 살짝 인상을 찡그리며 말했다. 한심스럽다는 표정이었다.

"사망하셨습니다."

"네?"

전혀 예상치 못한 말이었는지 정유종은 무척이나 놀랐다.

"왜요? 왜 죽었어요?"

차열은 아직 수사 중인 사건이라 자세한 이야기는 하지 못한다는 말로 얼버무렸다. 그때 인욱이 커피를 가지고 돌아와서 이야기가 잠깐 끊겼다. 정유종은 고맙다는 인사와 함께 커피를 한 모금 마신 뒤 찻잔을 내려놓았다.

"그럼 저에게 물어보신다는 이야기가?"

"혹시 9년 전, 그러니까 고등학교 2학년 때죠, 그때 고원택 씨와 관련해 있었던 일 중 기억나시는 게 있나요? 작은 거라도 괜찮습니다."

"고원택이 하면 그거죠, 임신한 선생님 때리려고 했던 거."

"그건 들었습니다. 당시 담임이셨던 박희찬 선생님께요."

"아, 그런가요? 선생님 잘 계시죠? 마음만 먹으면 두 시간이면 가는데도 왠지 찾아가기가 쉽지 않네요."

정유종은 맥 빠지는 얼굴을 했다. 자신이 말한 것을 이미 알고 있다는 것이 실망스러운 것 같았다.

"그렇죠."

"그것 말고는…… 수업에 안 들어온다든가, 괜히 수업 때 장난질 치면서 분위기를 흐린다든가 그랬어요. 그건 고원택만은 아니었죠. 쉬는 시간만 되면 오선혁이랑 허필진이라는 놈이 와서 자기들 구역인 것처럼 놀았으니까. 삼인방이 아주 문제였어요."

"왕따 같은 사건은 없었나요?"

"왕처럼 군림하긴 했죠. 가끔 애들을 때리거나 심부름시키는 일은 있었지만 그래도 한 명을 딱 지목해 놓고 못살게 구는 일은 없었어요. 요즘 애들은 아주 무섭던데요."

그는 살짝 어깨를 떨었다. 그러고는 이것만은 확실히 말해야 한다는 듯 말을 이었다.

"그렇다고 그놈들이 착했다는 건 아닙니다."

"만약에 말입니다, 혹시 그 삼인방들에게 원한을 가질

만한 사람이 있지는 않았나요? 아주 작은 사건이라도 괜찮습니다. 생각나는 게 있으시면 말해주세요."

"원한이라……."

그는 잠시 생각하는 듯 커피잔 쪽으로 시선을 내렸다. 하지만 곧 고개를 갸웃하고는 얼굴을 들었다.

"원한까지는 모르겠네요. 고원택이 살해를 당한 건가요?"

"죄송합니다만, 조사 중인 사안이라."

그렇게 말했지만 정유종은 살해당한 거라고 확신하는 듯했다. 꼭 눈치가 빠르지 않아도 이 정도의 대화라면 충분히 유추해 볼 수 있는 일이었다. 살해라는 것이 알려져도 큰 문제는 되지 않았다. 지금 중요한 것은 9년 전에 무슨 일이 있었느냐는 것이었다.

"근데 생각해 보니까요, 조금 이상한 건 있었네요."

차열의 눈이 빛났다. 옆에 앉았던 인욱의 허리가 꼿꼿이 세워졌다.

"어떤?"

차열이 묻자 정유종은 오른쪽 검지로 턱을 톡톡 두드리며 말했다.

"3학년이 되어서는 걔네들 사이가 예전만 못하더라고요."

"정확히 어떤 식으로요?"

"아예 얘기를 안 하는 건 아닌데, 예전만큼 뭉쳐 다니지도 않고 약간 어색한 느낌? 사이가 좀 틀어진 것 같아 보인다? 약간 그런 느낌이었어요."

"무슨 일이 있었는지는 모르시고요?"

"그건 모르죠. 근데 아마 걔들끼리 무슨 일이 있었겠죠?"

세 사람 사이의 일은 아니다. 그것은 분명하다. 살인 예고는 세 명을 향한 것이었다. 만약 세 명 중에 한 명이 범인이라면 굳이 전시 살인에 살인 예고까지, 눈에 띄는 짓을 했을 리가 없다.

"그때쯤에 무슨 일이 있었는지 알 만한 사람은 없을까요?"

"글쎄요, 그 세 명이 다른 애들이랑 친했던 건 잘 몰라서요. 혹시 아는 친구들이 없나 좀 알아볼까요?"

"부탁드립니다."

"근데 기대는 하지 마시고요."

"알겠습니다."

차열은 이쯤 해서 이야기를 끝내도 좋을 것 같다는 생각이 들었다. 더 물어봐도 나올 얘기는 없을 것 같았다. 알게 되는 것이 있다면 연락 달라는 말과 함께 묵례하자 정유종이 일어섰다. 그때 차열의 전화가 울렸다.

"그럼 연락 기다리겠습니다."

먼저 가라는 뜻이라는 것을 알았는지 정유종이 카페를 나섰다. 인욱이 빈 커피잔을 치우는 사이 차열이 전화를 받았다. 저장되어 있지 않은 번호였다.

"네, 은파경찰서 강차열 형사…… 네?"

심각한 목소리가 텅 빈 카페 안을 울렸다. 카운터 쪽에 가 있던 인욱이 이쪽을 돌아보고는 가까이 다가왔다.

"무슨 일이에요?"

차열은 손을 들어 보이며 잠깐 기다리라는 제스처를 했다. 통화가 이어질수록 차열의 얼굴이 점점 심각해졌다.

"제가 지금 제선시에 와 있습니다. 곧장 그쪽으로 가겠지만 두 시간 정도 걸릴 겁니다. 기다려주세요. 네, 알겠습니다."

차열이 전화를 끊었다.

"무슨 일이에요?"

차열은 눈을 깜박이며 인욱의 얼굴을 보았다. 지금 자신이 들은 이야기가 맞는지 다시 한번 복기해 보는 얼굴이었다.

"허필진 씨가 살해당했대. 그리고 용의자로 오선혁 씨가 광판경찰서에 붙잡혀 있다는데."

"네? 왜 거기에?"

인욱도 놀라 자기도 모르게 소리를 질렀다. 카운터에 있던 직원이 무슨 일인가 싶어 이쪽을 보았다.

한 시간 40분 만에 차열과 인욱은 광판경찰서에 도착했다. 곧장 형사과로 들어가자 어깨를 구부정하게 옹송그린 오선혁의 뒷모습이 눈에 들어왔다. 전화 통화로 들었던 피해자의 아내는 보이지 않는 걸로 보아 귀가 조치된 것 같았다. 차열이 단숨에 오선혁이 앉아 있는 책상으로 다가갔다. 책상을 사이에 두고 맞은편에 앉은 형사가 고개를 들었다. 차열은 경찰 공무원증을 꺼내 보였다.

"은파서 강차열입니다."

광판서의 형사가 자리에서 일어섰다.

"오시느라 고생하셨네요. 아무래도 이야기를 들어보니

은파서에서 이번 일을 병합해서 처리하셔야 할 것 같아 연락드렸습니다."

"네, 저희 쪽 수사 건입니다. 병합처리 부탁드립니다."

강차열은 광판서의 형사에게 사건에 대해 간단히 이야기를 들을 수 있었다. 두 사람이 만난 장소가 광판시라는 것은 단순히 중간지점이기 때문이라고 하기엔 선뜻 납득하기 어려웠다. 허필진은 집을 나서면서 아내에게, 자신과 연락이 닿지 않으면 오선혁이 범인이라는 얘기를 했다고 했다. 그녀는 강력하게 오선혁이 범인이라고 주장한 것 같지만, 강차열의 생각은 달랐다. 이번에도 고원택 때와 마찬가지로 목의 동맥을 끊은 것이 주요 사망 원인이었다. 입구 앞에 매달아 놓아 사체를 전시했다는 점도 같았다. 동일 인물이 벌인 사건이라고 보는 것이 맞았다.

"오선혁 씨와 잠깐 따로 이야기할 수 있을까요?"

"네, 조사실로 가시죠."

그 말을 들은 오선혁이 알아서 일어섰다. 그는 강차열과 인사를 나눌 기력도 없어 보였다. 혼을 빼앗긴 듯 공허한 눈으로 광판서의 형사 뒤를 따랐다. 그를 먼저 최인욱과 함께 조사실에 들여보낸 뒤 강차열은 광판서의 형사에게 작성된 조서를 전달받았다.

차열이 조사실 안으로 들어갔을 때 오선혁은 아까와 똑같이 어깨를 구부정하게 하고 멍한 얼굴로 앉아 있었다. 인욱이 갖다준 것인지 종이컵에 담긴 물이 오선혁 앞에 있었지만 마시지는 않은 것 같았다. 오선혁의 맞은편에 차열이 앉았다.

"허필진 씨와 술 약속을 하셨다고요?"

오선혁이 천천히 얼굴을 들었다. 이미 이쪽 형사에게 몇 번이나 같은 말을 했을 터였다. 그러나 거부하지 않고 그는 협조적인 태도로 나왔다.

"네, 맞습니다."

"왜 술집이 아니라 모텔이었죠?"

"이유는 없습니다. 그냥 편하게 마시기 위해서죠. 그리고 원택이 일도 있었으니까……. 아무래도 그 이야기도 나오지 않겠습니까. 술집에서 얘기하기는 편하지 않을 거라서."

이유가 없다는 것치고는 변명이 길었다. 차열의 눈썹이 슬쩍 위로 올라갔다. 다시 질문을 이어갔다.

"술을 마시자고 했을 때, 허필진 씨는 흔쾌히 그러자고 했나요?"

"네."

"듣기로는 허필진 씨가 집에서 나오면서 자신이 연락이 안 되면 오선혁 씨를 찾으라고 했다는데, 오선혁 씨가 범인이라고요. 들으셨습니까?"

"……들었습니다."

"그렇게 말할 정도라면 허필진 씨는 오선혁 씨를 의심하고 있었다는 거 아닙니까?"

"모르겠습니다."

그의 대답은 느렸고, 그만큼 조심스러웠다.

"그런데도 술 약속에 흔쾌히 나왔다고요?"

"……그랬습니다."

그럴 리가 없다. 허필진이 집을 나올 때 그런 말을 했다면 그는 오선혁을 의심하고 있었다는 얘기였다. 허필진이 만약 오선혁이 범인임을 증명하기 위해 자신을 희생하려고 했다면 전혀 불가능한 이야기는 아니었다. 하지만 그런 사람치고는 몇 번씩이나 술자리를 거절하려 한 것 같다는 것이 허필진 아내의 증언이었다. 허필진이 문이 닫힌 방에서 조용히 통화해 자세히 듣지는 못했지만 술 약속에 흔쾌히 응하는 분위기는 아니었다고 말했다. 나가면서 오선혁에

대한 당부를 하던 때의 허필진의 모습은 두려움이 가득한 얼굴이었다고 했다. 무슨 일이냐고, 그럼 나가지 말라고 허필진의 아내가 말렸던 것도 그래서였다. 몇 번이나 허필진에게 전화를 했고 연락이 닿지 않아 안절부절못하고 있었다고 했다. 결국 전화가 걸려온 것은 허필진이 아니라 경찰에서였다.

그런데도 오선혁은 허필진이 술 약속에 흔쾌히 나왔다고 거짓말을 하고 있다. 그렇다는 건 허필진을 불러낸 이유를 경찰에게 말할 수 없기 때문임이 분명하다.

"하지만 절대 제가 죽인 건 아닙니다. 그럴 시간도 없었어요. 모텔 CCTV를 보면 아시지 않습니까?"

"그 모텔엔 CCTV가 없다고 하더군요."

그 말을 듣자 오선혁이 살짝 입술을 벌리며 인상을 찌푸렸다.

"오선혁 씨는 자차로 이동하셨습니까?"

그렇다면 블랙박스 정도는 있을 것이다. 하지만 오선혁은 고개를 저었다.

"택시를 탔습니다."

"왜죠?"

"술을 마실 거라서요."

"모텔을 잡아 술을 마실 거면 자고 일어나서 다음 날 운전을 할 거 아닙니까?"

그 질문에 오선혁은 대답을 하지 못했다. 두 사람은 CCTV가 없는 모텔을 골라잡았고, 오선혁은 굳이 택시를 타고 이동했다. 오선혁이 어느 택시를 탔는지는 도로의 CCTV를 일일이 뒤지지 않고서야 찾기 어렵다. 뭔가 의도가 있지 않고서는 어렵다는 결론이 섰다. 하지만 아무리 물어도 오선혁은 자신의 주장을 굽히지 않을 걸로 보였다.

"그래도 음주 운전 수치는 나올 수 있고, 택시가 편하기도 하고……. 어쨌든 저는 범인이 아닙니다. 제가 그럴 이유가 없잖아요. 믿어주세요."

노크 소리가 들려왔다. 대답을 하자 문이 열리고 아까 안내를 해줬던 광판서의 형사가 바구니를 가지고 들어왔다. 안에는 비닐에 싸인 핸드폰과 지갑 등 각종 물건이 들어 있었다.

"시신으로 발견됐을 당시 허필진 씨가 갖고 있던 물건들입니다."

"감사합니다."

곁눈질로 보니 오선혁도 바구니를 보고 있었다. 바구니를 건넨 광판서의 형사가 나갔다. 차열은 받은 바구니를 내려놓고 바구니 위에 있던 증거 물품 목록을 훑었다. 순간 그의 이마가 구겨졌다. 차열은 성마른 손길로 바구니 안의 물품들을 뒤졌다. 그리고 그 안에서 꺼낸 것은 증거 채집용 비닐에 든 종이쪽지였다. 차열이 그것을 확인한 뒤, 살짝 아랫입술을 깨물었다. 그러고는 무엇인지 궁금해하는 듯한 얼굴의 선혁 앞에 비닐 팩을 내려놓고 가까이 밀어주었다.

"허필진 씨의 몸에서 발견된 메모입니다."

그의 눈이 아래로 향했다. 곧 오선혁의 안색이 달라졌다. 그 쪽지에는 이렇게 적혀 있었다.

한 명 남았다.

5

한 명 남았다는 것은 바로 자신일 거라고 선혁은 생각하고 있다. 그는 지금 혼란 속에서 걷고 있었다. 경찰은 선혁에게 신변 보호를 신청하지 않겠느냐고 물어왔다. 인력이 부족하니 특별히 경찰관이 붙어 그를 보호하는 것은 아니지만 스마트워치를 지급한다고 했다. 위험한 상황에 닥칠 때 누르면 바로 신고가 들어가는 것과 동시에 위치 추적이 된다고 했다. 필요한 기기임이 확실하지만 선혁은 어쩐지 머뭇거릴 수밖에 없었다. 그는 지금 범인이 잡히길 바라는지 아닌지 스스로도 헷갈렸다.

당연히 원택과 필진, 두 명이나 살해를 당했으니 범인은 잡혀야만 한다. 그러나 상대는 자신들에게 원한을 가진 인물, 즉 9년 전 그들이 무슨 일을 벌였는지를 아는 사람일 터였다. 살인자가 잡히면 당연히 그들이 벌인 일이 수면 위로 떠오를 것이고, 자신이 처벌을 받을 것은 분명했다.

죄를 지었으면 처벌받아야 하는 것은 마땅하다. 게다가 이렇게 손을 놓고 앉아 죽임을 당하느니 경찰에게 사실을 말하고 살인자를 잡는 것에 기여를 하는 편이 나을 것이다. 하지만…….

"이제 와?"

고개를 들자 자희가 보였다. 그제야 벌써 자신의 집 앞에 도착한 것을 깨달았다. 자희는 선혁을 보자마자 웃으며 다가섰다.

"웬일이야? 연락도 없이."

선혁이 조금 놀라며 묻자 자희는 장난스럽게 눈을 흘겼다.

"오선혁 씨 요즘 너무 무심한 거 아니세요? 온종일 연락도 없고."

"미안. 내가 일 때문에 정신이 없어서."

"회사에 뭐 안 좋은 일 있어?"

괜히 긁었나 싶었는지 자희가 걱정하는 얼굴로 물었다.

선혁은 낮게 고개를 저었다.

"그런 거 아니야."

"표정이 안 좋아."

"그냥 피곤해서. 근데 정말 어쩐 일로 우리 집 앞까지 온 거야?"

선혁은 핸드폰을 꺼내 확인해 보았다. 부재중전화는 없었다.

"정말로 바쁘긴 했나 보네. 오늘 무슨 날인지 잊으셨어요?"

자희가 들고 있던 것을 선혁의 얼굴 앞까지 들어 보였다. 케이크였다. 케이크 상자 한구석에 폭죽 두 개가 매달려 흔들리고 있었다. 등 뒤로 돌렸던 다른 한 손에는 와인이 들려 있었다. 선혁은 잠시 멍한 표정을 지어 보였다. 순간적으로 머릿속을 뒤적였지만 케이크가 나타날 만한 날이 아니다. 자신은 물론 자희의 생일도 아니었다.

"오늘 무슨 날인가?"

자희의 입이 비쭉 나왔다.

"오늘 우리 사귄 지 100일인 거 잊었어?"

선혁의 입이 벌어졌다. 완전히 잊고 있었다.

"미안해. 정말 정신이 너무 없어서……. 난 아무것도 준비 못 해서 어쩌지?"

"괜찮습니다. 일 때문에 바쁘시다는데 소인이 봐드려야죠."

자희가 혀를 쏙 내밀며 웃고는 얼른 선혁의 팔짱을 끼어왔다.

"들어가자."

선혁의 집으로 들어간 자희는 거실 테이블에 케이크를 놓고 바로 주방 쪽으로 갔다. 그녀는 싱크대를 열어 앞접시와 와인잔을 꺼냈다. 흥얼거리며 냉장고를 연 자희는 안에 들어 있던 치즈를 찾아 쟁반 위에 올렸다. 선혁은 자신의 주방에서 자연스럽게 움직이는 그녀를 보며 마음이 무거웠다. 자희가 저만큼이나 자신의 생활 안으로 들어왔다는 것이 새삼 느껴졌다. 이제 자희가 없는 생활을 상상할 수조차 없게 되었다.

그녀를 알기까지 끝이 없는 외로움 속에 갇혀 있었다. 태어날 때부터 버림받은 인생이었다. 자신의 첫 기억은 보육원에서부터 시작되었다. 그곳에서의 삶이 아주 불행하지도 않았지만 행복하지도 않았다. 초등학교 때부터 보육원에 사는 애라고 왕따를 당했다. 중학교에 이르러서 도저히 참지 못하고 주먹을 휘두른 이후, 자신이 또래의 아이들보다 힘이 세고 싸움을 잘한다는 것을 깨달았다. 그리고 강하면 아무도 자신을 무시할 수 없다는 것도. 그러다 필진과 원택을 만나 지금까지 왔다. 외로움을 잊을 수는 있었지만 사라지지는 않았다. 그는 늘 갈증 같은 외로움에 치여왔다. 자희를 만나기 전까지만 해도 말이다.

"촛불 켜자."

테이블 위에는 어느새 와인잔과 케이크가 올라와 있었다. 케이크에는 하트 모양의 초도 꽂혀 있었다. 선혁이 얼른 주머니에서 라이터를 꺼냈다. 불을 붙이려는데 그 손을 자희가 잡았다.

"담배 끊기로 해놓고."

시험을 한 모양이었다. 흘겨보는 자희의 눈을 보며 선혁은 당당하게 말했다.

"끊었지. 그전에 넣어놨던 건데 계속 주머니에 있었던 것뿐이야."

"정말이지?"

"난 자희한테 거짓말 안 해."

"진짤까?"

자희가 표정을 읽으려는 듯 장난스럽게 얼굴을 가까이 했다. 선혁은 얼른 촛불을 켰다.

"100일 축하합니다."

생일 축하 노래에 '100일'이라는 단어를 붙여 자희가 노래했다. 둘은 함께 촛불을 껐다. 자희는 얼른 거실 불을 켜고 돌아와 솜씨 좋게 와인을 땄다. 그러고는 선혁의 잔에 와인을 채웠다.

"벌써 100일이나 됐네."

"그러게."

두 사람이 만났던 것은 100일 전, 버스에서였다. 그날따라 차가 고장 나 버스로 퇴근할 수밖에 없었다. 오랜만이라 대중교통이 익숙지 않았다. 사람들에게 치여가며 힘겹게 버스에 올랐는데 지갑이 없었다. 이미 차는 출발했고, 분명 있던 지갑이 어디로 갔는지 우왕좌왕하던 그는 무임승차한 취급을 받았다.

"아, 버스카드도 한 장 없다고요?"

그가 난감했던 것은 지갑이 사라졌다는 것보다 버스 안에 빽빽하게 서 있던 사람들의 시선이 모두 자신에게로 향해 있다는 사실이었다. 그는 다음 정거장에서 내리겠다고 말했다. 그때 빽빽이 서 있던 사람들이 짜증스러운 소리를 내며 이리저리로 움직이는 게 느껴졌다. 뭔가 싶어 보니, 키 작은 한 여자가 사람들 틈을 비집고 나오고 있었다. 하얀 얼굴에 둥글고 커다란 눈으로 사람들 틈에서 몸을 비트는 것이, 자신이 처한 상황에 맞지 않게 너무 귀여워 보였다.

그녀는 선혁의 버스비를 대신 내주었다. 꼭 사례하겠다고 연락처를 받았지만 버스비가 중요한 것이 아니었다. 그녀가 그 작은 몸으로 사람들을 헤집고 나타난 순간 그대로 마음을 빼앗겨 버리고 말았다. 보답으로 식사 대접을 하겠다고 하고는 몇 번을 더 연락해 만나다가 사귀어보고 싶다고 고백했다. 그녀가 고백을 받아주었을 때는 자신의 인생처음으로 세상에 태어나길 잘했다고 생각했다.

사귀고 난 이후의 그녀는 자신의 생각보다 훨씬 더 착하고 다정한 사람이었다. 처음 집에 놀러 왔을 때 청소해 주며 술만 들어 있던 냉장고를 채워주던 것은 잊을 수가 없다. 그날 그녀가 채워주었던 것은 단순한 음식만이 아니었다.

"자, 짠 합시다."

"그전에 나 받고 싶은 선물 있는데."

선혁이 말했다.

"뭐래. 케이크도 와인도 내가 사 왔는데. 자기는 100일 기억도 못 했으면서."

"그건 아까 봐주기로 했잖아."

쳇, 하고 빨간 입술을 내미는 자희의 모습이 너무 귀여웠다.

"뭔데?"

"오빠라고 한번 불러줘."

그 말을 한 순간 자희의 얼굴이 화르륵 불타올랐다. 부끄러워하는 자희를 보니 가슴께가 간질거렸다.

"자꾸 그러면 그냥 야라고 부른다?"

귀여운 협박에 선혁이 후후 웃었다. 그러면서 그녀의 한쪽 손을 마주 잡았다. 와인병을 쥐었던 탓인지 손이 싸늘했다.

"왜 이러서?"

"그냥, 좋아서."

자희는 장난처럼 말했지만 선혁은 진심이었다. 이 손을 놓을 수는 없다고 그는 다시 한번 생각했다.

"자고 갈래?"

묻는 선혁을 자희가 빤히 쳐다보았다.

그때 전화벨이 울렸다. 선혁의 핸드폰이었다.

"분위기 깨네."

자희가 웃으며 손을 뺐다. 선혁은 곤란한 얼굴로 핸드폰을 꺼내 보았다. 발신인을 확인한 그의 표정이 조금 굳었다. 다른 사람 같았으면 받지 않았을 테지만, 자신이 기다리던 전화였다.

"누군데 그래?"

"회사 선배. 잠깐 전화 좀 받고 올게."

"네, 네."

조금 삐진 듯 보였지만 진심은 아닐 터였다. 선혁은 얼른 전화기를 들고 복도로 나갔다. 그는 문을 닫자마자 수신 버튼을 눌렀다. 목소리를 낮춘 채로 전화를 받았다.

"네, 대리님."

"전화했었어? 와이프랑 영화 봤거든. 전화 달라고 문자까지 보냈길래. 무슨 일인데?"

"다른 게 아니라."

그는 의식적으로 핸드폰을 귀에 바짝 가져다 대었다. 왠지 마른침을 꿀꺽 삼켰다.

"대리님, 은파고등학교 나오셨다고 하지 않았나요?"

"어, 그랬지."

그가 전화한 김 대리의 나이는 서른 살이었다. 선혁이 중학교 3학년 때 고등학교를 졸업한 셈이었다.

"혹시 후배들 좀 많이 아세요? 제 나이 또래 후배요. 스물일곱 살."

"후배 건너 건너로 아는 애들이 있긴 한데, 왜?"

"제가 찾는 사람이 있는데요, 혹시 백도진이라고 아세요?"

"백도진이라. 이름은 어디선가 들어본 적이 있는 것 같은데, 내가 아는 사람은 아니다. 알아봐 줘?"

"아뇨, 아뇨. 중요한 일은 아니에요."

김 대리가 보고 있는 것이 아닌데도 선혁은 황급히 손을 내저었다. 여기저기 알릴 일은 아니었다. 여러 사람이 알다 보면 분명 이상하다고 생각하는 사람이 나올 것이었다. 경찰 조사가 이쪽 방향으로 시작되면 재미없는 일이 될 수도 있었다.

"학교 쪽에 문의하면 간단할 거 같아요."

"그래? 알았어."

전화를 끊고 난 후 선혁은 깊은 한숨을 내쉬었다. 그런 후 아직 자희가 있는 집 쪽으로 시선을 돌렸다.

그는 9년 전 자신들이 죽였던 그 학생의 이름을 기억하고 있었다. 기억하고 싶지 않아도 머리에 박혀버렸다. 그만큼 자신에게도 충격적인 일이었기 때문이다. 원택이나 필진과 어울리며 어른들 눈 밖에 나는 삶을 살았다 해도 설사 사람을 죽이게 될 거라고는 생각해 본 적이 없었다. 차라리 그때 그의 학생증을 보지 않았더라면, 하고 후회하는 날도 많았지만 지금은 달라졌다. 그 이름을 기억하고 있는 덕분에 무너진 하늘에 솟아날 구멍이 보이는 셈이었다.

한 명 남았다.

지금 가장 시급한 일은 자신이 그 한 명이 되지 않는 일이었다. 그리고 자신의 목숨을 노리는 살인자를 찾아내는 일이었다. 자희를 위해서라도 경찰에 알리지 않겠다고 다짐한 순간, 방법은 하나밖에 없었다. 이쪽에서 먼저 그 살인자를 찾아내는 것이다.

살인자는 누구일까? 예상되는 사람은 있었다. 바로 죽

은 백도진의 가족이다. 입장을 바꿔 만약 누군가 자희를 죽인다면 지옥 끝까지라도 쫓아가 그를 죽일 자신이 있었다. 절대 용서하지 않을 것이었다. 그때는 법도 규율도 필요 없다. 하지만 백도진이 죽을 당시의 나이는 열여덟 살. 사귀는 학생이 있었더라도 다른 사람의 목숨을 빼앗을 만큼의 감정은 아니었을 것이다.

그렇다면 답은 하나다. 가족인 것이다. 대체 삼인방이 그를 죽였다는 걸 어떻게 알게 됐는지는 모르겠지만, 어떤 식으로든 그의 가족들이 백도진이 누구 손에 죽임을 당했는지 알아낸 것이다. 복수를 하고 있는 것이 분명했다.

그런 이유로 선혁은 백도진의 가족을 찾아볼 생각이었다. 그 가족 중 하나, 혹은 가족들 모두가 협심해서 선혁의 목숨을 노리고 있다. 그들을 찾게 되면 그는 온 힘을 다해 사죄할 것이었다. 사정을 자세히 이야기하면 이해를 해줄 지도 몰랐다. 함께 있긴 했지만 실제로 죽인 것은 원택이었다. 도망치지 못하게 잡은 것은 필진이었다. 뒤떨어져 있던 자신에게 그 사건은 벼락처럼 느닷없이 벌어진 일이었다. 하지만 말리지 못했던 것은 자신의 명백한 잘못이다. 그 점을 깊이 사죄하면서 한편으로는 필진과 원택의 죽음에 대해서 자신 역시 입 다물겠다고 약속을 해야 한다. 입을 다무는 조건의 교환이라고 볼 수 있었다. 그런 식으로 이야기가 흘러가면 여기서 멈추지 않을까 하는 생각이었다.

하지만 모든 게 제 생각대로 되지 않을 경우의 수도 물론 존재한다.

"선혁 씨? 아직 멀었어?"

현관문을 빠끔히 열고 자희가 내다보았다.

"들어갈게."

선혁은 문을 열고 거실로 들어갔다. 자희가 이미 비어버린 와인잔을 흔들어 보였다. 선혁은 그녀를 향해 미소를 보내면서 생각했다.

만약 그렇게 되면, 설득되지 않는다면 어쩔 수 없다. 자신은 이 인생을 놓을 수 없다. 깊고 깊은 그 외로움의 시절로 다시 돌아가지 않을 것이다. 필사의 노력을 하겠지만 안 된다면 범인을 찾아 없앤다. 선혁은 그러기로 결심했다. 그런 일이 벌어지지 않기를 바라면서.

은파고등학교는 꽤 오래된 학교치고 시설이 굉장히 깨끗했다. 운동장은 전부 우레탄이 깔려 있었고, 입구에서 오른쪽으로 새로 지은 강당 건물이 위용을 자랑하고 있었다. 본관 건물 역시 도색을 새로 한 듯 벗어진 데가 하나도 없었다.

"학교에 뭘 좀 문의하러 왔는데 어디로 가야 하죠?"

입구에 설치된 경비실 문에는 '학교 지킴이'라고 적혀 있었다. 안에 있는 남자는 60대 후반 정도로 보였다. 머리가 희끗희끗했지만 깨끗하게 빗어 넘겨 단정한 인상을 주었다.

"뭘 물어보시는데요?"

"예전에 졸업한 학생에 대해서……."

"그럼 행정실로 한번 가보세요. 1층 복도 오른쪽 끝에 있습니다."

학교 지킴이의 안내에 따라 선혁은 곧장 본관 1층으로 들어섰다. 입구에서 오른쪽 복도 끝 사무실에 '행정실' 푯말이 보였다. 노크를 하고 안으로 들어갔다.

"어떻게 오셨어요?"

사무실은 파티션으로 깔끔하게 구역이 나뉘어 있었고, 안에 있던 서넛의 직원은 각자 업무를 하느라 정신이 없어 보였다. 입구 옆에 있던 복사기에서 복사를 하고 있던 20대

여성이 그를 보고 말을 걸었다.

"어…… 졸업생 연락처를 알고 싶어서 왔는데요."

그 소리를 듣고 창가에 앉아 있던 남자가 머리를 들었다. 담당자인 모양이었다.

"졸업생 연락처는 개인정보라 알려드릴 수가 없는데요."

선혁은 그쪽으로 가까이 다가갔다.

"그럼 혹시 학교에 그 학생 정보가 남아 있다면 전화를 직접 걸어서 연락처를 알려줘도 되냐고 물어봐 주시면 안 될까요?"

백도진을 찾을 방법은 이것뿐이었다. 선혁은 쉽게 포기하지 않을 생각이었다.

"언제 졸업한 학생인데요?"

선혁은 조금 당황했다. 그 아이는 졸업하지 못했다. 9년 전 사라져 버린 것이다. 어떻게 대답해야 할지 몰라 애매하게 말끝을 흐렸다.

"9년이나 8년 전에……."

"그럼 어차피 전화번호도 많이 바뀌었을 거예요. 차라리 동창회 사무실로 전화해 보시는 게 어떠세요? 거기라면 그런 일 많이 해드릴 텐데."

    그런 일이라는 것은 전화를 해서 상대와 연락이 닿도록 이어주는 것을 말하는 것이다. 선혁은 주저했다. 백도진은 9년 전에 죽은 사람이다. 졸업생이 아니니 동창회 사무실에 이력이 남았을 리가 없다. 그렇다고 여기서 그런 사정을 말할 수는 없었다. 분명 경찰은 9년 전 제선시에서 무슨 일이 있었는지를 알아낼 것이고, 은파고등학교에서 야영을 왔던 백도진이 실종되었다는 것을 알아낼 것이다. 그렇게 되면 분명 학교로 온다. 여기서 자신이 백도진의 이름을 뱉었다가는 경찰의 귀에 당연히 들어갈 일이었다. 선혁은 결국 동창회 사무실 전화번호만 받아 들고 행정실을 빠져나올 수밖에 없었다.

    그는 전화번호를 내려다보며 운동장으로 내려섰다. 한번 전화를 해볼까? 백도진은 죽었지만, 그때 그를 알던 사람이나 친구 정도는 찾을 수 있을지도 몰랐다. 경찰은 행정실에서 정보를 얻을 수 있을 것이다. 그러니 동창회 사무실까지 연락할 일은 없을 터다. 자신이 백도진에 대해 동창회 사무실에 물은 정도는 경찰이 알아낼 수 없을 것이란 생각이 들었다.

    자신의 이름을 말하지는 말자. 만약 알려야 한다면 대

충 가명을 댈 생각으로 선혁은 핸드폰에 동창회 사무실의 전화번호를 꾹꾹 눌렀다.

몇 번 신호가 가지 않아 상대방이 전화를 받았다. 굵직한 남자 목소리였다.

"은파고등학교 총동창회 사무실입니다."

"저, 여쭤볼 것이 있어서 전화드렸는데요. 사람을 찾고 있어요."

"몇 기인데요?"

졸업하지 않았으니 기수 같은 건 없다.

"9년 전에 고등학교 2학년이었는데요."

"음…… 그럼 8년 전 졸업했다는 거니까 58기네요. 근데 무슨 일로 그러시죠? 개인정보라 함부로 알려드릴 수는 없는데요."

"사정이 있어서 그렇습니다. 제가 그 학생한테 도움을 많이 받았어요. 그래서 지금이라도 찾아보려고 하는데요. 그 학생이 어렵다면 가족이라도 찾고 싶어서요."

차마 죽은 사람이라고 말할 수는 없었다.

"그럼 이렇게 하시죠. 만약에 여기 연락처가 있으면 제가 전화해 보고 그쪽에서 연락처를 알려드려도 된다고 하면 알려드리겠습니다. 아니면 지금 전화하신 분 연락처를 넘겨드릴 수도 있고요."

"그럼 부탁 좀 드리겠습니다."

"찾으시는 분 성함이 어떻게 되죠?"

선혁은 자신도 모르게 침을 꿀꺽 삼켰다.

"백도진. 9년 전에 고등학교 2학년이었습니다."

"예?"

전화기 너머에서 조금 놀란 목소리가 들려왔다. 백도진의 실종을 아는 사람일지도 몰랐다. 그때 지역 뉴스에 날 만큼 제선시를 발칵 뒤집었던 사건이었으니 나이가 비슷한 동창이라면 다 알 것 같았다. 만약 누구냐고 물어본다면 어떻게 해야 할까 생각했는데, 놀라서인지 잠깐 침묵했던 상대방이 생각지도 못한 말을 꺼냈다.

"백도진이라면, 전데요. 누구세요?"

6

은파경찰서에는 결국 연쇄살인에 대한 수사본부가 차려졌다. 사건은 일명 '쪽지예고 연쇄살인 사건'으로 불리게 되었다. 수사대의 인원은 늘어났지만 총지휘는 그대로 강차열 형사가 맡아야 했다. 경찰청장을 위시하여 형사부장과 수사본부 대원들이 집합한 자리에서 강차열은 그간의 살인 사건 조사 과정을 설명했다.

"첫 번째 피해자는 27세 남성 고원택입니다. 사기 등의 전과로 복역을 하다 출소한 지 8개월 되었습니다. 발견 장소는 송인동 주택가의 임시주차장입니다. 주요 사인은 목쪽 대동맥 절단에 의한 과다 출혈이고, 몸싸움의 흔적이 없다는 것이 특이점입니다. 고원택은 어린 시절부터 복싱을 해왔고, 고등학교 졸업 이후 조직에서 활동했을 정도의 싸움 이력이 있는 사람입니다. 사진으로 보시는 것과 같이 체격이 건장하여 예상치 못한 공격이었더라도 쉽게 당하지는 않았을 것이기 때문입니다. 다음은 피해자의 입에 물려 있던 메모입니다."

강차열은 들고 있던 포인터의 버튼을 눌러 프레젠테이션 화면을 넘겼다. 길게 잘린 종이에 남겨진 문구가 크게 화면에 띄워졌다. 여기저기서 낮은 탄식이 들려왔다.

9년 전 너희 삼인방이 한 짓을 이제야 갚을 때가 왔어.

"삼인방이 누구인지는 확인되었나요?"

오른쪽 책상 열의 끝에 앉아 있던 대원이 손을 들며 질문했다. 강차열이 대답했다.

"네. 피해자 고원택의 장례식에 찾아온 사람들을 탐문하였고, 메모에 언급된 9년 전 고원택의 담임 교사에게 확인하였습니다. 언급된 삼인방은 피해자와 같은 나이의 허필진, 다른 한 명은 오선혁입니다."

"그런데 그중 한 명이 두 번째 타깃이 되었다?"

그렇게 말한 서장을 향해 강차열이 몸을 살짝 비틀어 섰다. 그는 고개를 끄덕이며 다음 화면으로 넘겼다. 허필진의 증명사진이 화면 한가득 떴다.

"네. 두 번째 피해자 허필진이 사망한 곳은 광판시 외곽에 있는 운정모텔입니다. 사건 당일 삼인방 중 한 명인 오선혁과 이곳에서 만나기로 약속이 되어 있었다고 합니다."

"남자 둘이?"

누군가의 혼잣말에 여기저기서 실소가 터졌다. 차열의 표정에는 변화가 없었다.

"도착은 허필진이 먼저 했고, 투숙한 호수를 오선혁에게 문자로 전송했습니다. 이후 도착한 오선혁이 허필진의 시신을 발견하고 신고한 것입니다. 그런데 특이할 만한 점이 있습니다. 당시 오선혁이 이용한 택시를 찾았는데, 그날 운정모텔이 아닌 5분 거리의 바로모텔에서 내려 걸어간 것으로 확인되었습니다."

"왜 굳이?"

"그럼 그놈이 죽인 거 아냐?"

여기저기서 웅성이는 소리가 들렸다. 침묵이 내려앉기를 기다렸다가 화면을 넘겼다. 사람들의 표정이 단번에 진지해졌다. 차열이 넘긴 장면은 사건 현장이 담긴 사진이었기 때문이다. 침대 위, 누런 벽지 위로 엄청난 양의 피가 흩뿌려져 있었다. 차열이 다른 설명 없이 다음 장을 넘겼다. 시신이 매달렸던 모텔 방 입구의 사진이었다.

"살인은 모텔 방의 중앙, 침대 근처에서 벌어졌고, 이후 범인은 시신을 문 쪽으로 옮겨 목을 매달았습니다. 부검 결과 사인은 목의 대동맥 파열, 칼로 목을 찌른 것이 사망의 이유입니다."

"칼로 찌른 다음 일부러 목을 왜 매달았을까?"

"현재로서는 정확한 이유는 확인할 수 없지만 예상컨대, 첫 번째 사건 때처럼 전시 살인을 위한 것이 아니었나 싶습니다."

"전시 살인이라……. 뭔가 이유가 있겠군."

역시 형사반장이 핵심을 찔렀다. 그는 말을 이었다.

"이번엔 메모가 없었나?"

"있었습니다."

화면에 첫 번째 사건 때와 비슷한 크기의 종이가 비춰졌다. 역시나 똑같이 손으로 쓴 글씨였다.

한 명 남았다.

흐음, 형사반장이 팔짱을 끼며 소리를 냈다. 흥미로워하는 기색이었다.

"삼인방 중 나머지 한 명, 그러니까 살아남은⋯⋯."

"오선혁입니다."

"그 사람이 범인일 가능성은 없나?"

"저희도 그 가능성을 열어두고 수사는 진행하였습니다."

앞선 두 명 모두 시신에 다툼의 흔적이 없었다. 그렇다는 것은 안면이 있는 사람일 가능성이 크다는 것이었다. 하지만 마음에 걸리는 점이 있었다. 허필진의 살인 사건 현장을 볼 때 범인은 키가 큰 남성으로 예상되었다. 허필진의 목에 칼이 들어간 방향, 그리고 피가 튄 흔적으로 유추해 본 결과가 그랬다. 1차 부검 소견 역시 키가 179센티인 허필진보다 큰 183센티 이상의 남자로 예상된다고 적혀 있었다. 대동맥이 파열되면 엄청난 피가 강한 압력으로 분출된다. 분명 가까이 서 있던 범인의 몸에도 대량의 혈흔이 튀었을 것이었다. 그래서 사람이 선 뒤쪽의 벽에는 피가 튀지 않는다. 그것으로 유추한 범인의 키가 그랬다. 오선혁의 키는 175센티였다. 게다가 고원택보다 상대적으로 왜소한 오선혁이 단번에 그를 제압했다는 것은 객관적으로 볼 때 가능한 일이 아니었다.

하지만 의심스러운 점은 남아 있었다. 일단 남자 둘이 모텔에서 술을 마시기로 한 것은 그렇다 치더라도, 오선혁의 이동 형태가 일반적이지 않았다. 차를 가지고 오지 않고 택시를 탔다. 택시비는 현금으로 치렀다. 그들이 들어간 모텔은 마침 CCTV가 없는 곳이었다. 마치 자신의 행적을 들키지 않기 위한 이동 수단처럼 보였다.

게다가 허필진은 고원택 살인범으로 오선혁을 의심한 듯했다. 집을 떠나기 전 허필진이 아내에게 자신이 연락이 안 되면 오선혁을 찾으라고 했기 때문이었다. 살인 현장은 범인이 오선혁이 아니라고 말하는데 상황들이 일제히 오선혁을 가리키고 있었다.

그런 점을 소상히 보고하자 수사대원들은 진지하게 수첩에 해당 내용을 메모하였다. 왼쪽 열 중간쯤에 앉은 형사가 소심하게 손을 들었다.

"9년 전에 무슨 사건이 있었는지는 조사해 보셨습니까?"

"물론입니다. 하지만 오선혁은 9년 전에 특별한 일은 없었다고 했습니다. 당시 담임이었던 박희찬 씨를 만나 확인했지만 그즈음 고원택이 임신한 선생님을 폭행하려 했던 것 이외에는 별다른 일이 없었다고 합니다."

"임신한 선생님을요? 혹시 유산한 건 아닙니까?"

만약 그렇다면 자식을 잃은 부모로서 복수하려는 마음이 생길 법도 하다. 하지만 차열이 조사한 바로는 그럴 가능성은 거의 없었다.

"치료는 받았습니다만 유산하지는 않았습니다. 확인 결과 지금 아이를 잘 키우고 있고, 다른 지역 학교의 선생님으로 근무하고 있습니다. 물론 허필진 살인 사건 발생 추정 시각의 알리바이도 있고요."

"지금 오선혁은 어쩌고 있나?"

"허필진 아내분의 말도 있고 하여 일단 조사를 했습니다만, 뚜렷한 증거는 찾지 못했습니다."

"자, 그럼 문제는 두 가지군."

들고 있던 보고서를 책상에 탁탁 치며 서장이 말했다.

"하나는 대체 9년 전에 무슨 일이 있었느냐. 다른 하나는."

경찰서장이 차열을 보자 그가 말을 이었다.

"살인범이 왜 9년 만에 범행을 저지르게 되었느냐, 하는 점입니다. 전시 살인으로 뭘 말하고 싶으냐는 점도 있고요."

회의를 마친 차열은 사무실로 돌아왔다. 문을 열고 들어서는데 책상 위에서 핸드폰이 울리고 있었다. 원래는 회의를 하더라도 진동으로 바꿔놓고 핸드폰을 소지한다. 그러나 오늘은 깜박 잊고 핸드폰을 책상 위에 둔 채 회의실에 들어가 버렸다. 차열은 빨리 뛰어 책상으로 향했다. 다행히 벨 소리가 끊기기 전에 전화를 받을 수 있었다. 전화를 걸어온 것은 고원택의 9년 전 담임인 박희찬이었다.

"네, 선생님."

"전화 괜찮으십니까? 바쁘신 건 아닌지……."

전화를 늦게 받아서인지 바쁜 건 아닐까 걱정하는 느낌이 목소리를 통해 느껴졌다. 만났을 때 예의 바르던 그의 얼굴과 몸짓이 머릿속에 떠올랐다.

"아닙니다, 말씀하십시오."

"뭔가 떠오르는 게 있으면 알려달라고 하셔서요."

핸드폰을 쥔 차열의 손에 힘이 주어졌다. 그는 바로 책상에 앉아 메모지와 볼펜을 꺼내 들었다.

"말씀하십시오."

"근데 이건 그 애들과 관련이 없을지도 몰라서요."

"상관없습니다. 작더라도 생각나는 걸 말씀해 주시면 됩니다. 관련이 있는지 없는지는 저희가 확인하겠습니다. 작은 것이 큰 열쇠가 될 수도 있고요."

네, 작게 대답하는 그의 말투에서 안도하는 기색이 느껴졌다.

"사실 지난번에는 생각 못 했는데요, 생각해 보니까 9년 전에 저희 지역에서 큰일이 있기는 있었어요."

핸드폰을 쥔 손에 힘이 들어갔다.

"뭐였죠?"

"그 아이들과 관련은 없습니다만, 저희 지역에 있는 수련원에 야영을 왔던 학교 학생 하나가 실종된 적이 있습니다. 지역 방송에서 크게 다뤄졌는데 끝내 못 찾은 걸로 기억하고 있습니다."

실종은 처음 듣는 이야기였다. 차열은 박희찬에게 물었다.

"혹시 어느 학교인지 기억나십니까?"

"아뇨, 그건 잘……."

"저희가 확인해 보겠습니다. 중요한 제보 감사합니다."

차열은 전화를 끊었다. 바로 인터넷에 접속해 검색을 해보았다. '제선시, 실종, 수련원' 세 가지 단어를 입력했더니 곧장 눈길을 끄는 뉴스가 있었다.

제선시 수련원에 야영 갔던 남학생 실종

실종 엿새째, 아직 못 찾아

내용은 박희찬이 말한 것과 같았다. 뉴스로는 어느 학교인지까지 확인할 수 있어 다행이었다. 은파시에 있는 은파고등학교였다. 은파고등학교는 남고로 후배인 인욱도 은파고를 나왔다고 알고 있다. 뉴스에는 실종된 학생 이름이 '이모 군'으로만 나와 있었다. 날짜를 확인했다. 2014년. 정확히 9년 전 사건이었다.

"오랜만에 오니까 기분이 묘하네요."

차열과 함께 차에서 내리면서 인욱이 말했다. 신기한 것을 보는 듯한 눈으로 주변을 둘러보면서 운동장을 빼고는 거의 변한 것이 없다고 말했다.

"모교에 조사를 하러 올 줄 몰랐겠지."

두 사람은 곧장 행정실로 향했다. 이미 오기 전에 전화를 걸어 협조를 당부해 놓은 터였다. 안으로 들어가자 행정실장이 두 사람을 맞이했다. 그들은 행정실 가장 안쪽에 놓여 있는 소파로 안내되었다. 오래된 흔적이 보이는 가죽 소파는 테이블 하나를 사이에 두고 마주 보게 놓여 있었다. 차열과 인욱은 창문이 있는 쪽으로 등을 두고 앉았고 그 맞은편에 행정실장이 앉았다. 그는 조금 떨어진 책상에 앉은 여직원을 향해 말했다.

"성희 씨, 여기 차 두 잔만."

"감사합니다."

행정실장은 곧장 두 사람을 향해 호기심 어린 눈길을 던졌다. 무슨 수사를 위해 왔는지 궁금해하는 것 같았다. 빨리 용건을 꺼내는 것이 차열로서도 편했다.

"실례되는 질문일 수도 있지만, 행정실장님은 여기서 언제부터 근무하셨습니까?"

"저요?"

예상치 못한 질문이었는지 그는 눈을 휘둥그렇게 떴다.

"혹시 제 알리바이를 수사하는 건가요?"

행정실장은 제가 말해놓고도 재밌는지 곧장 웃음을 터뜨렸다.

"농담입니다, 농담."

차열과 인욱이 어지간히 어이없다는 얼굴을 했는지도 몰랐다. 어색한 웃음으로 대답을 기다리고 있자 행정실장은 눈을 위쪽으로 치켜뜨며 잠시 생각에 잠겼다.

"햇수로 12년쯤 됐네요. 꽤 오래 다녔죠?"

차열이 상체를 앞으로 기울였다.

"그렇다면 혹시 9년 전 일을 기억하고 계신가요? 당시 2학년이던 학생이 야영을 갔다가 실종된 사건인데요."

"아, 그거 알죠."

행정실장은 바로 고개를 끄덕였다.

"학교가 발칵 뒤집혔는걸요. 그때 인솔 담당 선생님도 징계를 받고, 담임선생님도 많이 곤란하셨죠. 학생 부모님이 가만히 있을 리가 없으니까요."

"자세한 이야기를 들을 수 있을까요? 뉴스로는 한정적인 정보만 나와서요."

음, 하고 행정실장이 멍한 눈을 했다. 아마 생각을 되짚어 보는 것일 터다. 그사이 찻잔을 쟁반에 받쳐 들고 직원이 다가왔다. 그녀는 두 사람 앞에만 차를 내어주고 곧장 돌아섰다. 행정실장은 차를 마시지 않거나 마신 지 얼마 안 된 모양이었다. 갑자기 목이 타는 듯해 차열은 차를 한 모금 마셨다. 티백에 담긴 녹차였지만 맛은 나쁘지 않았다. 차열이 차를 마시자 옆에 앉은 인욱도 따라 마셨다.

"아시는 대로 그때 학생들이 야영을 갔었습니다. 그때 장소가 어디더라…… 저기 아랫지방 쪽이었던 것 같은데……."

"제선시입니다."

차열이 대답하자 행정실장이 눈을 크게 뜨며 고개를 끄덕였다.

"맞다, 제선시. 거기에 있는 수련원으로 갔죠. 사건 있기 전까지만 해도 매년 거기로 갔습니다. 시설도 나쁘지 않고 한적한 곳에 있어서 조용하기도 하고요. 더군다나 주변에 아무것도 없으니 애들이 사고를 칠 거리도 없잖아요."

"사고라면?"

"물론 전부 다는 아니지만 일부 학생들이 일탈 행동을 하죠. 주변에 슈퍼나 편의점 같은 게 있으면 백이면 백 술이나 담배를 사러 담을 넘어갑니다. 그런데 거기는 걸어서

30분…… 아니, 30분이 뭐야 4, 50분은 나가야 그런 가게가 있거든요. 그러니 아예 포기를 하죠. 그래서 야영 장소로 그곳을 선호한 겁니다."

그런데 실종 사건이 벌어졌다. 300여 명의 아이들 중 한 사람이 사라졌다는 것을 안 것은 다음 날 아침이었다. 분명히 전날 밤 취침 점호시간에 있었던 아이가 사라진 것이다. 같은 방을 썼던 다른 아이들은 잠에 빠져 있느라 한 명이 사라진 줄도 몰랐다고 했다.

"어떻게 그럴 수 있죠? 같은 방을 쓰고 있고…… 친구도 있을 거 아닙니까?"

"그게, 그 학생이 교우 관계가 그리 원만하지 않았다고 합니다. 한마디로 친구가 한 명도 없는 애였어요."

행정실장의 말에 의하면 방을 나눈 기준은 이랬다. 한 방에 여덟 명씩 배정되었는데 친한 사람들끼리 방을 짜라고 하는 바람에 실종된 아이는 어느 방에도 먼저 낄 수가 없었다. 마지막으로 한 자리가 남은 방은 둘씩 혹은 셋씩 친한 아이들이 어색하게 모인 방이었다. 저녁을 먹은 후 각자 놀았고 점호 이후 잠이 들었기 때문에 아무도 모른다고 진술했다는 모양이었다.

"혹시 왕따는 아니었고요?"

인욱이 질문하자 행정실장이 펄쩍 뛰었다.

"아유, 그런 말씀 마세요. 예나 지금이나 우리 학교는 지역에서 가장 성적이 우수한 아이들만 들어오는걸요. 그런 일 같은 건 상상도 할 수 없어요. 그때 조사했던 형사님한테 물어보시면 알 겁니다. 그날 같은 방을 썼던 아이들이 다 조사를 받았거든요."

"알겠습니다. 그건 저희가 확인해 보겠습니다."

그렇게 말하며 차열은 수첩을 펼쳐 들었다.

"실종된 학생 이름을 혹시 기억하고 계시나요?"

행정실장은 인상을 찡그렸다.

"그게 잘……. 워낙 시간이 오래되다 보니……."

"당시 담임선생님은 학교에 근무 안 하십니까?"

인욱이 질문했다.

"전근 가셨죠."

행정실장이 대답하고는 "아" 하며 허벅지를 쳤다.

"기억났습니다. 이승훈 학생이죠. 잊고 있어서 좀 미안하네요."

차열이 인욱을 보았다. 두 사람의 눈이 마주치자 차열

은 고개를 끄덕였다. 어쩌면 실종된 학생의 부모가 이번 사건에 관련될 수도 있는 것이다.

"혹시 그 학생의 부모님 연락처나 주소 좀 확인할 수 있을까요? 공무집행 요청으로 공문도 바로 보내드리겠습니다."

행정실장이 고개를 끄덕였다.

"성희 씨, 9년 전 생기부 자료 좀 찾을 수 있지? 이름은 이승훈. 그러니까……."

"2014년도에 열여덟 살이었던 학생입니다."

차열이 얼른 덧붙였다. 고개를 격하게 끄덕이며 행정실장이 성희라고 불린 직원에게 손짓했다.

"그 학생 생기부 좀 뽑아줘 봐."

"네에."

말끝을 늘이며 대답한 여직원은 컴퓨터를 두드리며 혼잣말을 했다.

"요즘 옛날 사람 찾는 사람이 많네."

그 말은 곧장 차열의 귀에 꽂혔다. 차열은 일어서서 직원의 옆으로 갔다.

"그게 무슨 말씀이시죠? 혹시 저희 말고 또 다른 사람이 이승훈 학생을 찾으러 왔었나요?"

"오긴 왔었는데 그 이름 아니었어요. 뭐더라……. 어쨌든 개인정보라 못 알려주고 총동창회 사무실 전화번호만 알려줬어요."

"아, 그렇군요."

차열은 자리로 돌아갔다. 잠시 후 직원이 프린트된 서류를 들고 왔다. 거기에 실종된 이승훈 학생의 주소와 연락처, 가족사항 등이 적혀 있었다.

7

도저히 납득이 가지 않았다. 9년 전 그날 분명, 남자애에게서 지갑을 뺏었을 때 학생증을 확인했다. 이름이 백도진인 것은 명확했다. 평생을 가도 잊을 수 없을 거라 생각해 왔기에 아무리 기억을 되짚어 봐도 틀릴 리가 없었다. 어쩌면 동명이인이었을지도 모른다. 그런 생각에 선혁은 은파고 총동창회 사무실을 찾아왔다. 전화로는 신세를 진 학생이 있었는데 이름이 기억나지 않는다고 말해뒀다. 백도진이라는 이름을 댔던 것은 뭔가 착오가 있었던 것 같다고 대충 둘러댔다.

사무실은 건강식품을 파는 매장의 3층에 위치해 있었다. 한 층 전체를 사용하는 것 같았는데 도로 쪽으로 난 창에 '은파고 총동창회'라고 창 하나마다 한 글자씩 선팅해 붙여놓았다. 워낙에 큰 글씨라 금방 찾을 수 있었다.

선혁은 건물 계단을 통해 3층으로 올라갔다. 왠지 긴장되어 가슴께가 조이는 것만 같았다. 문을 열면 9년 전 보았던 그 얼굴이 튀어나올 것만 같았다. 설마 죽었던 게 아닌 걸까. 그런 생각을 하지 않았던 것은 아니다. 영화에서도 죽은 줄 알았던 인물이 힘겹게 살아나 복수를 하러 오지 않던가. 하지만 그런 생각은 바보 같은 것이라고 일축해 버렸다. 그날 세 사람은 숨도 쉬지 않는 그 애를 끌어다 땅에 묻었다. 땅을 판 것은 필진과 선혁이었고 구덩이에 밀어 넣은 것은 원택이었다. 그러고 나서는 셋이 같이 흙을 덮었다. 혹시라도 들킬까 봐 발로 흙을 꾹꾹 눌러 다지기도 했다. 행여 잘못 확인해 구덩이에 밀어 넣을 때 살아 있었다고 한들, 그렇게 깊이 파고 그렇게 단단히 다진 흙 속에서 살아남을 수는 없었을 것이다.

조악한 패널에 적힌 은파고 총동창회 팻말을 보면서 선혁은 크게 숨을 들이쉬고, 천천히 내뱉었다. 긴장한 기색을 보여주면 안 될 것 같았다.

노크하자, 대답이 들려왔다. 문을 열고 들어갔다. 남자는 출입문 정면을 마주 보는 방향의 책상에 앉아 있었다. 떡 벌어진 어깨, 각진 얼굴, 두툼한 가슴살, 까맣게 그을린 피부와 좁고 얇은 눈매. 아무리 9년 전 일이라 해도 그 애가 아닌 것은 확실히 알 수 있었다.

"실례합니다. 전화드렸던……."

"아, 네!"

호쾌한 웃음을 지으며 남자가 사무실 가운데에 놓인 소파를 가리켰다. 선혁은 소파에 가 앉았다. 남자는 소파 옆에 놓인 장식장 쪽으로 다가갔다. 전기주전자와 커피믹스가 담긴 박스 같은 것들이 너저분하게 올려져 있었다. 커피를 타려는 것 같아 선혁은 얼른 손을 내저었다.

"차는 안 주셔도 됩니다. 마시고 왔어요."

차 같은 걸 마실 기분이 아니었다. 9년 전 그날 이후부터 어제까지 선혁은 백도진이라는 인물을 만나게 될 거라고는 상상해 본 적도 없었다.

백도진은 들고 있던 커피믹스 봉지를 내려놓고 선혁의 앞 소파에 엉덩이를 붙이고 앉았다. 백도진의 무게에 낡은 소파가 쑥 내려앉았다.

"찾으시는 게 백도진이라고요?"

백도진이 실실 웃으며 말했다. 선혁은 어색한 미소를 지으며 대답했다.

"제가 잘못 알았던 것 같습니다."

"그럼 어떻게 백도진이라는 이름을?"

"그게……."

선혁은 어디까지 말해야 하고, 어디까지 말하지 말아야할지에 대해 생각했다. 경찰 조사를 생각하면 여기에 오지 말았어야 했는지도 모른다. 하지만 경찰은 알 수 없을 것이다. 그날 그 애가 백도진의 학생증이 들어 있던 지갑을 가지고 있었던 것도, 선혁을 포함한 삼인방이 그 애를 죽였다는 것도. 그러니 이 사무실까지 뭔가를 물으러 오지 않을 거라는 생각이 들었다. 게다가 백도진이라는 이름을 알고있다고 말한 이상 대충 둘러대는 것으로는 그 애가 누구였는지 확인할 수 없을 것 같았다. 어느 정도는 사실대로 말해야 좋으리라는 판단이 섰다.

"사실은 어렸을 적에 제가 우연히 어떤 학생의 도움을 받은 적이 있습니다. 언제고 한번 갚아야지 하고 생각은 했지만 사람 사는 일이 쉽지 않다 보니 연락도 한번 못 했습니다. 그래서 지금 찾으려고 하는데."

"그 친구가 백도진이라는 이름을 댔습니까?"

말을 끊고 백도진이 물었다. 선혁은 그를 보았다. 동명이인이 있다면 벌써 사실을 말했을 것이다.

"제가 알기로 우리 학교에는 백도진이라는 이름은 저하나뿐인데요. 다른 학년엔 있었을지 모르지만 적어도 제가 가진 동창 명부에는 백도진이라는 이름은 없습니다."

선혁은 그를 응시하며 머릿속으로 재빨리 계산했다. 그렇다면 그날 본 학생증은 이 사람의 것이 맞을 터였다. 그렇다면 왜 그 애는 이 남자의 지갑을 가지고 있었을까? 그리고 왜 그 야심한 시각에 혼자 지갑을 가지고 나왔을까.

"그래서 묻고 싶은데요, 선생님께서 고등학교 2학년이시던 때, 9년 전 말입니다."

선혁은 일부러 눈을 매섭게 떴다.

"혹시 지갑을 잃어버리신 적 없습니까?"

"고등학교 2학년 때라니 그렇게 오래전 일을……."

말하던 백도진의 눈이 커다래졌다. 눈동자가 떨리는 것이 명확하게 보였다. 그는 갑자기 인상을 구겼다.

"당신, 누구야?"

예상치 못한 반응이었다. 선혁은 아무 말도 못 한 채 그를 멍하니 응시했다. 떨리는 목소리로 남자가 다시 물었다.

"경찰이야?"

경찰이라고 하면 안 된다고, 선혁은 빠르게 결정을 내렸다. 이 남자에게는 뭔가가 있는 것이다.

"아닙니다, 단지……."

"그럼 뭘 쑤시고 다니는 거야!"

남자가 벌떡 일어섰다. 그러고는 한걸음에 선혁의 옆으로 와 그의 팔을 끌어당겨 일으켰다. 힘이 얼마나 센지 선혁은 버티지도 못한 채 문 앞까지 끌려갔다.

"왜 이러십니까. 저는 그냥 단지 그 학생에 대해……."

"가요! 어차피 개인정보는 아무도 못 알려줍니다."

남자는 완전히 과민 반응을 하고 있었다. 이럴수록 그가 뭔가 숨기려 한다는 걸 명확히 알 수 있었다.

"그냥 그 학생의 이름만 알려주면 됩니다."

"안 된다니까! 경찰 부를까?"

백도진이 멈추어 선 채로 그를 향해 눈을 부라렸다. 경찰을 부를 리가 없었다. 단지 협박하는 것뿐이다. 그 증거로 백도진은 겁을 내고 있다. 선혁이 누구이고, 왜 백도진의 지갑에 대해 조사하려는 건지 알 수 없고, 또한 알아낼까 봐 두려워하고 있다. 선혁은 짚이는 구석이 있었다. 그러나 백도진을 통해 그걸 확인받을 수는 없을 것 같았다. 잘못하다가 정말 백도진이 경찰을 부르기라도 한다면 큰일이었다. 일단 이대로 물러서는 수밖에 없다.

"알겠습니다, 알겠습니다. 돌아갈 테니 밀지 마세요."

선혁은 등을 돌릴 수밖에 없었다. 백도진은 문을 열고 그를 밀쳐냈다. 그 힘에 선혁이 복도까지 밀려났다. 문을 쾅 닫는 백도진의 손길이 우악스러웠다. 선혁은 닫힌 문을 보며 아랫입술을 깨물었다. 백도진이 무엇을 숨기려 하는지는 알 수 없다. 하지만 어떻게든 백도진의 지갑을 가지고 있던 그 애의 이름과 주소를 알아내야 했다. 이쪽은 목숨이 달린 일이다.

총동창회 사무실에서 나온 선혁은 곧장 회사로 출근을 했다. 총동창회 사무실에 오기 전 몸이 아파 병원에 들렀다가 늦게 출근하겠다고 회사에 연락을 취해놓았다. 반차를 쓰는 걸로 했기 때문에 오전엔 회사에 돌아가도 되지 않지만, 지금은 그럴 때가 아니었다. 사무실에 도착해 주차하려는데 전화가 울렸다. 자희였다. 전화를 받자 자희의 경쾌한 목소리가 그를 불렀다. 기분이 갑자기 상쾌해지는 것 같았다.

"선혁 씨, 어디야?"

"회사지."

당연하지 않으냐는 듯 말했지만 자희에게는 오늘 반차를 쓴 것을 비밀로 했다. 하지만 지금 회사 주차장에 있으니 완전히 거짓말은 아니었다.

"그럼 지금 전화 받기 좀 그런가?"

"아니, 괜찮아, 말해."

선혁은 전화기 너머로 소리가 전해지지 않도록 살짝 사이드브레이크를 걸며 주차 모드로 바꾸었다.

"아니, 요즘 무슨 일이 있나 해서."

"응?"

"지난번에 만났을 때도 계속 넋을 놓고 있는 것 같던데. 요즘 전화도 뜸하고 말야. 애정이 식었어?"

마지막 말에서는 장난기가 느껴졌지만, 사실은 걱정을 하고 있다는 게 느껴졌다. 실제로 근래 며칠간 선혁은 자희에게 문자나 전화를 거의 하지 못했다. 그럴 시간이 없었다기보다는 그럴 심적 여유가 없었다.

"그렇게 느꼈다면 미안. 요즘 회사가 바빠서."

"무슨 일 있는 건 아니지?"

"그럼."

"그럼 오늘 저녁에 볼까?"

선혁은 잠시 머뭇거렸다. 역시나 마음은 '그럴 여유가 없다'는 쪽으로 기울었다. 차라리 빨리 일을 처리하고 일상으로 돌아가는 것이 맞았다.

"미안한데, 오늘 야근이라."

"그래?"

목소리에 실망한 기색이 역력했다.

"그럼 선혁 씨, 바쁜데 우리 다다음주에 가기로 한 캠핑 취소할까?"

잠깐 마음이 뭉클해졌다. 요즘 신경을 잘 써주지도 못하는데 자희는 항상 선혁을 위주로 생각하고 배려해 준다. 이런 여자는 다시는 만나지 못할 것 같았다. 그래, 9년 전에 한 일은 명백한 실수고 잘못이었다. 평생을 마음에 두고 죄스러움을 잊지 않을 것이다. 그렇지만 이제 와서 심판받을 수는 없다. 역시 살인을 저지르고 있는 놈을 찾아내 막는 수밖에 없었다. 막는 수단이 살인밖에 없다면 그것마저도 감수하겠다는 다짐을 다시 한번 했다.

"아니야. 그전에 바쁜 일은 끝낼 거야. 걱정하지 마. 캠핑 준비도 내가 다 할게, 자기는 몸만 올 준비 하셔. 아, 우리 모레 만나. 저녁 같이해."

선혁도 자희를 보고 싶은 마음이 컸다. 지금의 불안함은 자희를 보는 것만으로도 잠깐 잊을 수 있을 것 같았다.

"그래, 알았어. 그럼 고생하고."

"응."

사랑해, 라는 말을 할까 하다가 그만두고 전화를 끊었다. 그는 평소에도 그 말을 자주 하지 않았다. 왠지 자주 말하면 오히려 그 의미가 퇴색될 것 같아서였다. 그는 언젠가 프러포즈한다면 그 말을 반드시 할 거라고 생각하고 있었다. 그 '언젠가'는 아마 이번 일이 끝나야 올 것이었다.

차에서 내려 곧장 사무실로 올라갔다. 다들 일을 하고 있다가 선혁이 나타나자 동시다발적으로 '괜찮냐'는 질문을 던졌다. 부장님은 이왕 반차를 쓴 것이니 오후에 오지 그랬냐며 안쓰러운 얼굴을 했다. 선혁은 다른 이유가 있어 일찍 출근한 것이지만, 그런 반응에 민망하거나 하지 않았다. 들고 온 가방을 자리에 두고 옆자리에 있는 김 대리를 향해 상체를 숙였다.

"김 대리님, 잠깐 여쭤볼 것이 있는데."

문서를 작성하던 김 대리가 고개를 들고 선혁을 보았다. 속삭이는 물음에 무슨 일인가 싶은 표정을 지어 보였다. 선혁은 고갯짓으로 밖에 나가자는 신호를 보냈다. 김 대리는 사무실을 한번 훑어보고는 고개를 끄덕였다. 선혁이 먼저 나가고 김 대리가 뒤를 따랐다.

휴게실에 들어서자마자 선혁은 김 대리를 향해 돌아섰다.

"선배님, 은파고 후배 중에 저랑 동갑인 후배 있으시죠?"

"지난번에도 물어보더니, 왜? 무슨 일 있어?"

무슨 일이라고는 당연히 말할 수 없다.

"친구를 좀 찾으려고요."

김 대리는 그다지 의심스러워하는 것 같지 않았다. 고개를 갸웃하며 잠시 생각하더니 금방 물었다.

"아무나 상관없어?"

"네, 아무나 상관없어요."

자신의 생각대로라면 그 학년의 학생들은 누구든지 그 실종 사건에 대해 알았을 것이다. 제 생각이 맞는지 아닌지 확인만 하면 일은 수월해질 터였다.

"한 다리 건너야 하겠지만 한 명쯤은 소개해 줄 수 있을 거야."

"오늘 가능할까요?"

"급해?"

"마음이요."

선혁은 장난스럽게 웃었다. 하지만 그건 진심이었다.

"알았어. 연락해 볼게."

김 대리가 전화번호를 적은 메모를 건네준 것은 그날 오후였다. 친구의 동생이라고 했다. 선혁은 그에게 전화를 걸어 저녁에 만나기로 약속을 정했다. 모든 일이 착착 흘러가는 기분이었다.

저녁에 접어들자 비가 내리기 시작했다. 약속한 카페는 회사 인근에 있었다. 상대도 멀지 않은 거리에서 일하고 있어 중간쯤의 카페를 약속 장소로 잡았다. 선혁은 차를 놔두고 트렁크에서 우산만 꺼내 카페로 이동했다. 느닷없이 내리기 시작한 비 때문인지 퇴근 시간이지만 카페에는 손님이 거의 없었다. 카페로 들어서자마자 한번 안을 훑는 모습을 바로 알아봤는지 카페의 중앙 테이블에 앉아 있던 남자가 자리에서 일어섰다. 선혁은 고개를 숙여 묵례를 하며 그쪽으로 다가섰다.

"박재수 씨죠?"

"네, 맞습니다. 철욱이 형한테 말씀 전해 들었습니다. 누구를 찾으신다고요?"

철욱은 김 대리의 이름이다. 선혁은 박재수와 손을 마주 잡고 악수를 나누었다. 박재수가 자리에 앉자 선혁도 맞은편에 앉았다. 그는 이미 커피를 마시고 있었다.

"혹시 백도진이라고 아시나요?"

박재수의 얼굴이 금방 찌푸려졌다. 안 좋은 생각이 났을지도 모른다. 역시나 박재수가 꺼낸 말은 선혁의 예상과 비슷한 것이었다.

"누군지는 알지만 같은 반이었던 적은 없어요. 별로 친해지고 싶지 않은 애였기도 하고."

"저…… 이런 걸 묻는 게 이상하다고 생각하실 수도 있지만, 고등학교 2학년 때 단체 야영에서 실종된 학생이 있었죠?"

"네, 맞아요."

박재수는 금방 고개를 끄덕였다. 이런 걸 묻는 게 이상하다고 생각하지는 않는 눈치였다. 사건이 났을 당시, 뉴스에도 났었기 때문에 아는 거라고 생각할 것이다.

"혹시 그때 실종된 학생이 백도진과 같은 반이었나요?"

"어…… 맞아요. 아마 그럴 거예요."

"그 두 사람이 어떤 관계였는지 아세요?"

본론으로 들어가면서 선혁은 자신이 긴장하고 있다는 것을 깨달았다. 박재수는 고개를 갸웃하다가 눈을 크게 뜨고 물었다.

"혹시, 형사세요?"

"네? 아뇨, 아니에요. 사실은 사촌과 관련된 일이라 여쭤보는 거예요."

카페에 오면서 내내 그 일을 묻는 이유를 대야 할 것 같아 생각해 보았지만 딱히 떠오르는 것이 없었다. 결국 사건과 관련자라고 거짓말하는 수밖에는 없었다.

"아, 난 또……."

"왜 형사라고 생각을?"

"실종된 애를 물어보셔서 재수사라도 들어가는 건가 했죠."

"제가 묻고 싶은 것은…… 혹시 그때 그 학생과 백도진이 같은 방을 썼는지 해서요."

박재수는 커피를 한 모금 마시고는 고개를 저었다.

"그건 잘 몰라요. 근데……."

그는 커피잔을 내려놓으며 눈을 빛냈다. 상체를 앞으로 기울이는 걸로 봐서는 뭔가 하고 싶은 말이 있는 것 같았다.

"아마 같은 방을 썼을 거예요. 그러니까 그런 소문이 났죠."

"그런 소문이라면?"

"백도진이 술을 사 오라고 심부름 시켰는데 그 길로 걔가 도망갔다, 그러고는 실종됐다, 뭐 그런 소문이 났었거든요."

"평소에 백도진이라는 사람이 왕따를 시켰나요?"

"그것까지는 잘 모르겠어요. 근데 그럴 수도 있을 거라는 생각이 들어요. 애들 괴롭히기로 악명 높은 애였으니까, 백도진이."

"근데 이상하네요. 만약 심부름을 시켜 내보냈던 거라면 그때 경찰이 조사할 때 그 얘기가 나오지 않았을 리가 없는데요."

"진짜 그런 거라면 다들 말을 못 *꺼냈*겠죠. 백도진이 데리고 나갔다가 없어진 것도 아닌데, 괜한 말을 했다가 백도진한테 무슨 꼴을 당하려고요. 선생님들도 걔한테는 쩔쩔맸어요. 아버지가 지역구 국회의원이었거든요. 아마 선생님들도 조용히 졸업만 해라, 그런 심정이었을걸요?"

선혁은 고개를 끄덕이면서도 테이블 아래 놓인 손으로 주먹을 힘껏 쥐었다. 자신의 생각이 맞았다. 그 애는 그날 백도진의 심부름을 나왔던 것이었다. 백도진의 지갑을 들고. 하지만 어둠 속에서 기다리고 있던 것은 삼인방이었다. 선혁은 돈을 빼앗으려고 했을 때 매달리던 그 애의 모습을 떠올렸다. 그 애는 어쩌면 삼인방보다 지갑을 잃어버리고 돌아갔을 때 보일 백도진의 반응이 더욱 두려웠을 것이다. 그렇게 필사적이던 모습이 이제야 이해가 갔다. 그것만 아니었다면 그 애를 죽이는 일까지는 없었을 것이다…….

선혁은 지갑을 잃어버린 적 없느냐는 말에 과민 반응하던 백도진도 이해할 수 있을 것 같았다. 자신이 술 심부름을 보낸 아이가 사라졌으니 어린 마음에 겁도 났을 것이다. 게다가 아버지는 지역구 국회의원이었다. 뉴스에도 날 만큼 컸던 사건에 자신이 관련된 것을 숨기고 싶었을 것이다. 당연히 같은 방을 쓰던 아이들의 입을 막았을 것이다. 아이들은 경찰이 탐문 조사를 벌일 때에도 백도진의 이름을 입에 올리지 않았다. 박재수의 말이 맞다. 어차피 백도진이 데리고 나갔다가 없어진 것도 아니니 굳이 말을 할 필요가 없다.

"혹시 그때 사라진 학생 이름 기억하세요?"

"아, 모르세요?"

박재수가 조금 어리둥절한 표정을 했다. 사촌과 관련된 일이라고 했으니 실종자의 사촌쯤 되는 거라고 생각했을지도 모른다. 달리 설명할 방법이 없어 가만히 그를 응시하자 곧 박재수가 답을 해왔다.

"승훈이에요, 이승훈. 사라진 애."

9년 만에, 선혁은 자신들이 죽인 아이의 이름을 확실히 알았다. 이제는 그 이름을 가슴에 품은 복수자를 찾아 나설 시간이었다.

8

강차열은 최인욱과 함께 은파시 진포동으로 향하고 있었다. 조수석에 최인욱이 타고 있었고, 운전은 강차열이 했다. 강차열은 정면을 응시하면서 입을 열었다.

"사건 후 9년이나 지났는데도 아직 주소가 같은 걸 보면 이사는 안 간 것 같은데."

"아들이 실종됐으니까…… 언제 찾아올지 몰라 그런 것 아닐까요?"

최인욱은 고개를 갸웃하며 말을 이었다.

"정말로 그 세 사람이 이승훈 학생 실종에 관여했을까요? 이런 말은 좀 그렇지만…… 고원택은 그렇다 치고 나머지 두 사람은 그럴 사람으로 보이지 않던데."

차열은 운전에 집중하면서도 고개를 틀어 최인욱을 보았다.

"여태까지 잡아넣은 범죄자 중에 그럴 만하게 생긴 사람이 그런 짓을 한 경우는 몇 번이나 되지?"

"그건 그렇죠."

차에는 다시 적막이 흘렀다. 강차열은 조금 더 속도를 올렸다. 마음이 조급해짐을 스스로 느낄 수 있었다.

차열이 운전하는 차가 진포아파트의 주차장으로 들어갔다. 확인한 바에 따르면 이 아파트 3동 1502호에 이승훈의 가족이 살고 있었다. 이승훈의 어머니는 그의 실종일로부터 4년 뒤 뇌출혈로 쓰러져 죽었다. 서류상으로는 실종된 이승훈을 제외하고 그의 여동생과 아버지가 이 아파트에 계속 살고 있는 것으로 되어 있었다.

일단 두 사람은 3동 1502호로 올라갔다. 초인종을 눌렀지만 답이 없었다. 재차 눌러보아도 인기척이 들리지 않았다. 최인욱이 복도 쪽에 면한 창문 안을 유심히 들여다보았다.

"아무도 없는 것 같은데요. 기다릴까요?"

"일단 관리사무소로 가보지."

관리사무소로 가는 길에 동의 입구에서 두 사람은 1502호의 우편함을 들여다보았다. 더는 쑤셔 넣을 공간이 없을 정도로 숱한 우편물들이 꽂혀 있었다. 전기나 가스요금, 관리비 고지서와 각종 광고 판촉물 들이었다. 한동안 집을 비웠다는 것을 짐작할 수 있었다.

관리사무소에는 50대 초반의 정장 차림 남자와 셔츠에 청바지를 입은 여자가 있었다. 인욱이 신분을 밝히자 남자 쪽이 자신을 관리사무소장이라고 소개했다. 두 사람은 회의실이라고 적힌 푯말이 붙어 있는 사무실 쪽으로 안내되었다.

"무슨 일이신지요?"

"103동 1502호에 사시는 분에 관해서 듣고 싶어 왔는데요. 여기 근무하시는 경비원분들 중에 제일 오래 근무하신 분을 만날 수 있을까요?"

관리소장은 고개를 갸웃거리며 두 사람을 번갈아 보았다.

"무슨 일이신지……."

인욱이 더 이상의 질문을 차단하듯 단호히 말했다.

"수사에 관련된 일입니다."

관리소장은 잠시 생각하는 듯 책상 한편을 응시하며 손가락을 까닥거렸다.

"지금은 인건비 때문에 각 동마다 경비원이 없고, 통합 경비실을 운영합니다. 한 5년 전부터 바뀌었지요. 그 전부터 근무하신 분 중에 3동에 근무하셨던 분을 찾아보겠습니다."

"감사합니다."

관리소장이 회의실을 나갔다. 전화를 하러 가는 것 같았다. 잠시 후 여직원이 커피 두 잔을 들고 와 테이블에 내려놓았다. 그녀는 형사들이 무슨 사건 때문에 왔는지 궁금해하는 얼굴로 두 사람을 흘깃거렸다. 두 사람이 커피를 마시는 척 시선을 피하자 여직원은 회의실을 나갔다. 문이 다시 열린 것은 그로부터 10여 분 지난 뒤였다. 문을 연 관리소장 뒤로 70대 중반은 훨씬 넘어 보이는 노인이 따라 들어왔다.

"이분이 저희 아파트에서 제일 오래 일하신 분입니다. 그렇죠?"

"네, 제가 여기 다닌 지 벌써 15년이에요."

경비원 복장을 한 남자는 약간 얼떨떨한 얼굴이었다.

15년 근무 기간 동안 형사와 대면한 건 처음인 것 같았다. 강차열과 최인욱은 자리에서 일어섰다.

"여쭐 것이 있어서 찾아왔습니다. 잠깐 앉으시죠."

강차열이 말하자 그의 눈이 휘둥그레졌다.

"오래 다닌 건 맞지만 제가 뭘 안다고……."

"사건과 관련된 것이긴 하지만, 모르는 이야기면 모른다고 하셔도 됩니다. 그냥 여쭙는 거니까 가볍게 생각하세요."

차열은 관리소장을 향해 고개를 돌렸다.

"관리소장님."

"예? 아, 예."

그는 차열이 무슨 뜻으로 자신을 불렀는지 뒤늦게 이해한 것 같았다. 무슨 일인지 궁금해서라도 같이 자리하고 싶었는데, 예상과 달라 실망하고 있는지도 몰랐다. 그는 경비원에게 물어보는 대로 대답해 드리라 당부하고 회의실을 빠져나갔다. 관리소장부터 찾아온 것은 잘한 결정 같았다. 경비원들은 대부분 자신이 잘못 얘기했다가 불이익을 당하면 어쩌나 하는 걱정 때문에 쉽사리 입을 열지 않는 경우가 많았다. 관리소장이 아는 대로 말하라고 얘기했으니 경비원은 훨씬 마음 편하게 자신의 기억을 꺼내줄 것이었다.

"앉으시죠."

차열이 말하자 경비원이 테이블 맞은편에 앉았다.

"혹시 103동 1502호에 사시는 분에 대해서 아십니까? 이름은 이병춘이고, 그분 아들이 실종되어 한동안 뉴스에 올랐는데요."

이병춘은 실종된 이승훈의 아버지였다.

그러자 경비원이 무릎을 탁 쳤다.

"그 집을 말씀하시는 거군요. 기억 나죠. 이병춘, 그 집 아저씨가 그런 이름이었던 것 같아요. 학생 실종되고 한동안 그 집 식구들 마주칠 때마다 참 맘이 불편했더랬죠. 왜 그렇잖아요. 안녕하세요, 하고 인사할 수도 없고."

경비원은 비교적 또렷이 기억하고 있는 것 같았다. 뉴스에까지 보도된 사건의 주인공이 자신이 일하는 곳에 살고 있다면 당연히 관심을 주지 않을 수가 없었을 것이다.

"주소지는 아직 여기로 되어 있던데."

"그 집 아저씨를 가끔 마주치긴 했습니다."

"따님은요? 딸이 있었다고 알고 있는데요?"

"딸은 말도 마십시오."

경비원이 손을 내저었다.

"이런 말까지 해도 좋은지는 모르겠는데……."

그는 말하기를 머뭇거렸다. 혹시 입주민 귀에 들어가면 자신에게 불똥이 튈까 두려운 것 같았다. 최인욱이 얼른 입을 열었다.

"말씀하셔도 괜찮습니다. 여기서 말씀하시는 모든 사항은 비밀이 보장됩니다."

경비원은 고개를 끄덕거렸다. 만족스러운 것 같았다. 말하고 싶었던 게 있던 모양이었다.

"그 집 아들 그렇게 되고 나서 아들 찾아다닌다고 아저씨고 아주머니고 다들 일도 그만두었던 걸로 알아요. 관리비를 못 내서 관리소에서 단수도 몇 번 했었죠, 아마? 그것말고도 빚이 점점 늘어가는지, 무슨 캐피탈이다 신용정보회사다 해서 우편물이 많이 날아오고 법원에서도 등기가 날아오고 그랬어요. 그 집 찾아오는 사람들도 있었고요. 그렇게 4, 5년 있었나. 어느 날 난리가 난 거예요. 던지고 때려 부수는 소리 때문에 입주민들 민원이 상당했지요. 가보니까 난리도 그런 난리가 없더군요. 온 집 안의 살림살이를 다 꺼내다 던졌는지 집은 엉망이고, 그 집 아저씨가 눈이 뒤집혀서는 펄펄 뛰고……. 딸을 때렸는지 머리며 얼굴이며 엉망이었어요. 제가 들어가 말리지 않았으면 아마 경찰까지 출동했을 겁니다."

"혹시 무슨 일 때문에 그랬는지 아십니까?"

차열이 물었다.

"그 당시에 저는 몰랐죠. 물어볼 엄두도 안 나고, 물었다가 괜히 뭔 소리를 들으려고요. 근데 나중에 알게 됐어요. 마침 그 옆집이 부녀회장님 집이었거든요. 웬만한 소리는 다 들은 것 같았어요. 그 당시 부녀회장님은요, 그분이 알면 온 아파트가 다 안다고 봐도 좋을 정도로 말이 많은 분이셨거든요."

"뭣 때문에 그렇게 싸웠다고 하던가요? 말씀하신 걸로는 싸웠다기보다는 일방적인 폭행 같은데."

차열의 물음에 경비원이 고개를 크게 끄덕였다.

"딸내미 얼굴을 아주 엉망으로 만들어놨더라고요."

듣는 사람도 없는데 경비원은 상체를 앞으로 기울이며 목소리를 낮췄다.

"딸내미가 술집에 나갔대요."

"예?"

되묻는 인욱의 목소리가 높았다. 예상치 못한 소리에

누굴 죽였을까   161

놀란 것은 차열도 마찬가지였다.

"그 집 학생 없어지면서 애 찾는다고 아저씨가 회사까지 그만두고 찾아다녔잖아요. 그래서 빚이 생겼는지 어쨌는지, 딸이 술집에 나가서 돈을 벌어다 갚은 모양이에요. 그 일로 그 집 아저씨가 그 난리를 피웠고요. 그때 뭐 당장 그만둬라, 어쩌라 말했다던데 얼마 안 있어서 딸내미가 집을 나갔어요."

"그럼 혹시 지금은……."

"그 집 아주머니 죽고 나서는 아저씨 혼자죠. 명절에도 딸이 찾아오는 걸 한 번도 못 봤어요. 아저씨 혼자 멍하니 단지 내 놀이터에 앉아 있다가 들어가는 거 몇 번 봤나. 밖에 돌아다니는 걸 못 봐요."

"집을 비운 지 오래된 것 같던데요."

"한 석 달쯤 됐나? 잠깐 왔다 갔다 하는지는 모르겠지만."

그것은 아닐 것이라고, 꽉 찬 우편함을 떠올리며 차열은 생각했다.

"따님이 어느 술집에서 일했는지까지는 모르시죠?"

"아이고, 그런 거야 저흰 모르죠."

"마지막으로 한 가지만 더 묻겠습니다."

차열이 말했다.

"이병춘 씨의 체격은 어땠나요? 키가 어느 정도인지, 덩치가 좋았다든지 하는 거요."

경비원이 잠시 생각하더니 입을 열었다.

"덩치 좋았죠. 아들 실종되고 나서 사람이 마르기는 했는데, 그 나이에 흔한 키가 아니었어요. 사람들 모아놓으면 눈에 확 띄었죠. 옆에 서면 내가 그분 어깨 밑으로 돌았으니까 아마 180센티도 훨씬 넘었을걸요?"

국과수에서 예상한 용의자의 키와 비슷했다.

차열은 인욱을 보았다. 인욱이 고개를 끄덕였다. 더는 물어볼 말이 없다는 뜻이다.

"말씀 감사했습니다."

두 사람은 경비원과 헤어져서 곧장 차에 올라탔다. 운전석에 오르며 차열이 말했다.

"딸 이름이 뭐랬지?"

조수석에 앉은 최인욱이 서류 봉투에 들어 있던 것들 중 한 장을 꺼내 확인했다. 가족관계등록부였다.

"이승주입니다."

"연락처 확인해 보고 지금 어디에 사는지 알 수 있는 대로 추적해 봐."

"네."

곧장 수사본부로 돌아간 두 사람은 늦지 않게 회의실에 들어갈 수 있었다. 그날그날의 조사 내용을 보고하고 수사 방침을 정하는 자리였다. 사건 증거 수집을 위해 나갔던 인원은 2차 사건인 허필진이 사망한 모텔 근처에서 CCTV를 전혀 찾지 못했고, 인근에 블랙박스 확인을 위한 현수막을 걸었다고 보고했다. 다른 사람들 역시 딱히 뭔가를 건져오기보다는 계속 의문만을 던졌다.

왜 이제 복수극이 시작됐는가?

왜 굳이 사람들의 이목을 끌려는 듯 전시 살인을 했는가?

어떻게 피해자들은 반항도 해보지 못하고 사망했는가?

강차열의 차례가 되었다. 그는 자리에서 일어나 단상으로 나갔다.

"살인 예고의 메모에는 9년 전 사건이 언급되어 있었습니다. 저희는 9년 전 삼인방에게 무슨 일이 있었는지를 확인하였습니다."

이어 9년 전 삼인방이 살던 월선면에서 단체로 야영을 왔던 이승훈이 실종된 사건을 이야기했다. 그리고 오늘 이승훈의 아버지가 사는 아파트에서 얻은 정보를 요약하여 설명했다. 팀원 중 한 명이 조금 못마땅한 듯한 얼굴로 손을 들었다.

"그 세 명이 실종 사건에 얽혀 있다는 증거는 있습니까?"

"아직 없습니다."

여기저기서 한숨 소리가 들렸다.

"하지만 삼인방이라 불리는 그 세 명이 뭔가 원한을 살 만한 일이 있었다고 생각됩니다. 그렇게 잔인하게 살해당할 만한 큰일……. 그래서 당시에 세간을 떠들썩하게 했던 실종 사건을 더 수사해 봐야 하는 건 당연한 일입니다."

"괜히 수사에 혼란을 주려는 저의일 수도 있지 않나? 피해자 고원택이나 허필진은 가끔 만나는 사이였다고는 하지만 오선혁은 거의 연락도 안 하고 지냈어. 9년 전 일이니, 삼인방이니 하는 것은 눈속임이고 단순히 고원택과 허필진에게 원한이 있어 살인을 저지른 것 아닐까?"

이번에 질문한 것은 본부장이었다. 강차열은 몸을 살짝

틀어 그를 보았다.

"만약 그렇다면 또다시 저희가 가진 모든 질문에 대한 의문을 풀 수 없습니다. 왜 이제 복수극이 시작됐는지, 왜 전시 살인인지, 어떻게 반항도 없이 사망하게 됐는지. 그리고."

차열은 마이크를 조금 더 앞당겼다.

"왜 오선혁은 이 와중에도 신변 보호를 요청하지 않는지."

강차열은 사무실로 돌아왔다. 자리에 앉자마자 최인욱이 다가왔다. 그는 전화번호가 적힌 메모 하나를 강차열의 책상에 내려놓았다.

"이승주의 연락처를 알아내긴 했는데요, 지금은 없는 번호로 나옵니다."

강차열은 아랫입술을 살짝 깨물었다. 그러고는 혼잣말을 하듯 중얼거렸다.

"이병춘의 덩치가 컸다."

그는 경비원과의 대화를 복기하고 있었다. 인욱이 물었다.

"저항의 흔적이 없었던 것 때문에 그러시죠?"

"응. 두 번째 사건 혈흔의 흔적을 보면 대충 범인의 키가 이병춘 씨와 비슷해. 문제는 첫 번째 상대인 고원택이 꽤 싸움꾼이었다는 거지. 국과수 부검 결과에 따르면 알코올이나 수면제 성분도 나오지 않았다니까 분명 멀쩡한 상태에서 당했다는 걸 텐데, 이병춘 씨면 그럴 만했을까? 하지만 나이도 있잖아. 아니면."

"공범이 있다는 거겠죠."

"그리고 죽은 고원택의 카드 내역도 뽑아 와봐."

"카드 내역은 왜요?"

"자기과시형 범죄자들이 아직 밝혀지지 않은 자기 범죄를 떠벌려서 뒤늦게 잡히는 거 많이 봤지?"

"그랬죠."

모 여대생 살인 사건도 그랬고, 은파시에 있는 주점 여주인 살해 사건도 그랬다. 모두 친구나 아니면 교도소 동기에게 자신의 범죄를 떠벌렸다가 제보되어 잡힌 사건들이었다. 그런 생각을 말하자 차열이 물었다.

"친구한테 말할 때 어떤 상태에서 할 것 같아?"

"네? 어떤 상태라니……."

"그냥 맨정신에 자랑하고 싶어서 떠벌릴까?"

"그럴 리가요. 다른 사건들에서도 그렇듯이 보통은 술에 만취해서…… 어?"

인욱이 눈을 크게 떴다. 차열의 눈가가 부드럽게 휘어졌다. 인욱이 말했다.

"술집?"

"그렇지."

"혹시 이병춘 씨 딸이 다녔다는 술집에서 떠들었다고 생각하시는 거예요?"

"가정이야. 하지만 만약 그렇다면 한 가지 의문은 해소되지."

"어떤 거요?"

"왜 이제 와서 살인을 벌이는가."

최인욱의 입이 살짝 벌어졌다. 생각지도 못한 의견이어서 그런 듯했다. 하지만 곧 인욱의 눈빛이 흐려졌다.

"근데 이병춘 씨와 그 딸은 벌써 5년 전에 싸우고 연을 끊었다고……."

"생각해 봐. 이병춘 씨 딸이 술집을 나가게 된 최초의 계기가 뭐지? 바로 오빠의 실종이야. 그 뒤로 집은 풍비박산

나고 엄마까지 죽었어. 아빠와 연을 끊기는 했지만 술집에서 어떤 경로를 통해 고원택의 입으로 떠벌리는 사건 얘기를 들었다면 어땠을까?"

"아무리 연을 끊었어도 아버지에게 연락했겠죠……."

"맞아. 그렇다면 고원택 사건이 이해가 돼. 아무리 이병춘 씨가 힘이 대단하다고 해도 상대적으로 젊은 데다 싸움꾼으로 소문난 고원택을 한 방에 제압할 수는 없어. 하지만 아는 얼굴이 있어서 방심했다면?"

"술집에서 만났을 이병춘 씨의 딸 말이죠?"

"물론 내 짐작이지만 말이야. 그래서 지금부터 그걸 확인해야 해."

강차열은 책상을 탁, 치며 의미심장한 미소를 지었다.

"아까 말했던 고원택의 카드 이용 기록, 거기에 더해 이병춘 씨의 카드 기록까지 전부 훑어 와."

최인욱은 미간을 살짝 찌푸렸다.

"그럼 선배님은 뭐 하시게요?"

"나?"

강차열은 훗 웃었다.

"나는 다음 피해자일지 모르는 오선혁을 지켜야지."

그러고는 혼자 조용히 중얼거렸다.

"지키든, 지켜보든."

9

저녁 8시. 거리에는 어느새 어둠이 깔렸다. 그는 고개를 젖혀 건물을 보았다. 은파고 총동창회 사무실의 불은 모두 꺼져 있었다. 동창회장인 백도진은 이미 퇴근을 했을 터였다. 일부러 그가 없는 시간을 노리고 이때에 왔다.

삼인방이 죽인 것이 백도진이 아니라 이승훈이었다는 사실에 선혁은 온몸에서 피가 빠져나가는 기분이었다. 지난 9년간 완전히 다른 사람으로 알고 있었다.

이승훈의 주소를 알아야 했다. 원택과 필진의 죽음, 그리고 9년 전 사건을 범인이 언급한 이상 다음 순서는 분명 자신이었다. 그리고 범인은 이승훈과 무척 가까운 사이일 것이다. 그렇지 않고서야 사람을 죽이는 짓을 할 리는 없다.

제일 먼저 생각나는 것은 가족이다. 아버지나 어머니, 혹은 형제자매 중에 있을 수 있다. 이승훈을 죽인 것이 삼인방이라는 것을 어떻게 알았는지는 전혀 감에 잡히지도 않는다. 그렇지만 하나는 확실했다. 다음 타깃은 자신이며, 그걸 안 이상 이쪽도 가만히 있어서는 안 된다는 사실이다.

그래서 선혁은 오늘 이곳을 다시 찾아왔다. 이승훈의 집 주소를 확인해 볼 생각이었다. 어차피 학교에 문의해 봐야 개인정보니 뭐니 해서 알려주지 않을 것이다. 이승훈은 졸업한 사람이 아니기 때문에 동창회에 주소가 남아 있지 않을 수도 있지만 지금 기대를 걸어볼 수 있는 곳은 여기밖에 없었다.

건강식품 판매장 옆으로 난 계단을 통해 3층으로 조심조심 올라갔다. 계단은 올라갈수록 어두웠다. 문이 잠겨 있으면 부숴서라도 들어갈 생각이었다. 그걸 위해서 백 팩 안에 쇠지레도 넣어 왔다. 망치로 부수면 당연히 소리가 울릴 것이었다. 주변에서 소리를 듣고 신고라도 하면 큰일이다. 쇠지레 정도라면 소리를 적게 내면서도 잠금장치를 떼어낼 수 있다.

그러나 문은 잠겨 있지 않았다. 기대 없이 손잡이를 잡고 비틀자 그대로 열렸다. 혹시 사람이 안에 있는 걸까, 싶은 마음에 심장이 오그라드는 것 같았지만 분명 불은 꺼져 있었다. 혹시 백도진이 여기서 자고 있는 건 아닐까. 그렇다면 물어볼 것이 있어 찾아왔다고 둘러댈 방법밖에 없었다. 선혁은 문을 열고 조심히 안으로 들어갔다. 인기척은 없었다. 불을 켜려고 스위치에 손을 올리다가 그만두었다. 대신 핸드폰을 켜 손전등 앱을 활성화했다. 밝은 불빛이 핸드폰 뒤쪽에서 뻗어 나왔다. 선혁은 핸드폰을 이리저리로 옮기며 사무실 내부를 비춰보았다. 일단 소파 쪽에는 아무도 없었다. 한숨을 내쉬며 핸드폰 빛을 책상 쪽으로 옮겼을 때 그는 걸음을 멈칫했다. 큰 덩치가 책상 위에 엎어져 있었다. 백도진이 분명했다. 책상에 엎드려 잠이 들었다가 퇴근도 잊은 걸까.

어떻게 해야 할지 잠깐 생각했다. 사무실에서 관리하는 서류들이 꽂힌 책장은 백도진이 앉은 책상 뒤쪽 벽에 붙어 있었다. 아무리 잠들었다고 해도 몰래 서류를 뒤진다는 건 가능한 일이 아니다. 언제든 백도진이 일어날 수 있었다. 차라리 깨워서 어떤 식으로든 둘러대 이승훈의 주소를 알아내는 수밖에 없을 것 같았다.

"저…… 회장님?"

뭐라고 불러야 할지 몰라 '회장'이라는 호칭을 썼다. 자신이 말한 것이지만 '동창회장도 회장이라고' 하는 생각이 잠깐 들었다. 책상에 엎드린 백도진은 일어날 기미가 보이지 않았다. 인근의 편의점이 떠올랐다. 술이라도 한잔한 건 아닐까? 그렇게 생각하며 선혁은 책상 가까이로 다가갔다.

그는 순간적으로 짧은 비명을 삼켰다. 어두워서 잘 보이지 않은 탓에 책상 모서리에 허벅지를 부딪힌 것이다. 그는 인상을 찡그리고 손으로 허벅지를 문질렀다. 그런데 이상한 느낌이 들었다. 손에서 축축한 것이 느껴졌다. 불길한 예감과 동시에 반사적으로 핸드폰 빛으로 자신의 손을 비췄다. 큰 소리로 비명을 지를 뻔했다. 피였다. 붉은 피가 손에 묻어 있었다. 그는 황급히 출입구 쪽으로 달려가 전등 스위치를 켰다. 갑자기 쏟아지는 빛이 어둠을 몰아내고 사무실 안을 밝혔다.

그 자리에 주저앉지 않은 것만 해도 다행이었다. 백도진이 엎드려 있는 책상 위는 피가 흥건했고 일부는 바닥으로 떨어져 있었다. 백도진은 자신의 피 위에 얼굴을 박고 엎드려 있었다. 선혁은 재빨리 책상으로 달려가 백도진의 어깨를 흔들었다.

"백도진 씨!"

그러나 그는 꼼짝도 하지 않았다. 검지와 중지를 목 옆쪽에 가져다 대었다. 펄떡여야 할 동맥은 잠을 자는 듯 움직이지 않았고, 살갗은 이미 온기를 잃어가고 있었다. 헉, 숨을 들이켜며 선혁은 뒤로 한 발짝 물러났다. 그는 황급히 핸드폰을 들여다보았다. 덜덜 떨리는 손으로 자판을 열고 112를 눌렀다. 그러나 다음 순간 통화 버튼 위에서 그는 손가락을 멈추었다.

선혁은 백도진의 뒤통수를 응시했다.

이미 백도진은 죽었다. 그리고 여기서 신고를 한다면 자신이 여기에 왜 왔는지를 경찰에 설명해야 할 것이었다. 선혁은 날카로운 눈을 가진 강차열 형사를 떠올렸다. 그는 지금쯤 어디까지 알아냈을까. 9년 전 월선면에서 무슨 일이 벌어졌는지를 알아내는 건 식은 죽 먹기일 것이다. 그런 상황에 자신이 총동창회 사무실에 왔다는 걸 어떻게 해석할까? 이승훈의 가족을 찾으려 한다는 유추를 쉽사리 할 수 있을 터였다. 선혁은 아랫입술을 질끈 깨물었다.

선혁은 출입구 옆 벽에 붙은 세면대로 가 피가 묻은 손을 씻었다. 그러고는 핸드폰을 주머니에 쑤셔 넣고 책장으로 갔다. 파일마다 적혀 있는 졸업 기수들을 일일이 확인했다. 그러던 그의 손이 어느 한 부분에서 멈췄다.

'2016년 졸업자 명단.'

삼인방이 이승훈을 죽인 것은 그가 열여덟 살 때였다. 학교에서는 실종된 이승훈을 어떻게 처리했을까? 제적됐을 수도 있지만, 졸업생 명단에 남아 있을 가능성은 없을까? 인정상 졸업을 시켜줬을지도 모른다. 불의의 사고로 세상을 떠난 학생의 사진을 졸업 앨범에 합성해 넣어 화제가 되는 일도 있지 않았던가.

그는 지문이 묻지 않도록 손끝으로 조심히 졸업자 명단 파일을 열었다. 가나다순으로 정리되어 있는 명단에서 이승훈을 찾기는 어렵지 않았다. 다행히 예상대로 이승훈의 이름이 올라와 있었다. 비고란에 적힌 '제적'이라는 글씨가 눈에 들어왔지만 그건 중요한 게 아니었다. 그는 핸드폰을 꺼내 주소가 적힌 부분을 사진 찍었다. 주소가 바뀌지 않으리란 법은 없지만 지금 이승훈에 대해 알아낼 수 있는 유일한 것이었다. 그는 책장에 파일을 다시 꽂고 자리에서 일어섰다. 이제 얼른 이 방에서 나가야 한다. 어차피 죽은 사람이라면 신고가 급한 것은 아니다. 자신이 아니라도 언제고 발견될 것이었다.

아차 싶은 생각이 든 것은 피가 웅덩이져 있는 책상 옆을 지날 때였다. 피 웅덩이 위에 자신의 손자국이 남아 있었다. 게다가 이곳에 들어올 때 손잡이까지 잡았다. 지문이 묻지 않았을 리 없었다.

그는 얼른 티셔츠를 벗었다. 안에 입은 러닝셔츠도 벗었다. 티셔츠는 도로 입고 러닝셔츠로 문손잡이를 벅벅 문질러 닦았다. 그러고는 되돌아와 책상 위를 보았다. 자신의 손바닥이 정확히 찍힌 피 웅덩이를 러닝셔츠로 마구 문질렀다. 피가 깨끗이 닦이지는 않았지만 자신의 손자국은 뭉개져 버렸음이 확실했다. 파일은 종이라 겉면만 닦을 수밖에 없었다. 자신이 만진 것을 경찰이 모를 테니 거기까지 조사하지는 못할 것 같았다.

순간 핸드폰 벨 소리가 울리는 바람에 선혁은 심장이 멎는 것처럼 놀랐다. 몇 미터를 뛰어온 사람처럼 숨을 헐떡이며 액정 화면을 들여다보았다. 자희에게서 걸려온 전화였다. 그는 잠깐 고민했지만 통화 거절을 눌렀다. 지금 여기서 한가하게 전화나 받고 있을 때가 아니었다. 그는 사무실의 불을 끈 뒤 피가 묻지 않은 러닝셔츠의 부위로 문손잡이를 잡고 나와 문을 닫았다. 계단을 내려가며 누군가와 마주치지 않기를 간절히 바랐다. 계단 끝에 이르러서는 걸음을 멈추고 몸을 벽에 붙여 세웠다. 지나가는 사람이 없는 걸 확인하고 나서야 인도로 내려설 수 있었다.

자희에게 다시 전화를 건 것은 30분쯤 후였다. 사무실에서 나온 내내 그의 심장은 불안하게 뛰고 있었다. 도저히 자희와 통화할 기분은 아니었지만 해야 한다는 생각이 들었다. 지문은 지웠지만 요즘엔 곳곳에 CCTV가 가득하다. 만약 동창회 사무실에 들렀던 것을 알게 되면 자신에게까지 조사가 들어올 터였다. 그가 알기로 사망 시각은 대략 몇 시부터 몇 시까지, 이런 식으로 범위가 넓게 나온다고 들었다. 동창회 사무실에 들른 이유는 따로 생각해 내야 하겠지만, 그때까지는 살아 있었다고 우겨볼 만하다는 생각이 들었다. 피가 굳지 않은 걸로 봐서는 어쩌면 먹힐지도 모른다고 생각했다. 그 이후에 자신의 행동이 중요했다. 만약 경찰이 통화 기록을 확보해 자희의 전화를 받지 않았다는 걸 안다면 의심할지도 모른다. 자희와 통화를 해, 평소와 다름없었다는 말이 자희의 입에서 나와주어야 했다.

"무슨 일 있어?"

전화를 받자마자 묻는 자희의 말에 선혁은 자신도 모르게 어깨를 흠칫 떨었다.

"어? 별일 없는데, 왜?"

그는 애써 놀란 감정을 억누르고 부드러운 목소리를 내었다.

"별일 없는데 내 전화를 끊었다고?"

"회사에서 전화가 와서."

"요즘 연락도 잘 안 하고, 이상해."

자희가 의심스럽다는 듯 스읍 소리를 냈다.

"회사 일이 바빠서 자주 연락 못 했다고 했잖아. 선배들하고 술자리도 잦고. 그래도 연락 못 한 건 미안해. 생각을 못 했어."

"그럼 다행이고. 난 또 애정이 식었나 했지."

자희가 볼멘 목소리를 냈다. 그 귀여운 얼굴로 볼을 부풀리고 입술을 쭉 내미는 모습이 상상되었다.

"그럴 리가 있나. 지금 잠깐 볼까?"

평소와 다름없이 데이트를 즐겼다는 증언도 필요하긴

했지만, 지금 자희의 얼굴이 꼭 보고 싶어졌다. 그녀를 보면 마음을 가라앉힐 수 있을 것 같았다. 그리고 결심이 흔들리지도 않을 것 같았다. 자희를 잃지 않기 위해 자신은 무슨 일이든 다 할 거라는 결심.

"이 시간에?"

"내가 언제 시간 따져서 자희가 보고 싶은 적 있나?"

전화기 너머에서 자희가 까르르 웃음을 터뜨렸다.

"오늘따라 더 느끼하시네. 좋아. 어디서 볼까."

약속 장소는 자희의 집에서 가까운 카페로 정했다. 24시간 운영하는 카페라 부담 없이 이용할 수 있었다. 약속을 잡고 전화를 끊은 후 선혁은 자신의 손을 보았다. 여전히 백도진의 피가 잔뜩 묻은 러닝셔츠가 들려 있었다. 자희와 통화를 하면서 잠깐 꿨던 꿈에서 깨어나 현실에 던져진 기분이 들었다.

자희를 빨리 만나고 싶은 마음은 간절했지만 일단 그는 걸었다. 한참을 걷고 걸어 등이 땀으로 젖었을 때, 어느 빌라 앞에 버려진 종량제 봉투에 러닝셔츠를 쑤셔 넣었다. 꽉 차지 않은 봉투라 쑥 집어넣자 핏자국도 별로 보이지 않았다. 이제 내일 새벽이면 이것은 아무도 찾지 못할 곳으로

갈 터였다.

카페에 도착하자 먼저 와 있던 자희가 손을 들었다. 자
희를 보자 선혁은 마음이 가라앉는 것을 느꼈다. 다시 꿈의
시간으로 건너온 것 같았다. 자희가 있어서 버틸 수 있다는
생각이 들었다.

"선혁 씨 커피도 시켜놨어. 괜찮지?"

"그럼."

"근데 시켜놓고 나서 좀 후회했어. 카페인 때문에 밤에
못 자면 어떻게 해?"

어차피 오늘 밤은 잠들 수 없을 것 같았다.

"괜찮아. 카페인에 그렇게 안 예민해."

"그럼 다행이다."

진동벨이 울렸다. 선혁이 손을 뻗자 얼른 자희가 진동벨
을 잡았다.

"진짜 피곤해 보여. 내가 갖고 올게."

"고마워."

"고마울 거 없어. 어차피 바가지 긁기 전에 서비스 한번
해주는 거니까."

자희가 장난스럽게 웃으며 혀를 살짝 내밀었다. 그 미소

에는 선혁도 웃지 않을 수가 없었다. 하지만 자희가 떠나고 나자 곧장 선혁은 다른 생각에 빠져들었다.

백도진은 대체 누가 죽였을까.

혹시 원택과 필진을 죽인 범인일까? 하지만 그는 삼인 방을 죽인다고 공공연히 메모에 남겨놓았었다. 그러니 다음 타깃은 자신이어야 했다. 어쩌면…… 처음부터 세 명을 죽이겠다는 것에 백도진이 포함되어 있던 건 아닐까? 선혁은 고개를 저었다. 그렇다면 삼인방이라는 단어를 썼을 리가 없다. 계획이 변했을 수도 있다. 그가 알아낸 것처럼 범인 역시 백도진이 이승훈에게 무슨 짓을 했는지 알아냈을 가능성도 배제할 수는 없다.

혹시 완전히 다른 사건일까? 백도진이 하는 행동으로 봐서는 평소에 남에게 원한을 살 리가 절대 없다는 타입은 아니었다. 백도진을 죽인 것은 전혀 다른 사람일 수도 있는 것이다.

"무슨 생각을 그렇게 해?"

문득 정신을 차리고 보니 어느새 자희가 테이블에 앉아 있었다. 커피는 이미 그의 앞에 놓여 있었다. 완전히 정신을 놓고 있었던 모양이다.

"미안. 잠깐 일 생각 좀 하느라."

"안색이 안 좋아. 아픈 거 아니야? 피곤한데 오늘 괜히 만난 거 같아."

근래 들어 전화가 뜸했다며 바가지를 긁겠다 할 때는 언제고 자희는 완전히 걱정되는 표정으로 자신을 들여다보고 있었다. 그 눈을 보니 다시 마음이 가라앉았다. 선혁은 고개를 저었다.

"아니야, 그 정도는. 그보다."

커피를 한 모금 마시고 잔을 내려놓다가 자희가 시선을 마주했다. 무슨 할 말이 있느냐는 듯 고개를 한쪽으로 기울이며 눈을 동그랗게 떴다. 선혁은 손을 뻗어 테이블에 올려져 있는 자희의 손 위에 자신의 손을 얹었다. 따뜻한 자희의 기운이 그의 마음에 젖어들었다.

"너는 내가 무슨 짓을 해도 내 편에 서줄 수 있겠어?"

순간적으로 자희의 미간이 확 좁혀졌다. 그녀는 자신의 손을 거칠게 빼내었다.

"무슨 짓? 선혁 씨 진짜로 바람피워?"

선혁은 그만 웃음을 터트리고 말았다.

"그런 뜻 아냐. 갑자기 그런 생각이 들어서. 너라면 날

절대 놓지 않을 수 있을까? 어떤 일이 있어도 말이야. 내가 만약 되게 큰 잘못을 했더라도, 나에게 그럴 만한 사정이 있었을 거라고 생각하고 이해해 줄 수 있을까."

"선혁 씨, 무슨 일 있어?"

"그런 거 아니래도."

자희는 동그란 눈을 공중으로 치켜올리면서 잠깐 생각에 잠기는 듯했다.

"살인, 방화, 사기, 강간. 그것만 빼면."

장난스러운 말투였지만 선혁은 심장이 굳어오는 것만 같았다. 그는 억지로 웃음을 지어 보였다. 자희는 손가락을 턱에 갖다 대며 다시 고개를 갸웃거렸다.

"절도는…… 궁둥이 찢어지게 가난하면 이해할 수 있으려나? 글쎄 그건 나도 모르겠다."

자희의 목소리는 어느새 선혁의 귀에 들어오지 못하고 있었다. 숨이 잘 쉬어지지 않는 것 같았다. 자신이 9년 전 사건의 범인으로 잡히고, 그걸 비난하며 등을 돌릴 자희의 모습을 떠올리자 주변의 산소가 다 사라지는 기분이었다.

"표정이 왜 그래?"

자희가 이상하다는 듯 그의 얼굴을 들여다볼 때 시끄

럽게 카페 문을 박차고 들어오는 손님이 아니었다면, 선혁은 이제 그만 일어나자고 했을지도 몰랐다. 그건 분명 자신이 원하던 '평소와 다름없는 모습'은 아니었을 터였다.

"여기 커피 되나?"

가게 안을 쩌렁쩌렁하게 울리는 목소리는 조금 전에 들어온 손님의 것이었다. 배가 불룩 튀어나온 50대가량의 남자였는데 점퍼 안에 입은 티셔츠 절반이 바지 바깥으로 빠져나와 있었다. 술 냄새가 진동했다.

"되긴 되는데……"

직원이 대답을 흐리며 우물쭈물했다. 그 모습을 보던 자희가 미간을 찌푸리고는 고개를 반대쪽으로 비틀며 소곤거렸다.

"선혁 씨가 저렇게 늙어도 용서할 수 없을 것 같아."

선혁은 피식 웃었다.

"커피 한 잔! 자아, 어디 앉을까아."

선혁은 고개를 들어 남자를 보았다. 가까이 앉지 않기를 바랐지만 만일 그렇다면 자희를 데리고 나갈 셈이었다. 괜한 시비가 붙는 것도 싫었고 두 사람의 시간을 방해받고 싶지도 않았다. 안타깝게도 남자는 그런 선혁의 마음을 헤아리지 못한 듯했다. 남자는 비틀거리며 자리를 고르듯 하더니 두 사람이 앉아 있는 쪽으로 왔다. 스쳐 지나가는 듯싶다가 돌연 두 사람 앞에서 걸음을 멈추었다.

"어? 너?"

선혁이 고개를 들었다. 남자는 자희를 가리키며 눈을 크게 뜨고 있었다.

"아는 사람이야?"

선혁이 묻자 자희가 흘깃 옆을 보았다가 고개를 반대 방향으로 틀었다. 그녀는 고개를 절레절레 저었다. 남자가 목소리를 높였다.

"뭔 소리야! 알잖아! 백향!"

선혁이 자리에서 일어났다. 시비가 걸리면 무력을 사용할 마음도 있었다.

"무슨 소리를 하시는 겁니까. 저쪽으로 가세요."

남자는 손을 휘둘러 선혁의 팔을 쳐냈다.

"맞잖아! 너 백향! 백향 예리잖아!"

10

"몽(夢), 살롱키티, 서진룸, 백향, 살롱키티, 꼭지점, 백향, 백향. 많이도 갔네."

고원택이 죽기 전 6개월간의 카드 내역을 들고 강차열은 혀를 찼다. 자료를 모아 온 최인욱은 일단 술집이나 룸살롱의 이름으로 확인되는 것에 형광펜으로 표시를 해 왔다. 그것 말고도 다른 술집이 있을 수 있었다. 불법적인 행위가 있는 술집의 경우 제대로 사업자가 신고된 카드 단말기를 쓰지 않기 때문이다. 문구점, 당구장, 가끔은 서점으로 등록된 단말기를 쓰기도 한다.

"제일 많이 간 곳이 백향이라."

"거기부터 한번 가보는 게 좋겠죠?"

"글쎄. 많이 갔다고 해서 꼭 거기서 힌트가 나올 거라고 장담할 수 없으니까."

"그럼 목록에 있는 데를 다 가본다고요?"

최인욱이 목소리를 높였다. 차열은 웃으며 일어나 인욱의 어깨를 두드리고는 사무실을 벗어났다. 깊은 한숨을 내쉰 인욱이 어깨를 축 늘어트린 채 그 뒤를 따랐다.

조사 결과 명단에 있는 술집은 거의 한 지역에 몰려 있는 것으로 나왔다. 고원택은 집 가까이에 있는 술집을 옮겨다니며 이용한 것 같았다. 어쩌면 두 사람에게는 다행인지도 몰랐다.

가장 처음으로 간 곳은 명단의 첫 줄에 나와 있던 '몽'이었다. 꿈이라는 뜻이다. 지하의 입구를 찾아 내려가자 이상한 냄새가 났다. 눅진하고 퀴퀴한 곰팡내를 가리기 위해 향을 피워놓은 것 같았다. 냄새가 섞이니 더욱 안 좋은 냄새가 났다. 밤의 손님들은 이 냄새를 모를까. 어쩌면 가게 이름처럼 꿈속을 걷는 기분으로 들어와 냄새 따위는 생각지도 않을지 모른다.

"아직 가게 문 안 열었습니다."

몸에 꼭 붙는 조끼를 입은 남자가 두 사람을 향해 한쪽 팔을 뻗으며 말했다. 조끼는 붉은색 계열로 반짝이들이 붙어 있어 꽤나 화려했다. 가게의 웨이터쯤으로 보였는데 한 손에 빗자루를 들고 있었다. 차열이 경찰 공무원증을 내밀었다.

"경찰에서 왔습니다. 확인할 사항이 있는데 사장님 계시나요?"

"사장은 전데요."

들려온 목소리에 뒤를 돌아보니 막 출근하는 길이었던 듯 몸에 붙는 검은 원피스를 입은 여자가 아래쪽으로 걸어 내려오고 있었다. 어깨까지 오는 머리는 굵은 웨이브가 져 있었고, 들고 있는 가방은 악어가죽으로 보였다. 전체적으로 낮은 톤의 차림이었지만 웬일인지 그게 훨씬 화려하게 느껴지는 여자였다. 여자는 50대 초반쯤으로 보였다.

차열은 다시 한번 경찰 공무원증을 꺼내 그녀에게 보였다.

"경찰입니다. 잠깐 이야기 좀 나누실 수 있을까요?"

"무슨 일이죠?"

"조사 중인 사건과 관련된 일입니다. 잠깐이면 됩니다."

"안 된다고 하면 큰일 날 것 같은데요?"

딱딱한 차열의 태도에 그녀는 혼자 입을 가리고 웃으며 허리를 젖혔다.

두 사람은 가장 안쪽에 있는 룸으로 안내되었다. 소파로 둘러싸여 있었고 가장 상석의 뒤편 벽에는 거대한 그림이 걸려 있었다. 레오나르도 다빈치의 가품으로 보였는데 조잡한 그림이 오히려 가게와 잘 어울렸다.

"그래서 물어보실 게 뭐?"

여주인은 담배를 테이블에 올려놓으며 물었다. 라이터를 꺼내놓지 않는 것으로 보아 피울 생각은 없는 것 같았다. 두 사람 앞에는 웨이터가 가져다준 자양강장제 병이 놓여 있었다. 둘 모두 손을 대지 않았다.

"혹시 이런 분이 여기서 일하시지 않았습니까?"

강차열은 핸드폰을 꺼내 사진 한 장을 불러낸 후 사장에게 내밀었다. 어디 한번 봅시다, 음을 붙인 듯한 묘한 어조로 말하며 핸드폰을 받아 든 그녀는 고개를 갸웃하며 웃었다.

"너무 청순하네. 여기 애들은 화장이 진해서 이렇게는 못 알아봐. 거의 분장 수준이거든."

재밌는 농담이라고 생각했는지 그녀는 혼자 웃음을 터뜨렸다. 강차열이 다시 말했다.

"그래도 아는 사람이라면 어느 정도는 알아보실 수 있지 않겠습니까? 다시 한번 잘 봐주십시오."

"이 오빠 되게 딱딱하네."

사장은 자신의 농담에 같이 웃어주지 않는 것을 불쾌하게 여겼는지 입을 비쭉 내밀며 다시 핸드폰을 들었다. 말은 그렇게 해도 이번엔 훨씬 자세히 들여다보았다.

사진은 실종된 이승훈의 동생 이승주의 것이었다. 주민 등록을 할 때 사용된 사진이었다. 열아홉이나 스무 살 초반에 찍었을 사진 속 이승주는 사장이 말한 대로 청순해 보였다. 긴 머리에 작은 얼굴, 눈은 이승훈과 닮아 가느 다래서 밋밋한 인상을 주었지만, 전체적으로 깔끔해 보이는 스타일이었다.

한참을 들여다보던 사장이 핸드폰을 차열의 앞으로 내밀었다.

"이런 애는 본 적 없어. 우리 애는 아니야."

"오래전에 근무했을 수도 있습니다."

사장은 고개를 저었다.

"아니. 나도 눈썰미깨나 있는 사람이야. 이런 애는 데리고 있어본 적 없어."

"확실합니까?"

"아마도?"

"그럼 이 사람은 어떻습니까?"

차열은 이승주의 사진을 밀어내고 다른 사진을 불러냈다. 사진 속에는 꽤나 험악하게 생긴 고원택이 있었다.

"아! 알지, 이 사람은!"

"단골이었습니까?"

"단골은 아니고 진상. 진짜 몇 달에 한 번 오면서 올 때마다 술값 내고 술값보다 더한 걸 요구했다고."

그녀는 툴툴대며 다리를 꼬았다. 그 말은 맞는 말인 듯했다. 최인욱이 뽑아 온 카드 명세서에서 이곳은 자주 언급되진 않았다. 그런데도 기억하고 있는 것은 그 얼굴만큼이나 행세가 고약했기 때문일 터였다.

"그때 이 사람 룸에 들어간 직원분을 혹시 찾을 수 있을까요?"

"그야 나야 모르지. 좀 기다려봐요."

사장은 어딘가로 전화를 걸었다.

"잠깐 들어와 봐."

기다리고 있자 한 남자가 룸의 문을 열고 들어왔다. 남자는 아까의 웨이터와 다르게 정장을 입고 있었다. 사장은 남자에게 고원택의 사진이 열려 있는 핸드폰을 내밀었다.

"애들한테 물어서 이 사람 룸에 들어갔던 애 있으면 불러와."

지시를 한 사장은 자신은 이만 나가보겠다며 룸을 벗어났다. 10분 정도 있자 한 여자가 룸의 문을 열었다. 아직 옷을 갈아입지 않은 것인지 헐렁한 티셔츠에 트레이닝 바지를 입고 있었다. 긴 머리가 허리에서 출렁거렸고, 화장은 완벽했다.

"경찰이시라고요?"

"네. 앉으시죠."

차열이 맞은편 소파를 가리켰다. 여자는 호기심 어린 표정으로 자리에 앉았다.

"무슨 일이시죠?"

"사진 속 그 남자, 기억하신다고요?"

"네, 제가 모신 손님이에요. 진상이라서 짜증 나긴 했는데 요즘엔 오지 않으니까 뭐. 근데 왜요?"

형사가 찾아온 이유를 궁금해하는 듯 그녀는 눈을 반짝였다. 아마도 두 사람이 돌아가면 같이 일하는 직원들과 떠들 이야기가 필요한 것 같았다. 죽은 채 발견되었다는 말을 하려다가 말았다. 차열이 질문했다.

"혹시 이 사람, 술 마시면서 자기 과거 얘기를 하지 않던가요?"

"과거 얘기요?"

"네, 어릴 때 좀 놀았다거나, 교도소에 갔다 왔다거나 하는."

"그런 얘기는 별로…… 아! 그러고 보니."

눈동자를 위쪽으로 하며 생각하던 그녀는 뭔가 생각났다는 듯 손뼉을 짝 소리가 나게 쳤다.

"그 사람이 진상이라고 불리게 된 게 그거 때문이에요."

"자세히 말씀 부탁드립니다."

"술 마실 때는 괜찮았는데 이 자식이 점점 취하니까 개버릇이 나오는 거예요."

"예?"

무슨 소리인지 모르겠다는 듯 차열이 눈을 동그랗게 떴다.

"나쁜 버릇이요, 막 만지려고 드는."

그녀는 자신의 가슴을 가리키며 원을 그렸다. 차열은

헛기침을 했고 인욱은 얼굴이 붉어진 채 시선을 돌렸다.

"그래서 못 하게 하니까 생난리를 피웠어요. 아까 여기 들어왔던 정장 오빠 봤죠? 그 오빠 부를 정도로 야단법석을 피우는데…… 그러면서 그러더라고요. 자기 함부로 건들지 말라고, 자기는 사람도 죽여봤다고."

강차열과 최인욱이 동시에 시선을 마주쳤다. 강차열이 말했다.

"그 이야기를 누가 또 들었습니까? 선생님과 아까 정장 입으신 그분, 두 분밖에 모르는 이야깁니까?"

"선생님이라는 소리 처음 듣네. 그냥 아가씨라고 하지 무슨 선생님은. 아뇨, 여기 있는 사람 다 알죠. 저희는 손님 없으면 쑥덕대는 게 취미라."

그렇다면 여기서 일하는 전원이 안다는 이야기였다. 가까스로 얼굴에 열을 식힌 최인욱이 물었다.

"어디서 누구를 죽였다고 하던가요?"

"그건 몰라요. 그 얘기 하기 전에 쫓겨났거든요."

이야기를 마치기 전에 강차열은 다시 한번 이승주의 사진을 꺼내 여자에게 내밀었다. 직업의 특성상 가게를 자주 옮겨 다니는 여직원들이라면 한 번쯤 봤을지도 모른다. 하지만 여자는 처음 보는 얼굴이라고 말했다.

"이런 타입은 이런 쪽엔 거의 없어요."

두 사람이 계단을 올라 지상으로 나왔을 때 아직도 햇볕이 뜨겁게 도로를 달구고 있었다. 차열은 손부채질을 하며 주변을 돌아보았다. 두 번째로 가야 할 '살롱키티'도 이근처에 있는 것 같았다.

"어쨌든 술만 마시면 자기가 사람 죽였다는 얘기를 하긴 했나 보네요."

"술만 마시면 그랬다기보다는, 누가 자기를 무시하는 것 같다고 느꼈을 때 이야기했겠지. 우월감을 느끼려고."

살롱키티는 금방 찾을 수 있었다. 그곳 역시 처음 들렀던 몽에서와 비슷한 얘기를 들었다. 술에 취하면 진상을 부렸고, 맘에 안 드는 게 있으면 자신이 사람도 죽여봤다고 을러댔다. 살롱키티에서 대화한 여직원은 자세한 얘기를 들어서 알고 있었다.

"고등학교 때 사람 죽여 파묻어 봤다고. 지금도 월선에 가면 그 귀신이 돌아다닐 거라고 하던데요. 뭐 진짜라고 믿지는 않았어요. 그런 허풍 떠는 사람 많거든요."

이어서 찾아간 '서진룸'과 '꼭짓점' 그리고 '백향' 역시 같은 반응이었다. 다른 것은 월선면에서의 일을 이야기했거나 하지 않았거나의 차이였다. 자주 들렀던 백향에서는 역시 그 이야기를 알고 있었다.

"은파시에서 온 샌님이었다고 하더라고요. 아주 본때를 보여줬다고. 뭐 그런 얘기까지는 들은 것 같아요."

백향에서 가장 오래 일했다는 여직원이 말했다.

"고원택 씨와 직접 이야기를 나눴나요?"

소파 맞은편에 앉아 있는 그녀는 이미 몸에 붙는 드레스와 붕 뜬 머리로 치장을 마치고 있었다. 그녀는 빨갛게 칠한 입술을 끌어올려 씨익 웃었다.

"아뇨, 그 사람 전담이 있었어요. 처리반이라고 불렀어요, 내가."

"그게 누구죠? 혹시 지금도 근무하고 있나요?"

그녀는 고개를 저었다.

"그만뒀어요. 몇 달 된 것 같은데."

"어쩌다가 그 사람 전담이 된 겁니까? 고원택 씨가 그분을 지목한 건가요?"

"아뇨, 자기가 들어가겠다고 했어요. 나중에 물으니까 팁을 많이 준다고 하긴 했는데, 별로 그렇게 보이지는 않았어요. 어쨌든 자기가 처리해 준다니까 우린 고맙죠. 그러고 보니 걔 그만둔 다음엔 그 진상도 안 오네. 혹시 둘이 살림 차렸어요?"

"그런 건 아닙니다."

대화를 나누는 강차열의 눈빛에 힘이 서렸다. 여자의 말대로 고원택은 팁을 주거나 그런 사람은 아니었다. 뭉에서 들은 바와 같이 지불한 돈보다 더한 요구를 해대는, 온 동네 룸살롱의 진상으로 불렸다. 그럼에도 왜 처리반이라고 불렸던 여자는 고원택을 전담하려 했을까. 차열은 왠지 조급해진 마음으로 다시 질문을 던졌다.

"그분은 이름이 뭐죠?"

"예리요."

"성은요?"

"그냥 예리예요. 우린 다 그렇게 불렀어요. 마담 언니가 정해주면 그게 우리 이름이었죠."

"본명이 아니라는 거군요."

최인욱이 말하자 그녀가 고개를 끄덕거렸다.

이후 마담이라는 여자에게서 '예리'의 본명을 들으려고 했지만 서류를 찾을 수가 없었다. 마담은 곤란한 얼굴로 말했다.

"간혹 돈을 빌리고 도망가는 여자들이 있어서 등본 정도는 받아놓는데, 예리 것만 없네요. 무슨 일이지."

그녀는 고개를 갸웃하며 입술을 잘근 깨물었다. 잘봐줘도 30대 초반의 여성이었다. 마담이라는 단어가 어울리지 않았다. 어쩌면 진짜 사장은 따로 있을지도 모른다는 생각이 들었다.

가게를 나오기 전 마지막으로 이승주의 사진을 보였다. 역시나 본 적이 없는 얼굴이라고 했다.

"이승주는 고원택이랑 관련이 없는 걸까요?"

가게 밖으로 나서면서 최인욱이 말했다. 차열은 깊은 한숨을 내쉬었다. 뭔가 힌트가 보이는 듯하다가도 가까이 다가서면 안개라도 되는 것처럼 사라져 버리는 기분이었다.

"예리라는 여자가 걸리기는 해."

최인욱이 대답하려던 그때 핸드폰이 울렸다. 인욱은 주머니에 손을 넣어 핸드폰을 꺼냈다. 발신 번호를 확인 후 전화를 받았다.

"네, 최인욱입니다. 네……. 네? 알겠습니다. 주소를 문자로 보내주세요."

전화를 끊은 인욱은 미간을 찌푸린 채로 차열을 보았다.

"선배님, 저희 사건과 관련된 것 같은 시신이 한 구 더 발견됐다는데요?"

쿵, 하고 심장이 떨어지는 것 같았다. 차열은 눈을 크게 떴다. 되묻는 그의 목소리가 자신도 모르게 격앙되었다.

"오선혁?"

범인이 지목한 살인 대상은 분명 삼인방이었다. 오선혁, 허필진, 고원택. 그중 두 사람이 죽고 한 사람이 남았다. 시신이 한 구 더 발견되었다는 소리에 오선혁을 떠올리는 것은 당연한 일이었다.

최인욱이 고개를 저었다.

"그건 아닌 것 같습니다."

그가 말하는 사이 문자 수신음이 울렸다. 최인욱은 핸드폰을 열어 문자를 확인했다.

"피해자 이름은 백도진. 은파고등학교 총동창회 회장이라고 합니다."

받은 주소지로 가보니 이미 구경꾼들이 잔뜩 몰려와 있었다. 인근 지구대에서 지원 나온 경찰들이 건물 주변을 막고 있었다. 총동창회 사무실이 있는 3층에는 경찰통제선이 쳐졌다. 경찰 공무원증을 확인시켜 주며 두 사람은 뛰듯이 올라갔다.

안에는 이미 과학수사대원들이 사진 촬영과 증거 수집을 하고 있었다. 최인욱은 가까이에 있는 대원에게 요청해 발싸개를 두 개 받아 차열과 나눠 낀 뒤 안으로 들어갔다. 바닥에 남은 발자국과 혈흔 등 증거를 보존하기 위한 통행판이 거의 바닥 전체에 깔려 있었다. 그만큼 죽음의 흔적이 대단히 많다는 뜻이기도 했다.

시신은 사무실 정 가운데에 뉘어 있었다. 오른쪽 얼굴에 엷은 멍이 들어 있었고, 목에는 칼에 찔린 깊은 상처가 남아 있었다. 이전의 사건들처럼 동맥을 노린 것 같았다. 책상에 피가 많이 고여 있는 것이 눈길을 끌었다. 아마 사망은 책상에서 하지 않았을까 싶었다. 역시나 자세한 사진을 찍기 위해 시신을 옮겼다고 국과수대원이 보고했다. 첫 발견 당시에는 책상에 엎드린 상태였고, 그 사진 역시 찍어 놓았다고 했다.

입고 있는 것은 정장 셔츠였는데 단추가 서너 개쯤 뜯겨 나갔고, 안쪽으로 보이는 가슴에 길게 칼로 그은 듯한 상처가 있었다. 셔츠는 피로 잔뜩 물들어 있었다. 전체적으로 다툼의 흔적이 많이 보이는 시신이었다.

"왔나?"

소리가 난 쪽으로 고개를 돌리니 수사본부의 부장이 서 있었다. 부장까지 불려 나왔을 정도라니 차열은 믿기지 않았다. 이 현장은 고원택과 허필진의 시신 발견 당시와 많이 달랐다. 두 사람에게는 다툼의 흔적이 전혀 없었다. 이번의 시신에서는 다툼의 흔적이 너무 많이 보였고, 굳이 사람들의 이목을 끌게끔 하는 시신의 이동이 없었다. 이 사건에서는 그런 공통점이 전혀 보이지 않았다.

그런 생각을 이야기하자 부장이 말했다.

"시신의 입에서 발견됐네. 같은 글씨체의 메모가."

그는 들고 있던 것을 두 사람 앞에 내밀었다. 증거 수집 봉투 안에 다급하게 찢은 듯한 긴 종이가 들어 있었다. 두 사람은 적혀 있는 글을 읽고 동시에 입을 다물었다. 글씨체는 육안으로 봐도 이전 사건에서 발견된 것과 같았다.

한 명이 더 있었다.

11

"뭐라는 거야, 이 아저씨가!"

선혁이 벌떡 일어서며 남자의 어깨를 밀쳤다. 남자는 계속해서 '백향의 예리'가 맞지 않느냐며 자희를 가리키고 있었다. 누가 들어도 술집인 '백향'이라는 이름을 감히 어디다 갖다 대는가. 카페 안에 앉은 사람들과 카운터의 종업원이 이쪽을 흘깃흘깃 보았다. 자희는 앉은 자리에서 움직이지 않았다. 겁에 질린 건지도 모른다.

"예리 맞는데?"

"사람 잘못 보셨고요. 알았으면 그만 저리 가시죠, 경찰에 신고하기 전에."

"내가 이 나이에도 눈이 2.0이야. 저런 미인이 어디 흔할 것 같아?"

허, 하고 선혁은 헛웃음을 지었다. 예쁜 것도 이럴 때는 피곤한 일이 된다. 그래도 어디 감히. 자희는 누가 봐도 우아한 아름다움을 지녔다. 대화를 할 때에도 상식이 뛰어나다는 걸 느낄 때가 한두 번이 아니다. 그런 것이 그녀의 움직임과 얼굴에서 곧장 드러난다. 가늘고 긴 팔을 살짝 흔들며 걷는 모습은 발레리나처럼 보일 때도 있다. 누가 보아도 그런 곳에서 일할 사람이 아닌 것이다.

선혁은 내내 조용히 앉아 있는 자희가 걱정되었다. 지하철 입구 앞에서 수세미를 파는 할머니가 안타깝다고 필요도 없는 것을 한 보따리 산 적도 있을 만큼 마음이 약한 여자였다. 상처를 받은 것은 아닐까. 느닷없는 모욕 때문에 고개도 들지 못하고 있는지도 모른다. 그런 생각이 들었을 때 의자를 끄는 소리가 들렸다. 돌아보니 자희가 자리에서 일어서고 있었다. 그녀는 고개를 똑바로 들고 이쪽으로 걸어왔다.

"절 아세요?"

"어! 가까이 보니까 더 잘 알겠네. 예리 맞잖아, 예리!"

"이 사람이 진짜!"

선혁이 소리를 질렀다. 하지만 자희가 손을 들어 그를 저지했다. 자희는 한 걸음 더 바짝 남자에게 다가섰다. 턱을 들고 당당한 목소리로 다시 한번 남자에게 말했다.

"제가 누구라고요?"

"어, 어?"

남자가 급격히 당황하고 있었다. 그는 주춤주춤 뒤로 물러났다는 것을 스스로도 깨닫지 못하는 것 같았다. 입으로 알 수 없는 소리를 내면서 자희의 얼굴을 다시 뜯어보았다.

"이름도 틀리고, 전 선생님을 처음 보는데요?"

"어, 어…… 내가 사람을 잘못 봤나."

"이 아저씨! 사람 기분 나쁘게 지금 뭐 하는 겁니까?"

선혁이 따지며 목소리를 더욱 높였다. 아까 흘깃흘깃 이곳을 훔쳐보던 모두에게 들리도록 말이다. 사람들은 이제야 고개를 돌리고 자신들의 일에 관심을 돌리는 듯했다.

"아이구, 실례했어요."

남자는 뭔가에 질린 듯한 얼굴로 황급히 카페를 빠져나갔다.

"이상한 사람 다 봤네."

아직 화가 안 풀린 선혁의 뒤에서 자희는 가방을 챙겨

들었다.

"왜?"

선혁이 묻자 자희가 대답 없이 머리를 쓸어 넘겼다. 미간을 찌푸린 얼굴이 굳어 있었다. 그런 오해를 받은 이 카페에 더 있고 싶지 않겠지. 그런 마음을 헤아려주지 못한 것 같아 선혁이 오히려 미안해졌다.

"그래, 나가자."

카페를 벗어나 빠르게 걸어가는 자희의 손을 선혁이 잡았다. 한여름인데도 손이 차가웠다. 에어컨 때문일지도 모르지만, 조금 전 상황이 무서웠을 수도 있었다. 당당한 태도를 보이기는 했지만 시비 거는 나이 든 남자가 무섭지 않을 리 없었다.

"너무 신경 쓰지 마."

"신경 안 써. 그냥 민망해서 그래."

"그래."

"선혁 씨도 그런 말 믿는 거 아니지?"

"무슨 말? 아까 예리 어쩌고 한 거? 당연히 아니지. 내가 자희를 몰라?"

"그럼 됐어."

선혁은 자희의 손을 잡았고, 그녀는 걸음을 옮기기 시작했다.

"사실은 아까 무서웠어. 아저씨가 정신도 이상해 보이고……. 근데 더 무서운 건 사람들이 날 보는 눈이었어. 내가 술집에서 일하는 사람이라고 생각하는지, 그 경멸의 시선들이……."

선혁은 자희가 너무 예민하게 받아들이는 것 같다고 생각했다. 하지만 입 밖으로는 내지 않았다. 입장을 바꿔 사람들 앞에서 자신이 그런 수모를 당한다면 어떤 기분이 들지는 알 수 없기 때문이었다. 그는 대답 대신 자희의 손을 더 꽉 쥐었다.

"난 알아서 갈게, 선혁 씨는 그만 가. 진짜 피곤해 보여."

"데려다주고 가도 돼. 그 정돈 아냐."

말은 그렇게 했지만 온 신경은 주머니 안에 있는 핸드폰에 쏠려 있었다. 은파고등학교 동창회 사무실에서 찾은 이승훈의 주소 때문이다. 조금 전의 해프닝으로 잠깐 잊고 있었다는 것이 믿기지 않을 정도였다.

다행히 자희는 고개를 저었다.

"조금 걷고 싶기도 하고. 먼저 가."

"정말 괜찮겠어?"

"그럼."

"알았어. 그럼 빨리 들어가. 무슨 일 있으면 전화하고. 알았지?"

"알았다니까."

자희가 웃으며 그의 등을 밀었다.

자희는 손을 흔들고는 가던 길을 계속 걸었다. 뒷모습을 보면서 선혁은 깊은 한숨을 내쉬었다. 그러면서 다짐했다. 한시라도 빨리 이 일을 해결해서 자희에게 당당한 사람이 되어야겠다고 말이다.

선혁은 날이 밝기 무섭게 차에 올라타 시동을 걸고 주머니에서 핸드폰을 꺼냈다. 어제 동창회 사무실에서 찍어 온 사진을 열었다. 은파시 진포아파트 3동 1502호. 내비게이션에 진포아파트를 목적지로 입력하고 차를 출발시켰다. 차가 도로로 합류하자 선혁은 운전을 하면서도 머릿속에 복잡한 생각들이 오가는 것을 멈출 수 없었다.

이곳에 아직 이승훈의 가족이 살고 있을지는 모른다. 만약 그렇다 해도 그들을 만나 자신을 어떻게 소개해야 할지 무슨 이야기부터 해야 할지도 정하지 못했다. 당신들이 우리 삼인방을 노리고 있는 범인이냐고 물어볼 수도 없다.

그렇지만 선혁은 이곳에 가야만 한다는 강한 본능을 느꼈다. 왠지 보면 알 것 같았다. 자신을 보는 눈빛을 보면 그가 살인자인지 아닌지 알 수 있을 것 같았다.

문득 선혁은 죽은 백도진을 생각했다. 그는 왜 죽어야 했을까? 답은 하나다. 그도 이승훈이 죽는 데 한몫을 했기 때문이다. 그날 그가 심부름을 시키지 않았다면 이승훈은 삼인방에게 걸릴 일도, 죽을 일도 없었다. 범인은 선혁이 알지 못하는 어떤 경로를 통해 이승훈이 죽은 이유를 알아낸 것이다. 그래서 모두 죽이자, 그렇게 결심하고 있는 것이다.

그렇다면 하나의 의구심이 남는다. 왜 나는 살아 있는 걸까. 선혁은 나름대로 짚이는 구석이 있다. 자신이 살아남은 것은 우연의 일치다. 범인은 삼인방 중 한 명은 일단 살려두려는 속셈이다. 왜냐하면 이승훈의 시신을 찾지 못했으니까. 모든 관련자를 죽인 후 마지막 한 명을 남겨놓고 위협해 진실을 알아내려는 것이다. 그것이 우연히 자신이 되었을 뿐이다.

어떻게 할 것인가? 이승훈의 가족을 찾아가 진실을 말

하고 사죄를 할 것인가? 선혁은 이승훈의 가족 중 범인이 있다면 일단 진실을 말할 생각이었다. '우선' 그렇게 한 뒤 사죄를 구해본다. 하지만 상대는 예고 살인까지 벌일 정도로 원한이 깊다. 쉽게 끝나지는 않을 것이다. 진실을 들은 뒤 자신까지 죽이려고 할 확률이 높다. 그때가 되면 자신도 어찌할 수 없다.

선혁은 한 손을 왼쪽 가슴 위로 가져갔다. 옷 안쪽으로 딱딱한 것이 만져졌다. 그는 품고 있는 이 칼로 자신을 지켜낼 것이다. 애써서 잡은 자신의 일상을 놓칠 수는 없다.

어느덧 차는 진포아파트에 도착했다. 차를 3동에 가까운 지상 주차장에 세워놓고 내렸다. 아파트를 올려다보았다. 꽤나 연식이 느껴지는 아파트였다. 도색이 여기저기 벗어지고 색이 희미하게 바랬다. 진입로에 걸려 있는 현수막으로 봐서는 재건축을 추진하는 것 같았다. 잠깐 걱정했으나 오래된 아파트답게 공동현관은 비밀번호로 잠겨 있지 않았다. 누구나 드나들 수 있는 곳이었다. 그래도 CCTV는 있을 것이었다. 주머니에서 검은색 야구모자를 꺼내 푹 눌러썼다.

엘리베이터를 타고 15층 버튼을 눌렀다. 좁은 엘리베이터 안에서는 뒤섞인 음식물의 시큼한 냄새가 희미하게 코를 찔렀고, 후끈한 열이 느껴져 답답했다. 팬이 돌아가는 소리가 들렸지만 에어컨에서 찬 바람이 나오지는 않는 것 같았다. 다행히 멈추는 곳 없이 엘리베이터는 곧장 15층에 도착했다.

선혁은 문 앞에 붙은 호수 명패를 확인하며 복도를 걸었다. 끝에서 두 번째에 1502호를 발견할 수 있었다. 갑자기 심장이 조이는 것 같았다. 입술이 마르고 목에 힘이 들어갔다. 초인종 위로 올라가는 손가락이 벌벌 떨렸다. 이걸 눌러서 누군가 대답을 하길 바라는지, 차라리 아무도 나오지 않기를 바라는지 스스로도 알 수 없었다.

눈을 꾹 감은 채로 초인종을 눌렀다. 그는 숨을 내쉬며 눈을 천천히 떴다. 분명 벨 소리는 났는데 안에서는 아무런 기척도 들리지 않았다. 귀를 문에 바짝 갖다 대어보았지만 마찬가지였다. 다시 한번 벨을 눌렀다. 이번에는 좀 더 길게, 손가락도 떨리지 않았다. 숨도 쉬지 않은 채로 귀를 기울여보았지만 아무도 없는 것 같았다.

어떻게 해야 하지? 메모라도 남겨야 하나? 아니면 내일 다시 와야 하나?

그런 생각을 하며 뒤돌아선 순간 그는 심장이 덜컥했다. 눈앞에 얼굴이 익숙한 두 남자가 서 있었다. 분명 지난번 그를 찾아왔던 형사였다. 둘 중 강차열이라고 자신을 소개했던 남자가 자신을 향해 말했다.

"이승훈 씨 집은 왜 찾아오셨습니까?"

그 길로 임의동행되어 곧장 경찰서로 왔다. 선혁은 자신의 차를 혼자 타고 스스로 운전해 경찰서로 향했다. 뒤따라오는 차 속의 강차열은 자신을 내내 지켜보고 있을 터였다. 영장이 없는 채라 동행을 거부할 수도 있었지만 굳이 그러지 않았다. 괜히 의심받을 수 있다는 생각도 들었지만 매서운 강차열의 얼굴은 영장을 받아 와서라도 그를 체포해 갈 거라고 말하는 것만 같았다.

'이승훈 씨 집은 왜 찾아오셨습니까?'

그렇게 말하는 강차열의 표정은 이미 삼인방의 과거가 이승훈의 실종과 관련되어 있다는 걸 알고 있다고 말하고 있었다. 선혁이 이승훈의 집을 찾아갔으니 그걸 증명해 준 셈이었다. 경찰서에 가 그걸 어떻게 설명해야 할지 선혁은 도무지 생각이 떠오르지 않았다.

어쩌면 이번 일을 계기로 이승훈 실종 사건을 다시 조사할지도 모른다. 자신 역시 강도 높은 조사를 받을 것이며, 이승훈이 실종된 야영지 근처를 대대적으로 수색할 것이다. 그렇게 되면 아무리 삼인방만 알던 곳이라도 경찰에게 들키지 않을 리 없다. 어릴 적 치기 어린 생각으로 삼인방만 아는 곳이라고 생각했지만 9년이나 지난 현재의 수사는 그리 간단할 리 없기 때문이다.

그날, 그들은 죽은 이승훈을 끌고 가 커다란 동굴 근처의 땅에 묻었다. 절벽에 나 있는 동굴은 세 사람의 아지트였다. 절벽 옆으로 수풀이 가득했기에 눈에 띌 일이 없는 곳이었다. 그곳을 찾았을 때 담배를 피우기 딱 좋은 곳이라고 낄낄거렸던 것이 기억났다. 야영장 뒷편 건물 벽에 빗자루와 공구 같은 것을 모아놓은 공간이 있었는데 마침 거기에 삽이 있었다. 필진이 그걸 꺼내 와 땅을 팠고, 선혁은 그를 도왔다. 원택은 옆에서 담배를 피우다가 구멍이 적당히 파지자 발로 이승훈을 밀어 넣었다. 도축되어 아무런 힘도 없는 동물처럼 이승훈이 구멍 안으로 고꾸라졌다. 그리고 함께 그 위에 흙을 덮었다.

9년 전에도 물론 대대적으로 수사가 진행되었지만 길

도 없는 그곳까지 찾아내지는 못했다. 겉으로 볼 때는 수풀이 우거져 거기에 묻혔을 거라고는 예상치 못했을지도 몰랐다. 절벽 옆이라 위험하기도 했을 터였다. 다행이라고 생각했다. 본 사람도 없고, 행여 시신이 발견된다고 해도 죽인 것이 삼인방이라는 증거는 단 하나도 없다.

하지만 정말 그럴까? 정말 아무런 증거가 없을까?

그때의 그들은 어렸다. 지금보다 훨씬 주의력이 없었다. 원택은 그때 담배를 피웠다. 꽁초를 어디다 버렸을까? 땅을 파고 다시 묻을 때 필진이나 자신이 흘린 증거는 없을까? 몸싸움을 하면 그 증거가 피해자의 몸에 남기도 한다고 들었다. 당시엔 그런 것은 하나도 생각지 못했던 것이다.

누군가 창을 두드리는 바람에 선혁은 화들짝 놀랐다. 고개를 들고 보니 어느새 경찰서 주차장에 차를 세워놓고 있었다. 문을 두드린 것은 강차열이었다. 그는 내리지 않고 뭘 하느냐는 듯이 그를 들여다보고 있었다. 선혁은 허겁지겁 차에서 내렸다.

"잠깐 뭘 좀 생각하느라."

순간 아차, 싶었다. 그런 말은 하지 않는 것이 좋았을지도 모른다. 경찰서에 가서 할 변명을 만드느라 정신을 놓고 있었다고 들릴지도 몰랐다. 다행히 강차열은 아무 말도 하지 않았다. 먼저 등을 돌려 앞으로 걸어갔다. 그 뒤를 선혁은 조용히 따랐다. 뒤에서 인기척이 들려 돌아보니 강차열과 동행했던 형사가 걸어오고 있었다. 일부러 앞뒤에서 걷는 것 같았다. 마치 연행되는 기분이 들었다.

그가 안내된 곳은 조사실이었다. 책상이 하나뿐인 아주 좁은 방에 의자 몇 개가 놓여 있었다. 강차열은 책상 앞에 앉으면서 맞은편 의자를 가리켰다. 조사를 받는 것이다. 그는 바짝 마른 입술을 핥으면서 마음의 준비를 했다. 강차열이 노트북을 열었고 동행했던 다른 형사는 조사실 밖으로 나갔다.

한참이나 강차열은 아무런 말도 하지 않은 채 노트북만 들여다보았다. 적막이 흐르자 심장이 조여오는 것 같았다. 숨도 잘 쉬어지지 않았다. 자기도 모르게 먼저 입을 열었다.

"저는 왜……."

"백도진 씨 아시죠?"

말을 자르고 느닷없이 던져온 예상외의 질문은 그의 머리를 강하게 쳤다. 그는 숨을 들이켰다. 침착해야 한다. 생각을 가다듬으려 애썼다. 백도진의 시신이 발견된 것이다.

그런데 어떻게 자신에게까지 연결된 것일까? 지운다고 지웠지만, 흔적이 남아 있었는지도 모른다. 어쩌면 CCTV가 있었을지도. 선혁은 문득 1층에 있던 건강식품 판매장을 떠올렸다.

"어제 백도진 씨를 찾아갔었죠?"

어리석은 계산은 하지도 말라는 듯이 강차열 형사가 노트북을 돌려 화면을 보여주었다. 거기에는 사무실 계단에서 인도로 내려서는 자신의 모습이 찍혀 있었다. 그냥 멈춰 있는 사진이었지만 허겁지겁 나오는 느낌이 강하게 들었다. 그 상황을 겪은 본인이라 그런지도 몰랐다.

일단 확실한 건 거짓말은 통하지 않는다는 사실이었다.

"네, 갔었습니다."

"무슨 일로 갔죠?"

"친구가…… 뭘 좀 알아봐 달라고 해서 갔습니다."

"친구가요? 친구 누가 뭘 알아봐 달라고 하셨다는 겁니까?"

선혁은 들키지 않도록 입 안쪽을 꾹 깨물었다. 정신을 차려야 한다. 어차피 죽은 사람은 말이 없다.

"사실은, 지난번에 죽은 허필진 아시죠? 필진이가 제게 말한 적이 있습니다. 자기가 혹시 잘못되면 은파고등학교 총동창회 사무실에서 일하는 백도진을 찾아가라고요. 그럼 범인이 누구인지 알 수 있다고."

"허필진 씨가 그런 얘기를 했다고요?"

"네."

"그런데 왜 경찰에는 말하지 않으셨습니까?"

"필진이의 부탁이었습니다. 백도진 씨와도 관련 있는 거니까 만약 자기가 죽으면 백도진을 먼저 찾아가라고……."

거짓말이 거짓말을 부른다. 급하게 지어낸 거짓말은 성글다. 알지만 멈출 수 없었다. 이럴 때마다 자희가 떠올랐다. 자신이 꿈꾸는 삶 속에는 그녀가 있다. 그것을 깨트릴 수도 놓칠 수도 없었다. 자신은 지켜야만 하는 일상이 있는 것이다.

역시나 강차열은 믿지 않는 듯한 표정이다.

"그래서 백도진 씨를 찾아가 만났습니까?"

"만났습니다."

"그때, 백도진 씨가 살아 있었습니까?"

눈을 둥그렇게 뜨고 강차열을 보았다. 놀란 표정을 지어 보이려 한 것이지만 강차열은 얼굴색 하나 변하지 않은 채 그를 곧은 시선으로 응시했다.

"물론입니다. 저와 이야기도 나누었습니다."

"무슨 얘기를 했습니까?"

계산이 필요했다. 분명 범인은 삼인방을 죽이겠다고 예고했다. 그리고 세 명이 죽었다. 한 사람은 삼인방이 아니었지만 어차피 세 명이라는 숫자는 완성된 것이다.

"필진이와 원래 아는 사이였다고 하더라고요. 9년 전 백도진 씨의 학교에서 야영을 저희 동네인 월선으로 온 적이 있었다더군요."

강차열은 아무런 대답이 없었다. 미간에 주름이 져 있었다.

"그때 필진이가 원택이를 데리고 나가 밤에 셋이서 몰래 만난 적이 있다고 합니다. 그런데……."

이승훈이라는 아이가 혼자 몰래 나오다가 백도진과 마주쳤다. 성격이 워낙에 껄렁했던 백도진이 이승훈에게 시비를 걸다 돈을 빼앗으려 했다. 그렇게 실랑이가 붙었다가 잘못해서 원택이가 이승훈을 죽이게 됐다는 얘기를 했다. 모든 것을 사실대로 말했다. 다만 자신을 빼고 그 자리에 백도진을 넣었다. 다시 한번 생각해도 잘못된 부분은 없는 것 같았다.

"죽였다?"

자신이 하는 말을 그대로 컴퓨터에 입력하던 강차열이 노트북 너머로 눈을 무섭게 치떴다.

"그래서 어떻게 했답니까?"

"갑자기 벌어진 일이라 너무 무서웠다고 했습니다. 땅에 묻었다고 들었습니다."

"정확히 어딘지 아십니까?"

선혁은 고개를 저었다.

"거기까지는 못 들었습니다."

경찰이 시신을 찾아내서는 안 됐다. 거기에 자신에 대한 증거가 아무것도 없다고 자신할 수 없었다.

"그래서요?"

"네?"

"찾아가라고 했다면서요? 그다음엔 어떻게 했습니까?"

"그게……."

머리가 무섭게 돌아갔다.

"원택이와 필진이가 살해당한 이야기를 했습니다. 그 메모에 대한 것도요."

"백도진 씨가 뭐라고 하던가요?"

"당분간 저희 집에 좀 있으면 안 되겠냐고 했습니다. 다음 타깃이 자신일 것 같다고요."

"경찰에 알리면 되는 거 아닙니까?"

"9년 전 자신이 벌인 사건이 알려지면 가족을 잃을 것 같다고 했습니다. 가족 생각을 끔찍이 하는 사람 같았습니다."

"그래서 어떻게 대답하셨습니까?"

"생각을 좀 해보겠다고 했습니다. 혼자 살고 있지만 모르는 사람을 들이는 게 좀……."

"그래서 경찰의 신변 보호를 거절하신 겁니까? 백도진 씨가 사망했기 때문에 아무 위험도 없을 테니까?"

"그렇죠, 뭐."

"아니, 제가 잘못 생각했군요."

강차열의 말에 선혁은 눈을 휘둥그렇게 떴다. 강차열이 웃으며 머리를 절레절레 흔들었다.

"생각해 보니 신변 보호 요청을 드린 건 백도진 씨가 사망하기 이전이네요. 착각을 했습니다."

강차열이 눈을 매섭게 떴다.

"오선혁 씨도 착각을 하셨나요?"

그는 입을 다물고 있었지만 왠지 웃고 있는 것 같았다. 등줄기로 한기가 지나갔다.

"네, 뭐……."

선혁이 그렇게 대답했을 때 실제로 강차열은 한쪽 입가를 올려 웃고 있었다.

"그럼 정리해 보죠. 오선혁 씨가 백도진 씨를 찾아갔을 때 백도진 씨는 살아 있는 상태였다는 거죠?"

"네, 맞습니다."

"그리고 9년 전 이야기를 하셨고요."

"네."

"이승훈 씨의 주소 역시 백도진 씨한테 전달받았고요."

"네."

"그 주소로 찾아가서 뭘 어떻게 해달라고 했습니까?"

"범인이 그 사람의 가족들이 맞는지 알아봐야 한다고 했습니다. 저도 뭘 어떻게 해야 할지는 몰랐지만 일단 찾아가 보기로 한 겁니다. 정말입니다."

"그렇군요. 한 가지 더 묻겠습니다. 오선혁 씨는 백도진 씨를 찾아갔을 때 그가 살아 있었다고 말했습니다."

"······."

"그럼 주소를 받아 사무실을 나올 때는 백도진 씨가 살아 있었습니까?"

"지금 무슨 소리를 하시는 겁니까?"

선혁은 자리에서 벌떡 일어섰다. 앉아 있던 철제 의자가 뒤로 넘어가면서 큰 소리를 냈다. 놀라서 일어선 것이긴 하지만, 지금 상황에도 적당한 반응이었다.

"제가…… 제가 백도진 씨를 죽였다고 하는 겁니까? 일면식도 없는 사람을요?"

강차열은 눈을 깜박였다. 그러고는 머리를 기울이고 고개를 꺾어 선혁을 보았다.

"그럼 왜 현장 어디에서도 오선혁 씨의 지문이 발견되지 않은 겁니까?"

선혁은 숨을 쉬기가 힘들었다. 지문이 나오지 않은 것은 당연하다. 자신이 지웠기 때문이다. 오판이었다. 백도진이 죽은 현장에서 자신의 흔적이 발견되면 안 된다고만 생각했다. 경찰서에서 이런 변명을 하리란 걸 그때의 자신은 알지 못했다. 하지만 그런 사실을 말할 수는 없었다.

"범인이 지운 거겠죠."

"글쎄요. 범인은 자신이 만진 곳을 다 지우긴 할 겁니다. 하지만 오선혁 씨가 만진 모든 곳이 범인이 만진 곳과 정확히 일치해서 모든 지문이 사라졌다고 하기엔 본인이 생각할 때도 너무 억지스럽지 않습니까?"

강차열이 자리에서 일어섰다.

"지금부터 오선혁 씨를 긴급체포하겠습니다. 백도진 씨 살인 혐의입니다. 영장 청구를 하는 동안 경찰서에 구금될 겁니다."

선혁은 잠시 생각했다. 진정하자. 어떻게든 빠져나갈 구멍은 있을 것이다. 문득 머리를 스쳐 지나가는 생각이 있었다.

"그날, 백도진 씨 사무실에서 나와 여자친구를 만났습니다. 사람을 죽여놓고 멀쩡히 여자친구를 만날 수 있었겠습니까?"

흠, 하며 뭔가를 생각하던 강차열은 메모지와 볼펜을 선혁에게 내밀었다.

"이름과 전화번호 써주시죠."

정말로 자희를 부를 생각인가? 선혁은 짜증이 치밀었지만 써주지 않을 도리가 없었다. 자희는 분명 자신에게 유리

한 증언을 해줄 것이다. 그날을 떠올려보면 자신이 이상하게 생각할 만한 태도를 보인 것도 없는 것 같았다.

휘갈기듯 이름과 전화번호를 써서 건네주며 선혁이 말했다.

"전 아닙니다."

"알고 있습니다."

의외의 답에 선혁이 강차열을 보았다.

"그날 동창회 사무실에 들어간 사람이 오선혁 씨만은 아니더군요. 얼굴을 모두 가린 어느 남자가 CCTV에 포착되었습니다. 그 이후에 오선혁 씨가 들어갔고요. 오선혁 씨가 사무실에 갔을 때는 이미 백도진 씨가 사망해 있었죠?"

선혁은 아무런 말도 할 수 없었다.

"그런데 왜 자신의 흔적을 지우고, 그때 백도진 씨가 살아 있었다고 거짓말을 하시는 걸까요?"

"……."

"오선혁 씨는 삼인방이 백도진 씨를 포함한 세 명이라고 하지만 저희는 그렇게 생각하지 않습니다. 삼인방은 고원택 씨, 허필진 씨, 그리고 오선혁 씨가 맞습니다. 그러니다음 타깃은 오선혁 씨입니다. 우리는 오선혁 씨를 지키려고 하는 겁니다. 영장 청구에 대한 결정이 날 때까지 48시간, 그동안 신변 보호를 거절하는 오선혁 씨를 지키는 거란 말입니다."

강차열이 노트북 옆에 놓여 있던 다이어리에서 비닐 팩에 싸여 있는 뭔가를 내밀어 선혁에게 보였다. 비닐 팩에 담겨 있는 종이 위의 글씨를 선혁은 주저앉을 것 같은 기분으로 읽었다.

한 명이 더 있었다.

12

"네, 맞아요. 그날 선혁 씨와 만났어요."

앞에 앉은 이자희는 여전히 납득이 가지 않는다는 얼굴로 대답했다. 백도진이 죽은 날 선혁이 이자희를 만났다는 진술의 사실관계를 확인하는 자리였다. 이자희는 왜 경찰이 선혁의 행적을 확인하는지 물었다. 느닷없이 애인의 일로 경찰이 부르면 당황하지 않을 사람은 없을 것이다. 하지만 이자희의 물음에 아직 대답할 수 없었다. 수사 중인 사건이라 말할 수 없다고 둘러대자 여전히 고개를 갸웃거리며 대답한 참이었다.

"몇 시부터 몇 시까지였습니까?"

"그날 저녁 9시 쯤에 만났어요. 10시쯤에 헤어졌고요.

그게 중요한 건가요?"

"경우에 따라서는요."

차열은 긴 질문이 나오지 않게 하기 위해 대답을 간단히 하고는 노트북에 자희의 진술을 타이핑해 입력했다.

"그날 혹시 평소와 다른 점은 없었습니까?"

"다른 점……."

이자희는 그날의 일을 떠올려보는지 눈을 아래쪽으로 내리깔고는 잠시 생각을 하는 듯했다. 순간 그녀의 눈에 심상치 않은 빛이 스치는 것을 차열은 놓치지 않았다. 눈빛이 흐려지는 것을 보며 차열은 물었다.

"무슨 일이 있었나요?"

재차 묻자 그녀는 고개를 저었다. 하지만 차열은 거짓말이라는 것을 알아차렸다. 무슨 일인지는 모르지만 자신이 하는 말이 애인인 오선혁에게 좋게 작용하지 않을지도 모른다는 생각을 하는 것이다. 이대로는 이자희의 입을 열기 힘들겠다고 차열은 판단했다. 앞을 향해 양손을 모으며 그는 마음의 결정을 내렸다. 두 사람 사이를 가르고 있는 노트북의 뚜껑을 덮으면서 차열은 목소리를 낮춰 말했다.

"자세한 사정은 말씀드릴 수 없지만 오선혁 씨의 목숨

이 달린 일입니다."

이자희의 눈이 커졌다. 눈꺼풀이 바르르 떨렸다. 가느다란 입술이 살짝 벌어졌다. 자기도 모르게 바지를 움켜쥐는 것을 볼 수 있었다.

"무슨……."

"다른 데서는 절대 말씀하시면 안 됩니다."

이자희는 마른침을 삼키며 고개를 끄덕였다.

"아직 언론에는 공표되지 않은 연쇄살인 사건이 벌어지고 있습니다. 범인은 타깃을 정해놓고 있는데 이미 오선혁 씨와 관련된 세 분이나 사망하셨습니다. 저희 경찰은 다음 타깃이 오선혁 씨라고 생각하고 있습니다. 그런데 오선혁 씨가 협조를 하지 않고 있어요. 9년 전 뭔가 오선혁 씨가 관련된 사건이 있는 것 같은데 그걸 말하지 않고 있습니다. 자칫하면 오선혁 씨가 위험할 수 있어요. 그래서 협조를 부탁드리는 겁니다. 솔직히 말씀해 주세요. 그날 오선혁 씨가 뭔가 다른 말을 한 게 없나요? 평소와는 다른 행동을 했다든가."

이자희의 얼굴이 하얗게 질려 있었다. 그녀는 떨리는 손으로 간신히 이마를 짚었다. 갑작스레 들은 이야기라 당황스러울 터였다. 차열은 이자희의 입이 열리기를 참을성 있게 기다렸다.

"별말은 없었어요. 그냥……."

"작은 거라도 말씀해 주세요."

그녀는 결심한 듯 고개를 한 번 끄덕이고는 차열을 똑바로 응시했다.

"무슨 짓을 해도 자기 편에 서줄 수 있겠느냐고 물었어요."

역시, 라고 강차열은 생각했다. 자신의 생각대로 9년 전 이승훈의 실종과 오선혁은 관계가 있다. 그는 지금 흔들리고 있는 것이다. 목숨을 부지하자면 경찰에 자신이 9년 전 한 일을 털어놓아야만 한다. 하지만 걸리는 것이 있다. 사랑하는 여자가 있는 것이다.

그게 바로 눈앞의 이 사람, 이라고 생각하면서 차열은 이자희를 보았다.

"어떻게 대답하셨습니까?"

"살인, 방화, 사기, 강간. 그런 것만 빼면 이해해 줄 수 있다고 농담처럼 대답했어요. 진짜로 선혁 씨한테 무슨 일이 있다고는 생각 못 했어요."

그 대답이 분수령이 됐던 것이다. 오선혁은 목숨을 잃는 한이 있더라도 자신의 죄를 들키지 않는 쪽을 선택했다. 이자희에게만은 보일 수 없는 과거의 모습이 그 네 가지 대답 안에 있었다.

"선혁 씨가 무슨 짓을 저지른 건가요?"

"그런 건 아닙니다. 아직 확실한 건 아무것도 없어요."

이자희는 혼란스러운 얼굴이었다. 확실한 건 없다는 경찰의 말을 온전히 믿을 수 없는 것이다. 차열은 질문을 이쯤에서 정리하기로 했다. 확실히 그날 오선혁은 백도진의 사무실에 들렀다. 그리고 알리바이를 위해 이자희와 평소대로 데이트를 했다. 그렇지만 흔들리는 모습을 보이고야 말았다. 이렇게 생각하는 것이 가장 맞는 시나리오일 듯하다. 오선혁이 백도진을 죽인 것은 아니라는 것을 다시 한번 확신했다. 이제 얼굴을 가린 그자를 찾아야 할 때였다.

"혹시 선혁 씨를 잠깐 만나고 가면 안 될까요?"

이자희의 표정이 애처로워서 차열은 그 말을 들어주고 싶었다. 경찰로부터 엄청난 얘기를 들었으니 그녀는 오선혁을 만나지 않고 이대로 집에 갈 수 없는 것이다. 그러나 그건 규정에 어긋나는 일이다.

"죄송합니다만, 규정상 그럴 수 없습니다."

울음을 터뜨리거나 하지는 않았지만, 그녀는 아랫입술을 꾹 깨물었다. 터지려는 불안을 간신히 참고 있는 것이었다.

"그럼 선혁 씨는 언제 나올 수 있는 거죠?"

"아무 혐의가 없다고 판단되면 곧 나가게 되실 겁니다."

그게 더 위험할 수도 있지만, 이라는 말을 덧붙이려다 말았다. 이자희는 힘없이 자리에서 일어섰다. 오선혁의 흔적을 찾듯 사무실 내부를 한번 둘러보고는 걸음을 옮겨 밖으로 나갔다. 소리가 거의 들리지 않을 정도로 문을 조심히 닫았다.

"엄청난 미인이네요."

최인욱이 강차열의 책상 옆으로 다가오며 혀를 쑥 내밀었다. 강차열은 이자희가 나간 문 쪽을 흘깃 보고는 별 감흥 없이 대답했다.

"그래?"

강차열의 눈에는 그저 평범한 20대의 참고인 정도로만 보였던 것이다. 강차열의 무덤덤한 반응에 최인욱이 인상을 찡그리며 대답했다.

"선배님 눈 건강 괜찮으신 거 맞죠?"

"시력은 나쁘지 않은 편인데?"

"그래도 혹시 모르니까 진료받아 보세요. 눈이 잘못된 게 아니면 저런 미모를 두고 어떻게 그런 반응을!"

"되게 유난이네."

뒤쪽 자리에 앉아 있던 송난희 형사가 입을 비죽였다. 그녀는 손에 들고 있던 볼펜 끝으로 허공에 그림을 그리듯 움직이며 말했다.

"앞트임, 뒤트임에 턱까지 돌려 깎기 다 했구먼. 의느님을 제대로 만났나 보네."

"그걸 네가 어떻게 알아?"

"조금만 예쁘면 입이 헤 벌어지는 너보다는 잘 알아."

둘의 말싸움은 꽤 길어질 것 같았다. 강차열은 의자를 움직여 두 사람에게서 등을 돌렸다. 계속된 말싸움이 오갔지만 노트북을 열고 조서를 마무리 지을 준비를 했다. 송난희 형사는 최인욱과 같은 기수였다. 나이도 같아 말을 트고 지냈다. 유난히 최인욱의 말에 반기를 들거나 놀리는 행동을 자주 보이기는 했지만 오늘은 더욱 열을 내는 것 같았다. 참고인의 얼굴까지 깎아내리며 언성을 높이는 걸 보니 장난이 아니라 진심으로 화를 내는 것 같았다. 분명 최인욱이 그녀의 미모에 탄성을 내지른 것 때문이리라. 평소에도 생각했지만 송난희 형사는 최인욱을 달리 생각하는 것 같다. 친구가 아니라 좋아하는 마음이라는 뜻이다. 그걸 최인욱 형사는 까맣게 모르는 얼굴이었다. 평소 강차열에게 눈치가 없다고 타박하는 최인욱이지만, 이럴 때는 그 말을 돌려주고 싶었다.

"아."

강차열이 목소리를 내자 두 사람의 싸움이 정지 버튼을 누른 영화 화면처럼 뚝 멈췄다.

"최 형사, 백도진과 이승훈 관계 확인해 보았나?"

오선혁의 말과는 달리 태어나 계속 은파시에서 살아온 백도진이 삼인방과 관련이 있을 확률은 적어 보였다. 그래서 이승훈과의 관계를 조사토록 했다. 범인이 이승훈과 관련되어 백도진에게 원한을 품을 이유가 있는지 확인해야 했기 때문이었다.

"동창회 사무실에 남아 있는 기록에서 두 사람과 같은 반이었던 최민준이라는 사람에게 전화를 해서 확인했는데요, 이승훈과 친하지는 않았지만 백도진과 이승훈의 관계는 다들 안다고 하더라고요."

"어떤 관계인데?"

"주종관계라고."

자신이 말을 하면서도 어이없다는 듯 최인욱이 허, 하고 웃었다.

"이승훈이 사라진 그날도 사실은 백도진이 이승훈에게 술 심부름을 시켰다고 하더라고요. 같은 방을 안 써서 정확히 본 건 아니지만, 나중에 소문이 다 돌았대요. 실종됐을 때 경찰에 왜 말하지 않았느냐고 하니까 괜히 끼어들고 싶지 않았답니다. 백도진 쪽의 보복을 걱정했던 것 같아요. 다른 아이들도 다 그런 생각이 있었겠죠."

강차열의 살짝 벌어진 입이 다물어질 줄 몰랐다. 9년 전에는 파악되지 않았던 일이었다.

'한 명이 더 있었다.'

범인도 이제야 그 사실을 알았다는 얘기일 터였다. 대체 어떤 경로로 그날의 일을 알게 됐는지 가늠이 되지 않았다.

"최 형사, 이병춘 씨 근무 기록들 다 뽑았나?"

최인욱은 곧장 자신의 책상으로 돌아가 서류 한 장을

들고 왔다. 몇 줄 되지 않는 글자가 A4용지에 적혀 있었다.

"여기저기 옮겨 다니는 사람은 아니었던 것 같아요. 젊을 때부터 일한 곳이 세 군데밖에 되지 않으니까요. 마지막에 근무한 곳은 서원아파트였습니다. 경비로 근무했습니다."

"가지."

"네."

차열이 일어나자 곧장 최인욱이 따라나섰다. 최인욱의 뒤에 대고 송난희 형사가 혀를 쑥 빼 내밀며 서운한 얼굴을 했다는 것을 두 사람은 알지 못했다.

서원아파트는 이병춘의 집에서 차로 20분 되는 거리에 있었다. 거기서 이병춘은 거의 2년간 경비로 근무했다. 서류상 남아 있는 이병춘의 퇴사 기록은 3개월 전. 그 이후부터 살인이 발생했다.

이병춘의 현재 위치를 확인하는 것 역시 중요했지만 더 중요한 것은 그가 이 사건에 관여되어 있다는, 더 정확히 말하자면 그가 범인이라는 증거였다. 그것이 있어야 체포영장과 수색영장을 받을 수 있을 터였다.

최인욱이 미리 관리사무소에 방문 예정임을 알렸기에

두 사람은 도착 즉시 관리소장실로 안내되었다. 관리소장은 머리를 깔끔히 빗어 넘긴 정장 차림의 남자였다. 관리사무소장보다는 공무원 느낌이 강했다. 그는 두 사람을 응접 테이블로 안내했다. 잠시 뒤 반팔 티셔츠에 카고 바지를 입은 남자 직원이 아이스커피 석 잔을 들고 들어왔다. 목이 마르던 터라 감사하다고 말한 직후 바로 한 모금을 마셨다. 강차열이 말했다.

"바쁘신데 협조해 주셔서 감사합니다."

"아닙니다. 나랏일을 하시는데 당연히 협조해야죠."

차열은 주머니에서 수첩을 꺼냈다. 거기에 꽂혀 있는 사진 한 장을 내밀었다. 이병춘의 사진이었다.

"이병춘 씨가 얼마 전까지 여기서 근무하셨죠?"

관리소장은 흘깃 사진을 보았을 뿐 자세히 들여다보지 않았다. 함께 일한 만큼 길게 들여다보지 않아도 그가 이병춘인 것을 알 수 있다는 뜻이었다.

"한 3, 4개월쯤 됐죠, 아마? 갑자기 그만두신다고 해서 저희도 당황했습니다. 이병춘 씨만큼 근면 성실한 분도 없거든요. 입주민들로부터 칭찬도 많이 들었던 우수 직원이었습니다."

"왜 그만둔다고 하던가요?"

최인욱이 물었다. 관리소장이 그를 향해 시선을 돌리면서 고개를 가로저었다.

"저희도 계속 물었어요. 급여가 안 맞으면 최저임금 올라갈 때 좀 더 올려보겠다고도 했고요. 근데 계속 고개만 젓더라고요. 사정이 있어서 그만둔다고 했어요. 무슨 사정인지는 말하지 않았고요. 어쨌든 그만둔다는 결정은 확고했던 것 같았습니다."

"같이 근무하신 분들이라면 뭔가 들은 이야기가 있지 않을까요?"

"글쎄요. 그럴지도 모르죠."

질문한 강차열 쪽으로 얼굴을 돌리며 관리소장이 대답했다.

"그럼 함께 근무하신 분 좀 만나 뵐 수 있을까요?"

"같은 조에서 근무했던 사람들이 마침 오늘 출근해 있습니다. 제일 오래 같이 일하신 분을 부를게요."

"그리고 한 가지만 더요."

"말씀하시죠."

"경비원들이 쓰는 일지가 있다고 알고 있는데, 맞나요?"

"네, 있죠."

"수기로 작성하죠?"

"아직은 다 수기로 작성하는 시스템이에요. 뭐 컴퓨터가 아무리 발달한다고 해도 나이 드신 분들이 전산으로 입력하기는 힘드니까요. 당분간은 수기로 관리되겠죠."

"그럼 이병춘 씨가 작성한 일지를 확인하고 싶습니다. 날짜는 언제든 상관없습니다."

"찾아 오라고 하죠."

관리소장이 일어나 책상으로 다가갔다. 모니터 옆에 놓인 흰색 인터폰을 들고 누군가와 대화를 나누었다. 최인욱이 목소리를 낮춘 채 강차열에게 물었다.

"글씨체 확인하시려고요?"

최인욱은 눈치가 빠르다. 다른 쪽으로는 꽝인 것 같지만. 그런 생각을 하며 차열이 고개를 끄덕였다.

"영장 받으려면 증거가 있어야 하니까. 지금으로써는 9년 전 이승훈 실종 사건이 지금 발생하는 연쇄살인의 범인이 얘기하는 사건과 같은 거라고 증명할 방법이 없어. 시신에서 발견된 경고 메모 글씨체가 같다면 바로 증거가 되는 거야."

"영장 나오면 이병춘 씨를 수배 내리시려고요?"

차열이 고개를 끄덕였다.

"수색영장까지 받아서 집 안을 뒤져봐야지. 뭔가 나오는 게 있을 거야."

"그때까지만이라도 오선혁 씨가 무사하면 좋겠네요."

차열도 같은 마음이었지만 대답은 하지 않았다.

10분 정도 기다리고 있자니 노크 소리와 함께 문이 열렸다. 들어온 것은 키가 상당히 작은 노인이었다. 살집이 많은 체형이었고 어깨가 살짝 굽었다. 염색은 하지 않는 듯 흰머리가 많았다. 둥그런 얼굴엔 가벼운 미소가 걸려 있었다. 전체적으로 다정한 할아버지 같은 인상이었다.

"이병춘 씨 일로 물어볼 게 있으시대서……."

"이쪽으로 앉으세요."

관리소장은 책상에 앉은 채로 이쪽을 관심 있게 지켜보고 있었다. 경비원이 앉는 동안 차열과 인욱도 자리에서 일어났다가 함께 앉았다.

"더위에 고생 많으신데 귀찮게 해드려서 죄송합니다."

"뭘요, 이 핑계로 에어컨도 좀 쐬는 거죠."

경비실에는 에어컨이 없는 모양이었다. 관리소장이 앉

은 자리에서 헛기침 소리를 냈지만 아무도 돌아보지는 않았다.

"근데 이병춘 씨가 무슨……?"

"별일은 아닙니다. 이병춘 씨께 확인할 일이 있는데 지금 어디 계신지 알 수가 없어서요. 댁에도 안 계신 거 같고요."

연쇄살인 사건의 용의자라고 말할 수는 없는 일이다.

"그래요? 그만둘 때도 느닷없이 그만두더니."

"혹시 다른 얘기는 없으셨나요? 같이 일하시는 분들한테는 뭔가 얘기를 하셨지 않았을까 싶은데."

강차열의 물음에 경비원은 고개를 가로저었다.

"아이고, 그런 말을 했으면 저희도 답답지나 않지요. 그냥 무슨 일이 있다고만 말했어요. 뭔 일인지는 말 안 해주고요. 그렇게 일 잘하고 선해서 성격 잘 맞는 사람 들어오는 것도 복이거든요. 잡고는 싶었지만 자꾸 그렇게 말하니까 집안에 뭐 말 못 할 사정이 있나 보다 할 수밖에 없었어요."

"가정사 얘기는 전혀 안 했습니까?"

"딸이 하나 있다고 했는데 같이 살지는 않는 것 같았어요. 마누라는 병으로 예전에 먼저 떠났다고 했고요."

"딸에 대해서 한 얘기는 없나요?"

최인욱이 묻자 경비원은 잠시 생각에 잠겼다. 그러나 이번에도 역시 시원한 답은 들려오지 않았다.

"워낙에 자기 얘기는 잘 하지 않는 사람이어서……. 딸이 있다는 것도 다른 사람이 물어서 들은 거지 자기가 먼저 한 얘기는 아니었을 거예요. 딸 얘기를 하고 싶어 하지 않는 것 같았어요. 왕래도 없었던 것 같고요. 사람이 워낙 깔끔하니까 옷은 나쁘지 않게 입었는데, 싸 오는 도시락만 봐도 알잖아요. 여자가 싼 건지, 남자가 싼 건지."

"전화를 하는 것도 못 보셨습니까?"

강차열이 질문했다. 그는 이번 사건이 단독 범행이라고 생각하지 않았다. 죽은 백도진의 시신에는 다툼의 흔적이 있었지만 고원택, 허필진에게는 다툼의 흔적이 없었다. 대신 시신의 이동 흔적이 있었다. 고원택은 죽인 후 주차장의 차량 위에 시신을 올려놓았다. 허필진 역시 목을 찔러 죽인 후 문 앞으로 끌고 와 목을 매달았다. 허필진의 경우에는 먼 거리가 아니었지만 고원택의 경우에는 달랐다. 그를 어디서 죽였는지는 알지 못하지만, 수사를 통해 주차장 근처가 아니라는 것만은 확실히 알았다. 혈흔이 전혀 나오지 않았던 것이다. 고령인 이병춘이든, 그의 딸인 이승주든 혼자

서 할 수 있는 일이 아니었다. 그러나 두 사람이 함께라면 문제는 달라진다.

음, 하고 경비원이 소리를 냈다.

"그러고 보니 전화받는 거 한 번 봤네요. 누구랑 전화하는 걸 못 봐서 또렷이 기억합니다. 평소에는 전화 오는 일이 통 없어서 자식들이랑도 인연 끊고 사는 것 같았거든요. 근데 딱 한 번 전화받는 걸 본 적이 있습니다."

"혹시 통화 내용을 들으셨나요?"

자신도 모르게 강차열의 몸이 앞으로 기울었다. 하지만 경비원은 고개를 저었다.

"아뇨, 내용은 못 들었어요. 대신 표정이 그다지 좋아 보이진 않았죠. 아, 그러고 보니 그 전화를 받은 직후였던 것 같아요. 사직서를 낸 게 말입니다."

강차열의 얼굴이 조금 더 심각해졌다.

"이병춘 씨가 쓰신 근무일지 가지고 오셨나요?"

"아, 그럼요."

경비원은 자신이 앉은 소파 옆에 내려놓았던 검은색 파일철을 꺼내놓았다. 강차열은 그것을 받아 열어보았다. 하루는 이병춘의 이름이, 다른 날에는 눈앞의 경비원 이름일

242

지도 모르는 '도인철'이 쓰여 있었다. 이병춘이 쓴 날짜의 일지를 열자마자 강차열은 움직임을 멈추었다.

그것은 누가 봐도 똑같다고 생각할 법한, 연쇄살인 경고 메모 속의 글씨체였다.

13

'한 명이 더 있었다.'

그 글자를 본 순간 온몸이 전율했다. 그 자리에서 무릎이 꺾이지 않은 것만도 다행이었다. 백도진을 죽인 것도 필진이나 원택을 죽인 사람과 동일인이 분명했다. 9년 전 그 아이의 죽음을 복수하려는 자는 알아낸 것이다. 실제로 그 아이를 죽인 삼인방 이외에도 죽음으로 몰고 간 한 사람이 더 있었다는 걸. 경찰들은 무슨 뜻인지 모르는 것 같았지만 선혁은 분명 그런 뜻이라는 걸 알 수 있었다.

중요한 것은, 그자가 어떻게 알아냈느냐는 것.

처음부터 알고 있었던 것은 아니리라는 생각이다. 그랬다면 살인 예고의 메모가 단순히 삼인방을 가리키고 있지 않았을 터이고 굳이 '한 명이 더 있었다'라는 메모를 남기지도 않았을 것이다. 어떻게 알아냈을까? 그자가 알아냈다면 경찰이 알아내는 것 역시 시간문제였다.

선혁은 조사실에 홀로 앉아 아랫입술을 질끈 깨물었다. 숨이 잘 쉬어지지 않았다. 어디까지 알아냈을까. 사건의 전모를 다 파악했다면 이제 9년 전 그 애의 시신을 찾아내는 것도 어려운 일이 아닐지 몰랐다. 9년 전에는 찾지 못했지만, 실종이 아니라 살인 사건이고, 범인이 누구인지 아는 이상 재조사가 벌어진다면 이야기는 달라진다. 동창 중엔 삼인방의 아지트를 아는 사람이 몇 명 있을 터였다. 가끔 원택이 자기 친구들을 끌고 오곤 했으니까. 그렇다면 그 주변으로 수색을 하고……. 선혁은 눈을 질끈 감았다. 그의 죄가 낱낱이 밝혀지고 말 것이라는 생각에 정신이 아찔해졌다. 감은 눈 안쪽으로 자희가 떠올랐다. 자희는 얼마나 실망할까. 아니, 실망 정도가 아니다. 상대는 살인자다. 살인자를 연인으로 둘 사람은 없을 것이다. 이번에야말로 헤어진다. 두 번 다시 자희를 볼 수 없을 것이었다.

경찰에게 자희의 전화번호를 적어준 것을 선혁은 후회하고 있었다. 경찰의 연락을 받고 자희가 얼마나 놀랐을까?

지금쯤 무슨 생각을 하고 있을까? 한시라도 빨리 이곳에서 나가 자희를 만나고 싶었다. 하지만.

밖에는 자신을 노리고 있는 살인마가 있다.

등줄기로 서늘한 바람이 지나갔다. 크게 한숨을 내쉬며 두근거리는 심장을 가라앉혔다. 여기서 나가야만 한다는 생각이 강하게 들었다. 목숨이 위험해지는 상황이 오더라도 살인마를 만나야 했다. 그리고 용서를 구해야 했다. 제발, 목숨만 살려달라고 간청해야 한다. 실제로 살인을 한 것은 원택이라는 사실을 앞세우면 자신은 용서를 받을지도 모른다는 생각이 들었다. 나가야만 한다! 그것이 사는 길이다.

선혁은 자리에서 벌떡 일어섰다. 그러고는 출입문으로 와락 달려들었다. 당연하게도 출입문은 잠겨 있었다. 그는 문을 마구 두드렸다.

"강차열 형사님! 제 말 좀 들어주세요. 형사님!"

아무도 오는 소리가 들리지 않았다. 그는 황급히 시선을 돌려 천장 쪽을 훑었다. CCTV 카메라로 보이는 것이 오른쪽 구석에 달려 있었다. 그곳을 향해 선혁은 펄쩍 뛰며 두 손을 흔들었다. 누구라도 보고 있을지 몰랐다.

"전 아니에요. 전 정말 아니라고요! 절 내보내 주세요!"

10여 분쯤 지난 후 문이 열렸다. 그건 선혁의 고함 때문이 아니었다. 긴급체포 후 영장이 나올 때까지의 48시간이 지난 것뿐이었다. 선혁은 강차열 형사를 찾았지만 지금 경찰서 내에 없다는 대답만 돌아왔다. 강차열 형사가 어디에서 무얼 하는지 알려주는 사람은 한 명도 없었다.

경찰서에서 나오자마자 선혁은 자희에게 전화를 걸었다. 분명 경찰이 자희를 불러 그날의 행적을 물어봤을 것이다. 자희가 얼마나 놀랐을까? 그런 마음이 강하게 들었지만 마음 한편에서는 자희가 뭐라고 말했는지가 궁금했다.

전화를 기다리고 있었던 듯 신호가 한 번 울리자마자 자희가 전화를 받았다.

"선혁 씨!"

"자희야."

그녀의 목소리를 듣고 이름을 말하자 왠지 안도의 한숨이 나왔다.

"지금 어디야?"

걱정 가득한 목소리는 역시 그가 경찰서에 갇혀 있었다는 것을 안다고 말하고 있었다.

"걱정 많이 했지? 미안해. 자세한 이야기는 만나서 하자."

선혁은 자희의 집 근처로 이동했다. 가끔 자희와 만나던 카페에서 보기로 했다. 선혁이 안으로 들어갔을 때 한쪽 테이블에 앉아 있던 자희가 벌떡 일어섰다. 급히 나왔는지 머리는 하나로 질끈 묶고 있었고 화장기가 없었다. 오히려 그 모습이 더 자연스럽고 아름다웠지만 얼굴엔 걱정 근심이 가득했다. 테이블에 아무것도 없는 것으로 보아 커피를 주문할 정신도 없었던 모양이다. 선혁이 자리로 가자 자희가 손을 덥석 잡았다.

"괜찮아? 몸은?"

자희가 선혁의 몸을 이리저리 살폈다. 그 모습에 선혁의 가슴 한편이 찌르르 울렸다. 다시 한번 자희에게만은 자신의 어떤 추악한 모습도 보여줄 수 없다는 생각을 견고히 다졌다. 선혁은 웃으며 자희의 손등을 토닥여 주었다.

"일단 주문부터 할까?"

선혁이 카운터를 향해 눈짓하자 자희가 아차 싶은 듯 입술을 살짝 벌렸다. 카운터에 서 있는 직원이 이쪽을 빤히 바라보고 있었다. 주문도 하지 않는 손님이 반가울 리 없었다.

"앉아 있어. 내가 주문하고 올게. 커피 괜찮지?"

"응."

선혁이 자리에 앉는 동안 자희가 카운터로 향했다. 마치 응급실에 있다 나온 사람이라도 되는 듯한 대접이었지만 선혁은 조금 전까지 경찰서에 잡혀 있었다. 새삼 드는 생각에 선혁은 가슴이 무거워졌다.

"대체 무슨 일이야?"

주문을 마치고 온 자희가 자리에 앉기 무섭게 물어왔다. 당연한 질문이지만, 선혁은 9년 전 사건이라든가 삼인방에 관해서는 말하지 않을 거라고 이미 다짐을 한 터였다.

"경찰이 뭐라고 했어?"

선혁이 되레 물었다. 대답이 돌아올 거라고 예상했지만 자희는 선혁을 빤히 바라보았다.

"그게, 중요한 거야? 선혁 씨한테는?"

"응?"

"정말 무슨 일인 거야? 나는 선혁 씨가 경찰이 뭘 잘못 알았다고 말할 줄 알았어. 근데 첫마디가 경찰이 뭐라고 했냐니? 선혁 씨, 무슨 일이 있는 거지?"

자희의 얼굴이 더욱 굳었다. 선혁은 아차 싶었다. 그렇게 생각할 줄은 몰랐다. 자세히는 얘기할 수 없지만 아예 이야 기하지 않을 수 없다고 직감했다.

"그렇게 걱정할 일 아냐. 그냥 단지."

그렇게 말했을 때 자희가 쥐고 있던 진동벨이 울렸다. 자희는 진동벨과 선혁의 얼굴을 번갈아 보더니 낮게 고개 를 젓고 자리에서 일어나려 했다.

"내가 가지고 올게."

선혁이 자희의 손에서 진동벨을 받아 들고 카운터로 향 했다. 그에겐 지금 머릿속을 정리해야 할 시간이 필요했다.

카운터로 가 진동벨을 돌려주고 커피를 받아 쟁반을 들 고 돌아오며, 선혁은 할 말을 정했다. 그는 자리에 앉아 자 희 앞에 커피를 놓아주고 그녀의 눈을 똑바로 들여다보았 다. 자희는 평소 선혁의 거짓말을 잘 눈치챘다. 거짓말을 할 때면 선혁의 시선이 흔들리곤 한다는 것이었다. 눈을 똑바 로 마주친 상태라면 더욱 자신을 믿어줄 것 같았다.

"정말로 별일 아냐. 그날 내가 자희를 만나기 전에 아는 사람 사무실에 잠깐 들렀었어. 그런데 그 사람이 나중에 사 망한 채 발견됐다나 봐. 그 사무실 CCTV에 내가 찍혀 있 고, 사무실 안에도 내 지문이 나오고 하니까 나도 용의자리스트에 오른 것 같아."

완전한 거짓말은 아니었다. 죽은 백도진도 아는 사람이라면 아는 사람이었고 자신이 용의자 리스트에 오른 것도 사실이었다. 그의 눈은 떨리지 않았고 앞뒤가 맞는 이야기이기에 자희도 어느 정도 믿음이 가는 듯했다.

"그럼 선혁 씨는 그 사건에 아무 상관 없는 거지?"

"당연하지."

대답을 하면서 그는 잔을 들어 커피를 한 모금 마셨다. 시선이 자연스럽게 아래로 내려갔다. 이러면 눈을 마주치지 않아도 된다.

"그럼 이번엔 자희가 얘기해 줘. 경찰이 뭘 물었어?"

자희는 안도의 한숨을 내쉬며 입을 열었다.

"그날 선혁 씨랑 몇 시부터 만나서 몇 시까지 같이 있었느냐는 거랑 평소와 다른 점은 없었냐고 물었어."

"그래서 뭐라고 대답했어?"

"사실대로 말했지. 저녁 9시에 만나서……."

"아니, 평소와 다른 점 말이야."

자희가 선혁을 빤히 보았다. 그녀의 눈이 잠깐 흐려졌다. 너무 성급하게 말을 자른 것일지도 모른다. 하지만 더 변명하지 않는 게 좋을 것 같았다. 눈을 빤히 응시하면서 기다리고 있자니 자희가 말을 이었다.

"다른 점이랄 것까진 없었지만…… 그날 선혁 씨가 물었던 것 있잖아."

뭔가 이야기를 한 것이다. 그런 생각이 들자 선혁의 온몸에 힘이 들어갔다. 그날의 일이 빠르게 머릿속에서 돌아갔다. 예상치도 못한 백도진의 시신을 발견했다. 당연히 침착을 유지할 수 없었다. 급하게 이승훈의 주소만 확인하고 자신의 흔적을 지우는 데 정신이 팔렸었다. 그 상황에서 자희를 만나 무슨 정신으로 이야기를 떠들었는지조차 기억이 잘 나지 않았다. 술 취한 남자가 나타나 행패를 부리는 바람에 더 정신이 없었다. 또렷이 기억이 나는 것이라면 하나밖에 없었다. 설마, 그 얘기를 경찰에 한 걸까. 갑자기 피부의 온도가 내려가는 것 같았다.

선혁이 대답을 하지 않자 자희가 기억이 안 나느냐는 듯이 말했다.

"선혁 씨가 무슨 짓을 했어도 이해해 줄 수 있냐고, 그렇게 물었던 게 기억이 나서……"

"그래서 경찰이 뭐라고 했어?"

자신도 모르게 목소리가 날카롭게 나왔다. 자희가 상체를 뒤로 물렸다. 선혁은 자신의 눈이 사납게 빛나고 있다는 걸 알았지만, 그걸 제어할 정신이 없었다. 자희는 떨리는 목소리로 대답했다.

"잘못 말한 거야? 경찰이 별다른 말은 하지 않았어."

"알았어."

선혁은 시선을 피하며 다시 한 모금 커피를 마셨다. 그러고는 자리에서 벌떡 일어섰다.

"미안한데, 집에 데려다줄 테니까 오늘은 이만 가자. 피곤하네."

자희가 알았다는 대답을 하기 전에 선혁은 두 개의 커피잔을 챙겨 들고 카운터에 가져다 놓았다. 자희는 당황한 것처럼 보였지만 그의 말을 거절할 생각은 없는 것 같았다. 돌아서자, 자희가 고개를 끄덕이며 먼저 카페를 나섰다.

"나 혼자 갈게. 피곤한데 먼저 가."

"데려다줄게."

"괜찮아. 진짜 괜찮아."

"그럼 내가 너무 미안한데. 그럼 우리 다음 주에 캠핑 대신 낚시 갈까? 한번 따라가 보고 싶다고 했었잖아."

"그래."

"자희야."

몸을 돌리던 자희의 손목을 잡아 세웠다.

"나 믿지?"

자희가 휘둥그레진 눈으로 그를 보았다. 곧 그녀의 눈이 가늘게 내려앉았다.

"무슨 말을 하는 거야? 당연하지."

자희가 자신의 손목을 잡은 선혁의 손 위를 다른 손으로 덮었다. 그녀는 잠시 머뭇거리는 듯하더니 선혁의 눈을 똑바로 응시했다.

"그때 제대로 못 했던 대답, 지금 할게."

선혁이 놀란 눈으로 자희를 보았다.

"무슨 일이 있어도 선혁 씨를 믿을게. 그리고 내가 지켜줄게. 단."

그녀는 잠깐 숨을 몰아쉬었다.

"나한테 솔직히 말했을 때만. 그렇게만 해주면 난 당신을 믿어."

그 말은 무슨 일이 생겨도 자신의 곁을 떠나지 않는다는 말과 같았다. 순간 선혁은 모든 것을 말해버리고 싶었다.

9년 전 사건이든 백도진의 일이든, 연쇄살인이든. 하지만 그럴 수 없었다. 선혁은 늘 자희를 믿고 있지만 이번만은 그럴 수 없다. 이유가 어쨌건 살인을 돕고 그 시신을 유기까지 했다는 사실을 알고도 자신에 대한 마음이 변하지 않을 리 없다. 자신이 교도소에 수감된다면 그녀는 곧장 등을 돌릴 것이다.

"나야 늘 자희한테 솔직하지."

그는 자신이 자희의 눈도 마주치지 못하고 있다는 것을 눈치채지 못했다.

선혁은 자신의 집 문을 열었을 때 마치 먼 길을 떠났다 돌아온 여행자가 된 기분이 들었다. 되게 오랜만에 돌아온 것 같네, 그런 생각을 하면서 집 안에 들어서던 그는 순간적으로 발을 멈췄다. 갑자기 숨이 막히고 심장이 굳는 기분이 들었다. 땀이 등줄기를 따라 흐르는 것 같았다. 그는 자신이 집을 떠날 때와 지금 다른 점이 없는지를 선 채로 훑었다. 살인마가 이 안에서 자신을 기다리고 있는 것만 같았다. 문을 열어놓은 채로 천천히, 조금씩 안으로 발을 들였다.

순간 그의 어깨를 누군가 잡아챘다.

"으아아아악!"

그는 갑작스레 벌어진 일에 놀라 비명을 지르며 허우적거렸다. 중심을 잃고 몸이 거실 안쪽으로 나뒹굴어졌다. 그러면서도 순간적으로 머리를 감쌌다. 살인마가 둔기로 자신을 내려칠 것만 같았다.

"오선혁!"

자신의 이름을 부르는 목소리는 익숙한 사람의 것이었다. 곧 상대는 거실에 널브러져 있던 그의 멱살을 잡아 들어 올렸다. 저항 한번 하지 못하고 선혁은 엄청난 힘에 이끌려 일어섰다. 눈앞에 그 형사가 있었다. 강차열.

"무, 무슨 짓이에요. 놀랐잖아요. 사람 가둬놓고 코빼기 한번 안 보이더니……."

"오선혁 씨!"

다시 한번 그의 이름을 부르며 강차열 형사가 멱살을 거칠게 흔들었다. 선혁은 바짝 다가와 있는 그의 얼굴을 보았다. 굉장히 격앙되어 있었다. 그때 다급히 뛰어 올라오는 발소리가 들리더니 다른 남자가 안으로 뛰어 들어와 강차열을 말렸다.

"선배님, 이러시면 안 돼요."

매번 같이 다니던 형사였다. 이름은 기억나지 않았다.

강차열 형사는 동료가 아무리 말려도 그의 멱살을 놓을 생각이 없는 듯했다. 인상을 잔뜩 구기고 있는 그는 당장에라도 자신을 한 대 쳐올릴 것 같았다.

"말해! 말하라고!"

"뭘 말입니까!"

정신을 차린 선혁이 소리를 치며 그의 손을 쳐내었다. 그는 잔뜩 구겨진 셔츠를 털면서 위협적으로 강차열을 노려보았다. 강차열 역시 지지 않고 그를 노려보았다. 선혁이 말했다.

"조사한다고 사람 잡아놓고 대체 어디 있다 와서는 이렇게 무력으로 사람을 잡습니까? 이거 정식으로 항의하겠어요."

강차열은 눈도 하나 깜짝하지 않았다.

"이승훈, 어디 있어?"

나지막하게 말하는 그의 목소리에 선혁은 심장이 얼어붙을 것 같았다. 선혁은 잠시 동안 강차열의 얼굴을 보았다. 분노로 일그러진 그의 얼굴에는 짙은 혐오가 들러붙어 있었다. 선혁은 눈앞의 이 형사가 생각보다 더 많은 것을 알고 있을지 모른다고 생각했다. 아니, 어쩌면 전부를 알고 있는지도 모른다.

"제가 이승훈 씨 집을 찾아간 것 때문에 그러나 본데요……."

"이병춘 씨가 자살한 채로 발견됐어."

"그게 누군데요?"

"이승훈 아버지."

숨이 턱 막혔다. 머릿속이 백지장처럼 하얘졌다. 생각은 아주 천천히 돌아왔다. 선혁 역시 이 지독한 연쇄살인의 범인이 이승훈의 가족일 거라 생각했다. 그가 범인이 맞다면, 자살했다면, 모든 게 끝이 아닌가. 선혁은 잠깐 생각했다.

"이승훈, 당신과 친구들이 죽였잖아. 몰라서 이러고 있는 거 아냐. 그러니까 말해. 이승훈 시신 어디 있어!"

강차열 형사의 고함이 왕왕 울렸다. 선혁은 다른 집에서 이 소리를 듣고 있지는 않을까, 잠깐 신경이 쓰였다. 이 집은 방음에 취약하다. 문득 고개를 돌린 곳에 자신의 핸드폰이 떨어져 있었다. 자희가 매달아 준 핸드폰 장식이 부서져 있었다. 조금은 부서졌지만, 고칠 수 있을지 모른다. 모

든 것을 알아챘어도 증거도 없는 경찰이 자신에게 뭘 할
수 있을 리 없다.

부서진 핸드폰 장식 속에서 뭔가가 햇빛을 받아 반짝
였다.

14

강차열이 영장을 받아 이병춘의 집에 들어갔을 때, 그
는 드디어 이병춘을 만날 수 있었다. 거실 천장에 목을 매
단 채 썩어가고 있던 이병춘을.

나는 9년 전 월선면에서 실종된 이승훈의 아버지입니다.
그리고 내가 고원택, 허필진 그리고 백도진을 죽인 사
람임을 자백합니다. 그들은 내 아들을 죽였습니다. 그
리고 그 시신을 어딘가에 유기했습니다. 내 가정은 그
들 때문에 깨졌습니다. 내 아내는 아들을 그리워하다
그 뒤를 따랐고, 내 딸은 무너진 집을 일으키기 위해
몸을 팔았습니다. 그리고 나는 아무리 그리워도 내 아

내, 내 아들을 볼 수 없습니다.

복수만을 위해 살아온 인생이었습니다. 난 그들을 죽이는 상상만을 하며 살았습니다. 그들은 죽을 때까지 내 아들을 어디에 유기했는지 말하지 않았습니다. 나 역시 누군가의 가족, 누군가의 친구를 살해한 범죄자이지만, 한 아비로서 간곡히 부탁드립니다. 내 아들의 시신을 찾아주십시오. 아무 죄도 없는 제 아들이 영면에 들 수 있도록 해주십시오. 모든 벌은 제가 지고 가겠습니다. 제발 부탁드립니다. 그리고, 미안하다.

　　짧다면 짧은 이병춘의 유서가 읽히는 동안 회의실에 앉은 사람 중 누구도 입을 여는 사람이 없었다. 그들 역시 가족이 있는 것이다. 범죄자이지만 이병춘의 심정이 절절히 뼛속으로 파고드는 것일 터다. 유서는 필적 감정을 통해 이병춘의 자필이 맞는 것으로 판정되었다.

　　소등했던 회의실 안이 환하게 밝아졌다. 몇몇 사람은 큼큼 소리를 내며 잠긴 목을 가다듬었다. 가장 먼저 입을 연 것은 본부장이었다.

　　"유서가 자필인 것이 확인된 만큼, 이번 사건은 이걸로 마무리하는 걸로 하지."

"안 됩니다."

차열이 마이크를 당겨 단호히 말했다. 단번에 시선이 그에게로 몰렸다. 본부장이 미간을 살짝 구기고 차열을 보았다.

"무슨 소리지? 이병춘의 시신이 발견됐을 당시 그의 집에는 침입의 흔적이 없었어. 다툼의 흔적도 없었고, 유서 역시 스스로 쓴 거였어. 그런데 더 조사할 게 남아 있나?"

"물론 범인은 이병춘입니다. 아니, 정확히 말하자면 이병춘은 범인 중 한 사람입니다."

회의실 안이 웅성거림으로 가득 찼다. 강차열은 자리에서 일어섰다.

"이전의 살인 사건들을 생각해 주십시오. 고원택은 다른 장소에서 살해를 당한 후 주차장으로 옮겨졌습니다. 그러고는 자동차 위에 시신을 전시하듯 늘어놓았죠. 그런 고원택의 시신 어디에서도 다툼의 흔적은 없었습니다. 두 번째로 살해당한 허필진 역시 이와 비슷합니다."

강차열은 앞으로 뚜벅뚜벅 걸어 나갔다. 그러고는 단상 위에 있던 포인터를 꺼내 들고 이리저리 눌렀다. 하얀 바탕

위로 프레젠테이션 화면들이 지나갔다. 그는 한 사진에서 움직임을 멈췄다. 허필진의 시신 발견 당시 사진이었다.

"허필진 역시 모텔 침대 쪽에서 살해되어 문 앞까지 이동되었습니다."

침대 위에 피가 흥건한 모습이 클로즈업되었다.

"허필진은 그때 고원택의 사망 사실을 알고 있었습니다. 그리고 범인의 협박 내용까지도 인지하고 있는 상태였습니다. 이미 저에게 조사를 받았으니까요. 그렇다면 당연히 조심할 수밖에 없습니다. 그런 허필진이 누구에게 문을 열어주었을까요? 이병춘일 리는 없습니다. 모르는 남자가 문을 두드린다면 열어줄 리가 없으니까요. 그리고 몸에 다툼의 흔적이 없는 것은 허필진도 마찬가지였습니다."

"그렇다면?"

"공범이 있는 겁니다. 어떤 방식으로든 한 명이 상대를 움직이지 못하도록 제압하고 다른 한 사람이 살인을 벌였다고밖에는 볼 수 없습니다."

"그건 그냥 추측이잖아."

본부장이 한숨을 푹 내쉬며 얼굴을 일그러뜨렸다. 그는 다시 마이크 앞으로 입술을 가져갔다.

"벌써 연쇄살인이라고 기사들이 터지고 있어. 빨리 마무리해야 되는 거 모르나?"

"그렇다고 하더라도 아직 끝나지 않은 사건을 이대로 묻을 수는 없습니다. 아직, 생존자가 있기 때문입니다. 어쩌면 그 사람이 마지막 타깃일 수 있습니다."

"애초에 삼인방이라고 했잖나."

"삼인방은 허필진, 고원택, 그리고 오선혁입니다. 죽은 백도진은 사건이 일어나기 전까지만 해도 그들과 전혀 관계가 없는 사람이었습니다. 삼인방이라고 볼 수 없습니다."

"그럼 범인이 잘못 알았다는 거야, 뭐야?"

"그런 게 아닙니다."

9년 전, 실종된 이승훈은 야영을 하러 갔던 숙소에서 밤에 나갔다. 그 이유가 백도진이었다. 계속 이승훈을 괴롭히던 백도진은 그날 역시 이승훈에게 심부름을 시켰다. 이승훈은 나가지 않을 수 없었을 것이다. 그렇게 나간 곳에서 삼인방을 만나 변을 당했다고 보는 것이 옳을 것이었다.

그런 사정이, 무엇인지 모를 경로를 통해 이병춘의 귀에 들어갔고 복수가 시작된 것이었다. 처음부터 삼인방을 염두에 두는 메모를 남겨놓고 백도진을 죽인 것은 그 역시도 이승훈을 향한 백도진의 괴롭힘을 뒤늦게 알게 되었기 때문일 것이다.

"그럼 아직 하나를 덜 죽였는데 왜 갑자기 자살을 해?"

그 질문에는 강차열도 대답을 할 수 없었다. 분명 오선혁이 남아 있는 것이다. 게다가 그는 경찰의 신변 보호도 거절했다. 어떻게든 가까이할 기회가 충분히 있었다. 그런데도 살인을 멈췄다. 더 이상 살인은 무모하다고 생각해서 포기했다고 하기엔, 이병춘의 분노는 너무나 오랫동안, 너무나 깊게 잠식되어 있었다.

강차열이 대답을 하지 않고 있자 본부장은 책상을 가볍게 두드렸다.

"더 이상 지속하기엔 증거가 없어, 증거가. 그렇게 짜맞춰서 우리가 고집부릴 일이 아니야. 연쇄살인범이 아직 더 남았다고 기사라도 나면, 시민들 불안은 어떻게 할 거야?"

시민들 불안이 아니라 경찰의 무능이 드러나는 것이 더 두렵다는 것쯤은 그곳에 모인 모두가 알고 있었다.

하지만 강차열은 여기서 일이 끝나서는 안 된다고 생각했다.

"이병춘 씨가 남긴 유서를 다시 한번 봐주십시오!"

마이크를 끄고 일어나려던 본부장이 멈칫하고는 다시 제자리에 앉았다. 그는 준비된 회의 자료에서 유서 부분을 찾느라 종이를 팔랑이며 넘겼다. 다른 사람들도 회의 자료를 넘겼다.

강차열이 유서를 들고 크게 읽었다.

"내 가정은 그들 때문에 깨졌습니다. 내 아내는 아들을 그리워하다 그 뒤를 따랐고, 내 딸은 무너진 집을 일으키기 위해 몸을 팔았습니다. 그리고 나는 아무리 그리워도 내 아내, 내 아들을 볼 수 없습니다."

사람들은 어리둥절한 얼굴을 했다. 본부장도 그가 왜 이 부분을 주목하는지 이해가 가지 않는다는 얼굴로 쳐다보았다. 강차열이 말했다.

"조사를 했을 때 동네 사람들은 사건이 터진 이후 딸이 집을 나가 술집을 다녔기 때문에 연을 끊었다고 했습니다. 딸이 술집을 나간 이유도 애초에 이승훈의 실종이 아니었다면 벌어질 일이 아니었습니다."

"그래서 하고 싶은 말이 뭔가?"

"만약 그랬다면 여기에 아내와 아들만이 아니라 딸도 볼 수 없다는 말을 남겼을 겁니다. 이 말은, 즉 지금 딸을 만나고 있다는 얘기입니다. 그리고 마지막 말을 보십시오. 존댓말을 썼던 이전의 내용과는 달리 마지막 한마디는, 미안하다, 라고 반말을 쓰고 있습니다. 이것은 딸에게 남긴 말이라고 볼 수 있습니다."

"그건 일을 이렇게 만들어 미안하다는 말이겠지."

"아닙니다. 이병춘은 딸에게 전언을 한 겁니다. 마지막을 너에게 맡겨서 미안하다고요."

본부장은 손가락 끝으로 초조한 듯 책상을 두드렸다.

"그 딸의 위치는?"

"아직 찾지 못했습니다."

본부장은 깊은 한숨을 내쉬며 고개를 절레절레 흔들었다.

"자네 말에 일리가 없는 건 아니야. 하지만 왜 느닷없이 자살을 했느냐는 말이야. 딸한테 뒤를 부탁하지 않고 자기가 끝까지 해내려고 했어야지."

그것은 한동안 차열이 찾던 답이기도 했다. 복수를 위해서 살인도 서슴지 않던 사람이 느닷없이 모든 것을 포기하고 자살한 이유. 사람을 죽이는 일이 너무 괴로웠을까? 이러다 잡힐지도 모른다는 두려움이 있었을까? 적어도 이병춘은 자신의 괴로움 때문에 딸에게 모든 짐을 지우는 선택을 할 사람으로 보이지 않았다. 그 대답을 강차열은 한참 만에 찾을 수 있었다.

"저 때문입니다."

"뭐?"

"제가 이병춘의 딸 이승주를 찾기 시작했기 때문입니다. 아마 제가 찾아갔던 술집 중 한 곳에서 경찰이 찾아왔었다는 얘기를 들었을 겁니다. 딸의 위치를 들키지 않기 위해 이병춘은 자신의 죽음으로 모든 것을 끝내려고 했을 겁니다. 지금 본부장님께서 이병춘의 죽음으로 사건을 종결하려고 하시는 것처럼요."

아랫입술을 깨물고 바닥 쪽의 어느 한군데를 응시하는 본부장은 무언가 고심하는 것 같았다. 차열은 기대하는 눈으로 그를 지켜보았지만 잠시 뒤 본부장은 고개를 저었다.

"증거를 가져와."

차열이 그를 보았다.

"이틀 주겠네."

차열은 천천히 걸어 사무실로 되돌아갔다. 맥 빠진 걸

음은 아니었고 깊은 생각에 잠긴 탓이었다. 사무실로 돌아오는 차열을 본 최인욱이 다가왔다. 회의 결과가 궁금해서 그러는 걸로 알았지만 의외로 그는 봉투에 담긴 뭔가를 차열에게 내밀었다. 묻는 듯한 눈으로 그를 보자 최인욱이 대답했다.

"감식팀에서 가져왔습니다. 이병춘 집에서 발견됐다고 해요. 안에 돈이랑 메모가 남겨 있었습니다. 자신 때문에 집주인에게도 미안하고 시신을 봐야 하는 사람들에게도 미안하다고. 필요한 경비를 넣어놓은 것 같습니다."

강차열의 얼굴이 무섭도록 일그러졌다. 그는 가슴 끝에서 뜨거운 덩어리가 치받혀 올라오는 것 같았다. 그 길로 경찰서를 달려 나갔다. 차를 끌고 곧장 오선혁의 집으로 향했다. 뻔뻔한 죄를 지어놓고도 마지막까지 진실을 말하지 않는 그를, 아들을 찾지 못한 이병춘의 가슴에 평생 맺힌 응어리를 풀어주지 않는 그를, 용서할 수 없는 기분이었다. 차를 세우고 건물에 올라갔을 때 오선혁은 집으로 들어가고 있었다. 이제 그는 하루의 피로를 씻어내고, 음식으로 배를 채우고 달게 잠을 잘 것이었다. 그대로 그를 잡아 세워 멱살을 잡았다. 그러나 마지막까지 그는 한마디도 하지 않았다.

경찰서로 돌아온 강차열은 고민에 빠졌다. 대체 어디서 어떻게 증거를 찾으면 좋을지 아무것도 떠오르지 않았다. 마음 같아서야 월선면 경찰서의 협조를 받아 야영장 근처를 다 뒤엎어서라도 이승훈의 시신을 찾아내고 싶었다. 하지만 시간이 없다. 이틀 안에 해결하지 못하면 본부장은 정말로 사건을 마무리해 버릴 것이다. 수사본부가 해체되면 자신은 이 사건에서 손을 떼야 한다. 만약 오선혁이 죽는다고 해도 경찰은 그 사건을 별건으로 조사할 것이었다. 절대 자신들이 종결시켜 버린 연쇄살인 사건의 연장이라고 인정하지 않을 것이다.

"밤새 그러고 계실 거예요? 오늘 저녁도 안 드셨죠?"

고개를 들자 걱정스러운 얼굴로 최인욱이 서 있었다. 차열은 자신도 모르게 피식 웃었다. 거울을 들어 그에게 보여주고 싶었다. 최인욱의 얼굴이야말로 며칠 죽도 못 얻어먹은 사람 같았다. 새카맣게 올라온 수염에, 흐트러진 옷차림, 게다가 눈 아래가 거뭇했다. 자신만큼이나 최인욱도 피로에 시달리긴 마찬가지인 것이다. 그렇지만 최인욱은 기를 몰아주기라도 할 것처럼 일부러 목소리를 높여 신나게 외쳤다.

"금강산도 식후경이랍니다! 밥은 못 먹어도 비타민이라도 먹읍시다!"

그는 사무실 한편에 있는 원형 테이블 위에 얹힌 사과 상자에서 사과를 하나 꺼내 왔다. 사과는 큼직하고 반들거리는 것이 꽤나 먹음직스러웠다.

"전에 송인동 좀도둑 사건, 피해자분이 가져오셨어요."

송인동 좀도둑 사건이라면 이미 종결된 사건이었다. CCTV를 통해 위치를 추적한 형사1팀은 집에 숨어 있는 범인을 체포하였다. 그 사건의 피해자가 감사 인사를 한다고 가지고 온 것 같았다. 강차열이 눈을 가늘게 뜨며 최인욱을 보았다.

"아이고, 걱정하지 마세요. 29,900원에 홈쇼핑에서 샀답니다."

최인욱은 별걱정을 다 한다는 듯 손짓을 하며 사과를 몇 개 더 집어 들었다. 품에 사과 세 개를 끌어안은 최인욱이 강차열을 돌아보며 웃었다.

"아무리 바빠도 깎아는 먹읍시다. 기다리세요, 선배."

그는 탕비실의 문을 열고 들어갔고, 차열은 웃으며 다시 컴퓨터를 응시했다. 그러다 순간 그의 얼굴에서 웃음기가 싹 사라졌다. 조금 전 최인욱이 한 말이 그의 머릿속에 존재감 없이 숨어 있던 어떤 것을 떠올리게 했기 때문이다. 그는 벌떡 일어나 최인욱이 들어간 탕비실의 문을 벌컥 열었다.

"이승주 행적 확인했을 때 말야!"

"아, 깜짝이야!"

최인욱이 한 손에 칼을 든 채로 놀라 뒤돌아보았다.

"무슨 기록이 있었지?"

최인욱은 한숨을 내쉬며 대답했다.

"같이 확인하셨잖습니까. 아무 생활 흔적이 나오지 않은 거요. 카드도 안 썼고, 핸드폰 통화 기록도 없습니다."

"집을 나가기 전에 병원 진료 기록 같은 건 없었나? 성형외과 수술 기록 같은 거."

최인욱이 잠깐 생각하더니 급히 칼을 내려놓고 탕비실을 뛰쳐나갔다. 29,900원짜리 홈쇼핑에서 산 사과는 강차열에게 송난희가 말했던 '돌려 깎기'라는 말을 떠올리게 했다. 어쩌면 이승주가 성형수술을 하고 살고 있을지도 모른다는 생각이 들었던 것이다.

급히 책상으로 돌아가 서류를 찾은 최인욱은 눈에 띄게 실망한 얼굴로 고개를 가로저었다.

"없습니다. 집을 나가기 이전 기록에도 성형수술을 한 기록은 없어요."

차열은 잠시 생각한 뒤 지시했다.

"이승주 사진 출력해서 은파시에 있는 성형외과 전부에 공지문 보내. 이승주를 수술한 사람이 혹시 있는지."

"네!"

"그리고 말야, 살아 있는 사람이 병원 한 번 안 가고, 핸드폰 한 번 안 쓰고 살 수는 없을 거잖아."

"그렇네요. 수술할 때도 다른 사람 명의를 썼을 수도 있어요."

"지금도 그 명의를 쓰고 있을 가능성이 커. 성형수술을 했다면 그 병원에서 쓴 명의를 찾아야 해."

"알겠습니다. 바로 공문 날릴게요."

최인욱은 곧장 공문을 작성하고 이승주의 사진을 첨부해 은파시에 있는 성형외과 전체에 팩스를 뿌렸다. 하지만 연락이 오기를 기다리는 것은 날이 밝아야 될 것이었다. 길고 지루한 기다림 속에 연락을 받은 것은 오전 10시가 지난 뒤였다. 본부장이 말한 이틀 중 이미 하루가 지나가고 있었다.

연락이 온 병원은 은파시에서 가장 비싸다는 지역 한복판에 위치한 '글로리아 성형외과'였다. 팩스가 흑백으로 들어와 사진이 불분명하지만 비슷한 얼굴을 수술했다는 의사가 나왔다. 글로리아 성형외과는 세 명의 원장과 다섯 명의 월급제 의사가 일하는 규모가 꽤 큰 병원이었다. 연락을 받은 강차열과 최인욱은 곧장 병원으로 차를 몰았지만 금방 의사를 만날 수는 없었다. 비슷한 사람을 수술했다는 사람은 세 명의 원장 중 김재덕이라는 이름을 가진 의사로 지금은 간단한 앞트임 수술에 들어가 있다고 했다. 코디네이터라는 직원의 안내를 받아 원장실에 들어가 그를 기다렸다. 벽에 붙어 있는 독특한 디자인의 시계에서 계속되는 초침 소리가 두 사람을 조급하게 만들었다. 본부장이 말한 48시간이 점점 코앞에 닥치는 기분이었다.

"이거 기다리시게 해서 죄송합니다."

호탕하게 웃으며 들어온 남자의 가운에는 김재덕이라는 이름이 수놓여 있었다. 그는 수술복 위에 의사 가운을

걸치고 있었다. 50대 초반의 나이로 보였고, 운동을 열심히 하는지 몸의 균형이 좋았다.

"아닙니다."

"컬러 사진은 갖고 오셨습니까?"

웃음만큼이나 시원시원하게 그는 곧장 본론으로 들어갔다. 어쩌면 다음 수술이 급한지도 모른다. 강차열은 곧장 사진 두 장을 꺼내었다. 이승주의 주민등록증에 등록된 사진과 아버지인 이병춘의 집에서 가지고 온 생활 사진이었다. 사진 속 이승주는 고등학교 입학식에 참석하고 있었다.

두 장의 사진을 말없이 들여다본 김재덕 원장은 고개를 끄덕거리며 사진을 테이블 위에 내려놓았다.

"맞아요. 보내주신 팩스 공문으로는 긴가민가했는데 이 분이 맞습니다."

"혹시 성함을 기억하십니까?"

그는 기억을 되짚으려는 듯이 인상을 찡그렸다. 하지만 곧 고개를 저었다.

"이름은 기억나지 않습니다. 하루에 네다섯 건을 수술하기도 하니까요. 하지만 차트를 찾아보면 알 수 있을지도 모르겠습니다. 꽤 큰 수술을 했던 걸로 기억하거든요. 잠시만 기다려주세요."

김재덕 원장은 벌떡 일어나 자신의 진료 책상에 가 앉았다. 그는 빠른 손놀림으로 키보드를 두드렸다. 그러고는 마우스를 클릭하는 소리가 한참이나 들렸다.

"아, 여기 있네요."

김재덕 원장의 말에 차열과 인욱이 벌떡 일어나 그의 책상 뒤쪽으로 돌아갔다. 듀얼모니터 한쪽에는 알 수 없는 용어로 된 차트와 함께 다른 쪽 모니터에는 이승주의 사진이 띄워져 있었다.

"찾는 분이 이 사람 맞죠?"

차열은 고개를 끄덕였다. 김재덕 원장은 턱을 괴며 말했다.

"이 사진 보니까 저도 확실히 기억나네요. 성형할 만큼 못생긴 얼굴은 아니잖아요. 정확히 말하자면 오히려 순수하게 예쁜 타입이랄까. 그래서 수술 안 하는 게 좋겠다는 말도 했던 거 같아요, 제가."

"그런데 수술을 하겠다고 고집을 부린 건가요?"

차열이 물었다. 김재덕 원장은 고개를 갸웃했다.

"고집을 부렸다기보다는, 환자가 그렇게 원했을 겁니다.

그러니까 수술을 했겠죠."

"수술 후의 사진을 볼 수 있습니까?"

"음……."

의사는 잠깐 머뭇거렸다.

"문제 될 일은 없겠죠?"

"당연합니다."

김재덕 원장이 마우스로 어떤 버튼을 클릭하자 차트가 있던 화면에 사진이 커다랗게 떴다. 그 사진을 보고 최인욱은 아무런 반응이 없었지만 강차열은 날카로운 숨을 들이켰다.

"왜요? 아는 사람이에요?"

최인욱의 물음에도 강차열은 대답이 얼른 나오지 않았다. 눈이 화면 속 여자의 얼굴에서 떨어질 줄 몰랐다.

사진 속 여자의 얼굴은 부기가 가라앉지 않은 데다 아직 턱 쪽의 붕대도 감고 있었지만 누구인지 알아보는 데 무리는 없었다. 강차열은 그녀를 본 적이 있었다. 심지어 그녀를 상대로 참고인 조사까지 했었다.

이자희였다.

"차트 좀…… 다시 차트 좀 보여주세요!"

강차열의 언성이 높아졌다. 뭔가 급한 사정이 있다고 느껴졌는지 김재덕 원장은 허겁지겁 키보드를 눌러 차트를 띄웠다.

차열은 김재덕 원장을 거의 밀치다시피 하고는 컴퓨터의 정면에 서서 화면을 노려보았다. 영어로 적힌 의학 용어 따위는 알아볼 수 없었지만 환자의 이름만은 정확히 알아볼 수 있었다.

'이자희.'

그것이 사라진 이승주가 대신 쓰고 있는 명의였다. 그래서 집을 나온 이후에도 어떤 의료 기록이나 생활 반응을 찾아볼 수 없었던 것이다. 그리고…… 그녀는 지금 오선혁의 여자친구로 살고 있다. 마지막 타깃인 바로 오선혁의 여자친구로.

"왜 그래요?"

최인욱이 물었지만 강차열은 대답할 정신도 없었다. 손으로 입을 막고 원장실 안을 이리저리 걸어 다녔다. 그의 머릿속은 지금 복잡한 기능을 수행하는 듯 빠르게 돌아가고 있었다. 그는 다급히 경찰서로 전화를 걸었다. 전화를 받은 것은 송난희였다. 강차열은 자세히 설명할 시간이 없다며 미리 그녀의 입을 막고는 차트에 띄워져 있는 진짜 이자희의 주민등록번호를 불렀다.

"그 사람 인적 사항 좀 확인해서 전화해 줘. 최대한 빨리!"

"네!"

다급한 목소리를 알아챘는지 송난희는 길게 묻지 않고 전화를 끊었다.

"그럼 제가 도움이 좀 된 건가요?"

김재덕 원장의 목소리에 강차열은 잠시 정신이 들었다. 이곳이 다른 사람의 사무실이라는 것을 잠깐 잊고 있었다.

"그렇습니다. 정말 감사합니다."

강차열은 손을 내밀어 그와 악수를 한 뒤 최인욱에게 눈짓을 해 병원을 벗어났다.

"무슨 일이에요?"

최인욱이 그제야 물었다. 대답하려는 순간 강차열의 핸드폰이 울렸다.

"지금 신상 조회했고요. 일단 해당자 사진은 선배님 핸드폰에 전송했습니다."

"고마워. 혹시 지금 뭐 하는 사람인지 알 수 있나?"

"네, 룸살롱을 운영하고 있는 것 같아요. 규모도 상당한 것 같은데요."

"가게 이름이 뭐지?"

대답이 들려왔지만 잠시 그 단어가 머리에 입력되지 않는 기분이었다. 뭔가에 맞아 이명이 들리는 것도 같았다.

"백향이에요."

"빨리 타!"

소리를 지르며 강차열은 운전석에 올라탔다. 최인욱이 다급히 뛰어 조수석에 올라탔다. 문이 닫히기 무섭게 차가 출발했다. 송난희에게 고맙다는 말도 하지 않고 전화를 끊었지만 그런 걸 신경 쓸 상황이 아니었다.

강차열은 곧장 핸드폰에 수신된 사진 파일을 열었다. 그는 날카로운 숨을 들이켰다. 본 적이 있는 얼굴이었다. 분명 백향의 마담 얼굴이었다. 이자희라는 이름은 백향의 마담 이름이었다. 아마 그녀는 자신의 명의로 이승주가 핸드폰 사용이나 병원 출입 등 필요한 일을 하게 도와줬을 것이다. 이승주를 모른다고 한 것은 거짓말이 분명했다. 등본 같은 서류가 없다는 것도 가짜였을 것이다.

줄곧 이상하다고 생각했었다. 복수가 모두 끝난 것이

아닌데, 왜 이병춘은 갑자기 자살을 했을까? 뭔가의 이유가 있지 않고서는 있을 수 없는 일이었다. 그것은 백향의 마담과도 관련이 있는 일일 터였다. 백향의 마담과 이승주의 관계가 어떤 것인지는 알 수 없지만 찾아온 형사에게 거짓말을 할 정도라면 보통의 관계는 아닐 것이었다. 그리고 진짜 이자희는 그것을 간과하지 않았다. 형사들이 백향까지 찾아왔다는 것을 이승주에게 알렸을 것이었다. 그것을 들은 이병춘은 조급해졌을 것이다. 백향까지 찾아냈다는 것은 이승주의 존재가 곧 드러난다는 공포를 불러왔던 것이다. 이병춘이 모든 것을 안고 가겠다는 생각을 한 것은 그래서였을 것이다. 아니, 복수가 끝나지 않았으므로 시간을 더 유예해 볼 생각이었을지도 모른다.

도대체 무슨 일이냐고 묻는 최인욱에게 차분히 설명했다. 인욱은 너무 놀라 아까의 차열처럼 손으로 입을 막았다.

강차열이 운전하는 차가 백향의 정문 앞에서 굉음을 내며 정차했다. 계단에서 웨이터 복장을 한 남자가 뛰어나왔다.

"여기다 차를 대면……."

그렇게 말하는 웨이터의 눈앞에 경찰 공무원증을 내밀었다. 그제야 웨이터는 두 사람이 지난번에 찾아왔던 형사들이라는 것을 눈치챈 듯했다.

"사장님 출근했습니까?"

"아뇨, 아직."

강차열은 그대로 시동을 끄고 사이드브레이크를 잠갔다. 두 사람은 차에서 내려 곧장 룸살롱 안으로 들어갔다.

"사장님 오시면 바로 안내해 주세요."

두 사람은 아주 잘 아는 곳에 오기라도 한 것처럼 이전에 안내받았던 룸 안으로 들어갔다. 청소하던 직원들이 놀란 얼굴로 두 사람을 보았다. 밖에서 두 사람을 만났던 웨이터가 뛰어 들어와 조금 높은 직위를 가진 듯한 양복 입은 남자의 귀에 대고 뭔가를 속삭였다.

룸에 들어간 최인욱이 주변을 두리번거리며 말했다.

"혹시 마담이 미리 연락받고 도망이라도 가면 어떻게 하죠?"

"그럴 리가 있냐. 그 여자는 그냥 이름을 빌려준 것뿐이야."

그것도 죄가 되기는 하지만 이런 규모의 룸살롱을 두고

도망갈 일은 아니었다. 예상은 적중했다. 긴 시간이 지나지 않아 룸의 문이 열렸다. 마담이었다. 그녀는 전보다 화장기 없는 얼굴이었다. 다른 직원에게 연락을 받고 급히 나온 듯 했다.

"앉으시죠, 이자희 씨."

형사의 입으로 자신의 이름을 들은 진짜 이자희는 잠깐 충격을 받은 것 같았다. 그러나 곧 표정을 침착하게 고치고 자리에 앉았다.

"지난번엔 이승주 씨를 모른다고 거짓말을 하셨죠?"

이자희는 대답이 없었다. 강차열은 주머니 안에서 반으로 접힌 서류 한 장을 꺼내 그녀의 눈앞에 내려놓았다. 바로 이승주가 성형수술을 한 내역이었다.

"이승주 씨는 사장님의 명의로 수술을 했습니다. 그러니 사장님은 이승주 씨를 모를 리가 없었습니다. 왜 거짓말을 하신 겁니까?"

진짜 이자희는 서류를 흘깃 내려다볼 뿐 관심 있어 하지 않았다. 낮은 한숨을 쉬며 등을 소파에 깊이 묻었다. 긴 다리를 꼬며, 옆에 둔 핸드백에서 담배를 꺼냈다. 피워도 괜찮은지 묻지도 않은 채 담배에 불을 붙여 길게 빨았다.

그녀가 뱉는 담배 연기가 룸 안에 냄새를 피웠다.

"걔를 처음 봤을 때는 무슨 고등학생인 줄 알았어요."

이자희는 이승주를 다른 가게에서 처음 봤다고 했다. 단박에 이런 일을 할 타입은 아니라고 생각했다. 역시나 적응을 잘 못했다. 그 가게에서 잘리고 바로 몇몇 가게를 더 전전했다. 마지막으로 백향에 찾아왔을 때 이자희는 이승주에게 말했다.

이런 일 할 사람은 아니니 돌아가라고.

"근데 뭐, 이런 데서 일할 사람, 못 할 사람 나뉘어 있는 거 아니거든. 돈만 필요하면 다 하지, 왜 못 해?"

그 말은 이승주가 한 말이기도 했다. 꽤나 날카로운 눈을 하고 있었다. 그동안 그녀의 안에서 독기가 자라나고 있는 것 같았다. 그녀는 이승주를 채용했다.

이자희 역시 이승주로부터 자세한 사정 이야기는 듣지 못했다. 어차피 이런 곳에서 일하는 사람 모두 가슴속 깊은 얘기를 꺼내지는 않았다. 대신 그녀의 마음을 움직인 말은 있긴 했다.

"아빠가 찾아올까 봐 자기 명의는 못 쓴다고 하더라고. 나도 아빠 피해 다닌 적 있거든. 엄청 폭력적인 사람……."

말을 하던 그녀는 잠시 입을 다물었다. 그런 이야기를 할 것까진 없다고 생각하는 모양이다. 어쩌면 그녀에게도 떠올리고 싶은 기억이 아닌지도 모른다. 어쨌든 진짜 이자희는 이승주가 아버지에게 폭력과 학대를 당했다고 오인한 것 같았다. 그래서 명의를 빌려주고 핸드폰도 개통해 주었다.

"성형할 얼굴은 아니었어요. 그렇게 못생기진 않았거든. 그보다 더한 애들도 화장해서 룸 잘 뛰는데 뭐."

재미있는 농담이라도 한 것처럼 그녀는 혼자서 풋 웃었다.

"그런데 걔한테는 그게 필요했나 봐. 다 버리고, 새로 태어나야만 하는, 그런 거."

그녀는 담배를 피우며 이쪽으로 고개를 돌렸다.

"형사님들은 그런 거 모르시겠지만."

"저희가 지난번에 다녀간 다음, 이승주 씨에게 사실을 알렸습니까?"

"말했죠, 당연히. 그냥 무슨 일이냐고. 왜요? 무슨 문제 있어요? 나 잡혀가나?"

그녀는 여전히 담배를 피우며 킥킥거렸다. 강차열이 말했다.

"지금 이승주 씨가 어딨는지 전화해 보세요. 형사가 왔다고는 말하지 마시고요. 적당히 둘러대시면서."

"왜요?"

그녀는 턱을 치켜들면서 연기를 길게 내뿜었다. 차열의 얼굴이 엄중해졌다.

"사람 목숨이 걸린 일입니다. 이자희 씨 역시 범인 은닉 죄로 처벌받을 수 있는 사안이에요."

그렇게 말하자 한순간에 이자희의 얼굴이 달라졌다. 그녀는 눈을 빠르게 깜박거리며 뭔가를 생각하는 듯했다. 최인욱이 일어나 그녀의 열려 있는 핸드백 안에서 핸드폰을 꺼내 내밀었다. 더듬더듬, 이자희는 자신의 핸드폰을 받았다. 그녀가 번호를 누르고 있는 사이 강차열의 핸드폰에 전화가 걸려왔다. 오선혁이었다.

15

그곳은 유명한 낚시 포인트는 아니었다. 자희를 만나기 전 가끔 심심할 때 드라이브를 하다 우연히 찾아낸 곳이었다. 한적하고 깨끗한 강가. 오래전 사용하다 방치해 둔 것 같은 텐트가 하나 있기는 했지만, 이곳에서 낚시를 할 때 사람과 마주친 적은 거의 없었다. 선혁은 이곳을 좋아했다. 자주 자희에게도 이야기한 곳이었다. 상담사, 친구, 안정제. 그런 것들과 같은 뜻이라고 말했을 때 자희는 이곳에 함께 가보고 싶다고 말했었다.

선혁은 오늘 자희에게 이곳을 보여주려 한다.

저녁노을이 강가를 빨갛게 물들이고 있었다. 낚시 중에 최고는 밤낚시라고 선혁은 생각해 왔다. 아무것도 보이지 않는, 그래서 남들도 나를 보지 않는 곳에서 이런저런 생각을 하다 보면 고민하던 것이 가끔 풀리기도 하고 물에 빠진 것처럼 사라지기도 했다. 선혁은 자희가 잘 찾아올 수 있도록 옆에 세워둔 랜턴을 켰다.

아침 뉴스에서는 오늘부터 예년보다 높은 기온이 계속될 거라고 했다. 그래서 그런지 무척 더웠다. 가만히 앉아만 있어도 땀이 났다. 이따금 불어오는 것은 뜨거운 바람이었다. 티셔츠가 몸에 찐득하니 달라붙었다.

낚싯대를 드리우고 앉아 있었지만 오늘따라 찌가 움직이지 않았다. 그래도 조바심을 내지 않고 선혁은 유유히 흐르는 강줄기를 가만히 바라보았다. 해는 점점 저물어 주변이 겨우 보일 정도가 됐다. 그는 핸드폰으로 시간을 확인했다. 8시 15분.

"괜찮아. 그대로 조여도."

주변이 적막하지 않았다면, 선혁이 본능적으로 주의를 기울이지 않았다면, 들리지도 않았을 발소리였다. 잔뜩 몸을 낮추고 소리를 주의하며 다가온 존재는 조심스럽게 선혁의 목에 줄을 걸었다. 그 순간 선혁이 말을 한 것이었다. 상대가 쥐고 있던 줄이 갑자기 힘을 잃고 축 늘어졌다.

"알고 있었어?"

돌아보자 자희가 서 있었다.

선혁은 모든 것을 포기한 듯한 목소리로 말했다.

"죽여도 저항 안 해. 그래도 혹시 괜찮다면 하고 싶은 이야기가 있어. 들어줬으면 해."

그 목소리는 떨리지도, 겁내 하지도 않았다.

"어떻게 알았어?"

오히려 떨리는 것은 자희의 목소리였다.

선혁은 잠시 어두워진 강 안을 들여다보다가 결심했다는 듯 바지 주머니에 손을 넣어 뭔가를 꺼냈다. 그것은 엄지손톱 크기의 아주 작은 기계였다.

"네가 준 핸드폰 줄이 어쩌다 망가졌어. 그 안에서 이게 나왔지."

그는 자조적으로 웃었다.

"왜 생각을 못 했을까? 원택이는 그렇다 치더라도 필진이가 나와 모텔에서 만나기로 한 건 아무도 모를 텐데 어떻게 범인은 미리 선수를 칠 수 있었을까. 한 번도 생각지 못했어. 거기다 우리와 아무 관계도 없던 백도진 역시. 그가 죽은 건 내가 백도진의 동창을 만나 왕따 이야기를 들은 이후야."

선혁은 고개를 절레절레 흔들었다.

"전혀 생각지도 못했어. 나한테 도청 장치가 달려 있었을 거란 걸."

여전히 서 있는 자희를 선혁이 올려다보았다.

"앉아. 자희도 하고 싶은 이야기가 많을 거잖아. 죽이는 건 그 뒤라도 늦지 않아."

자희는 여전히 경계하는 태세였다. 하지만 선혁은 다시 강물 위로 시선을 던질 뿐 아무 제스처를 취하지 않았다. 한참 동안 그러고 서 있던 자희가 선혁에게서 조금 떨어진 자리에 앉았다. 손에는 아직도 밧줄을 쥐고 있는 상태였다. 두 사람은 서로 아무 말도 하지 않았다. 무거운 침묵을 깬 것은 선혁이었다.

"처음 원택이가 죽었을 때, 살인 예고 메모에 남긴 삼인 방과 9년 전 사건을 언급한 것만으로도 우리를 죽이려는 사람이 누구인지 알 수 있었어."

선혁은 고개를 돌려 자희를 보았다. 랜턴의 오렌지색 불빛에 비친 그녀의 옆모습은 고고하고 아름다웠다. 선혁은 아랫입술을 깨물었다. 말하기가 괴로웠다.

"9년 전 우리한테…… 우리한테 살해당한 피해자의 가족일 거란 걸. 그게 너였구나."

"전에 한번 스친 적 있었지? 나를 술집 여종업원으로 착각한 사람. 그거 착각 아니었어."

역시 그렇구나, 하고 선혁은 생각했다. 도청기를 발견한 즉시 모든 조각이 짜맞춰졌었다. 가장 궁금했던 것은 대체 9년 전 사건을 왜 이제 와서 들추는가, 였다. 그것은 바로 이제 와 진범이 그들임을 알았다는 얘기였고, 선혁은 내내 어떻게 그들이 진실을 알 수 있었는가 고민해 왔었다. 거기까지 생각했을 때 자희를 술집 여종업원으로 착각했던 사람을 떠올렸다.

그래, 술집에서였다면 가능했을 거였다. 원택이는 옛날부터 그랬다. 임신한 선생님을 폭행한 일로 경찰 조사까지 받아놓고도 그걸 자랑처럼 떠들어대곤 했었다. 어쩌면 원택이는 술집에서 거나하게 취해 자신의 범죄를 자랑처럼 떠들어댔을지도 모른다고 생각했다. 그 생각은 맞아떨어졌다.

"그자가 얘기를 시작했을 때, 다른 여직원들은 허풍이라고 크게 생각하지 않았지만 난 그게 오빠의 이야기라는 걸 알았어. 월선면이라는 지역도 그렇고 실종 처리됐다는 얘기까지."

눈에 불이 튀었다. 그 자리에서 주방으로 뛰어 들어가 칼을 가지고 나와 죽이지 않은 게 다행이었다. 피가 바짝 마르는 것이 느껴졌다. 그래도 최대한 정신을 잡았다. 너무 취한 손님이라 다른 직원들이 기피한 덕분에 그의 옆자리를 자희가 차지할 수 있었다. 작심하고 살살 꼬드기자 어깨가 하늘같이 치솟은 남자는 제멋대로 이야기를 늘어놓았다. 결국 그 이야기에서 오선혁이라는 이름이 나왔다.

"내 친구 중에 제일 잘된 새끼지. 되게 큰 김치업체, 그 뭐야…… 그래, 봉원, 거기 다닌다니까. 이 형님이 전화만 딱 한 번 하잖아? 그럼 금방 튀어 온다고. 하, 그 새끼가 그렇게 될 줄 알았나. 우리 삼인방이었던 시절에는 시체 묻는 다고 덜덜 떨던 새끼가."

고원택이 나직하게 말했다. 그 길로 남자를 꼬여 자희는 2차를 나갔다. 모텔 방에 들어가 수면제를 탄 숙취해소제를 건넸다. 수면제는 엄마가 돌아가신 뒤로 거의 매일같이 자희가 먹는 것이었다. 먼저 씻고 나오겠다며 욕실에 들어 갔다 나온 사이 그는 죽은 듯 잠에 빠져 있었다.

자희는 아버지에게 전화를 걸었다. 집을 나온 후 5년 만이었다.

"오빠를 죽인 남자들을 찾았다고 했어. 아빠는 아무 말도 못 하더라. 나는 이 새끼들을 가만히 둘 거냐고 소리 질렀어. 그리고 당장 이놈부터 죽이겠다고 했지. 아빠가 막았어. 내가 같이 있으니까 바로 붙잡힐 거라고. 하지만 난 이보다 더 좋은 기회는 없다고 물러서지 않았지."

그런 자희에게 아빠가 처음으로 고함을 질렀다. 그럼 다른 놈들은 어떻게 할 거냐고. 그랬다, 아직 그녀가 아는 것은 지금 잠들어 있는 고원택이라는 자와 이름만 아는 오선혁뿐이었다.

그래서 일단은 그를 살려두기로 했다. 잠시의 유예일 뿐이라고 자신을 달랬다.

잠들어 있는 고원택의 손을 끌어다 핸드폰의 잠금을 풀었다. 그러고는 등록된 전화번호들에서 오선혁의 번호를 찾아냈다. 사진첩을 확인했지만 오선혁이 누구인지 알 수 없었다. 잠시 고민하던 자희는 고원택의 페이스북에 들어갔다. 앱을 누르자 자동 로그인이 됐다. 게시물들을 확인하던 중 1년쯤 전에 올린 글이 그녀의 시선을 사로잡았다.

'꽤 잘나갔던 유년 시절. 다시 돌아가고 싶다. 우리 삼인 방, 어딨냐.'

사진은 계곡에서 찍은 사진이었다. 지금보다 훨씬 어린 고원택이 계곡 안에 들어가 다른 두 사람과 어깨동무를 하고 나란히 서 있었다. 두 사람의 얼굴을 확인했다. 어린 시절 사진이라 지금 찾아본다고 해서 알 수 있을까 걱정이 됐다. 댓글은 없었지만 '좋아요'는 15건이 되었다. 그 목록 중에 오선혁의 이름이 있었다. 곧바로 오선혁의 이름을 타고 들어가 그의 현재 얼굴을 확인했다. 자신의 핸드폰으로 사진을 찍어두고 곧장 모텔을 나왔다. 아버지의 말이 맞다. 고원택 한 명만 어찌한다고 해서 모든 억울함이 풀리는 것이 아니었다.

"9년 전 일이라고 하면 바로 그 피해자의 가족을 찾아볼 거라고 생각했지. 그래서 날 알아보지 못하게 성형수술을 했어. 그러고는 백향을 그만뒀어. 그리고 무작정 봉원이라는 회사 앞에서 너를 기다렸지. 지갑도 내가 훔쳤어."

"그렇게 날 만난 거구나. 그럼 가장 옆에 있던 나를 먼저 죽일 수도 있었을 텐데 왜 그러지 않았어?"

선혁이 그렇게 물었을 때쯤 머리 위쪽에 있는 인도에서

사람이 걸어 지나가는 소리가 들렸다. 행인은 두 사람이 그저 평범한 낚시꾼이라고 생각할 것이었다. 남녀가 나란히 앉아 살인에 대한 대화를 나누고 있을 거라고는 꿈에도 생각지 못할 터였다.

"다른 한 명의 이름을 도무지 파악할 수 없었어. 결국 수를 낼 수밖에 없었지."

아버지와 함께 고원택을 살해했다. 시신을 옮기는 것은 아버지와 함께 했다. 그러고는 경찰이 이 사건을 더욱 중한 사건이라 여기게 하기 위해 전시하듯 차 위에 얹어놓았다. 살인 예고 메모에는 일부러 9년 전 사건을 집어넣었다. 그렇게 하면 경찰이 9년 전에 그들에게 무슨 일이 있었는지 조사할 것 같았다. 재조사가 시작된다면 아직도 찾지 못한 오빠의 시신을 찾을 수 있을지도 모른다는 생각이었다.

"그러자 너는 곧장 허필진한테 연락했지. 덕분에 삼인방 중 한 명이 누구인지 알 수 있었어."

"그럼 다음 타깃은 내가 됐을 수도 있었을 텐데 왜 백도진까지 죽였지?"

자희가 고개를 홱 돌렸다. 그녀의 눈은 어둠 속에서도 황황히 빛나고 있었다.

"네 덕분에 몰랐던 사실을 알게 됐잖아. 백도진이 우리 오빠를 왕따시킨 것."

자희는 9년 전을 떠올릴 때마다 오빠의 행적이 도무지 이해가 가지 않았다. 야영장의 CCTV에 오빠가 주변을 살피며 창문을 통해 몰래 바깥으로 나가는 장면이 찍혀 있었다. 가끔 야영이나 수학여행에서 일탈을 위해 몰래 나가는 아이들이 있지만 오빠는 전혀 그런 사람이 아니었다. 말도 많지 않았고 선생님의 말씀을 잘 따랐다. 꼭 필요한 일이 아니면 나서지 않는, 눈에 잘 띄지 않는 타입이었다. 그런 오빠가 왕따를 당하고 있다는 사실을 자희는 알지 못했다고 했다.

선혁은 자신이 필진을 만났을 때를 떠올렸다. 그때 도청으로 자희가 그 사실을 안 것이었다. 어떻게든 범인을 찾아 자신의 목숨을 부지할 생각이었지만, 스스로 안내자 역할을 자청하고 있던 셈이었다. 그는 자신이 범인을 먼저 찾아내 죽일 수도 있다고 생각한 사실을 자희에게 평생토록 말할 수 없을 것이었다.

"그놈이 그날 그런 짓만 안 했다면 우리 오빠가 너희 삼인방을 만날 일도 없었고, 죽임을 당할 리도 없었어. 오빠의 죽음에 한 놈이 더 있었던 거야."

"그럼…… 이제는 나일 텐데, 아버님은 왜 자살을 하신 거지?"

선혁은 얼마 전 강차열 형사에게 들은 충격적인 얘기를 떠올리며 물었다.

자희는 아랫입술을 깨물었다. 윗입술이 덜덜 떨리고 있었다. 아버지를 떠올리자 곧 울 것 같은 얼굴이 되었다. 그녀가 울 때면 선혁은 항상 어깨를 감싸 안고 다독여 주었었다. 하지만 지금은 그럴 수 없다. 그럴 자격이 자신에게는 없었다. 다가갈 수 없는 거리까지 와버렸다.

"내가 다니던 술집에까지 경찰 조사가 들어왔어. 가명을 썼으니까 괜찮을 거라고 했지만 아빠는 걱정을 내려놓지 못했어. 결국 아빠는 자신이 모든 것을 껴안고 가기로 하신 거야. 난 그런 아빠의 장례식도 치를 수 없었어."

아버지의 사망 사실 역시 도청을 통해 들었을 것이었다. 그때의 충격과 고통을 선혁은 감히 상상할 수도 없었다.

"이제 다 물었지? 그럼 내가 한 가지만 물어볼게."

선혁은 말없이 그녀를 응시했다.

"우리 오빠 어디에 묻었어?"

선혁은 대답하지 않았다.

"어디에 묻었냐고!"

그녀의 언성이 적막했던 강가를 뒤흔들었지만, 선혁의 입술은 열릴 줄 몰랐다. 자희가 와락 달려들어 선혁의 멱살을 잡았다.

"말해, 말하라고!"

선혁은 자희가 흔드는 대로 그저 흔들렸다. 그녀의 목소리에는 짐승 같은 울부짖음이 있었고, 그 짐승에게 할퀴는 것처럼 선혁은 가슴이 아팠으나, 그것만은 절대 말할 수 없었다.

순간 선혁의 목에 밧줄이 칭칭 감겼다.

"말해."

"……."

밧줄이 점점 강하게 조여들어 왔다. 숨이 막혔다. 선혁의 얼굴이 시뻘겋게 변했다. 눈에 실핏줄이 터졌고 관자놀이에 심줄이 툭 불거져 나왔다.

"말하라고!"

자희의 손이 벌벌 떨렸다. 그녀의 외침은 거의 애원에 가까웠다. 선혁은 힘을 내어 천천히 손을 들어 올렸다. 자신의 목을 죄고 있는 자희의 손등 위에 자신의 손을 가만히 얹었다.

"괜찮아. 더…… 조여."

"아아아아아악!"

자희는 비명을 질렀다. 순간 목을 죈 줄이 더 힘껏 그의 목을 파고들었다.

"멈춰!"

자희는 소리가 난 곳으로 고개를 돌렸다. 어느샌가 남자들 몇 명이 가까이에 와 있었고, 맨 앞에 서 있는 사람은 총구를 겨누고 있었다. 어둠 때문에 얼굴이 식별되지는 않았지만, 자희는 자신이 만났던 강차열 형사를 떠올렸다.

"결국…… 이거였어?"

함정이었다. 경찰에 신고한 뒤 자신을 불러낸 거라는 것을 알아챘지만, 이미 늦은 뒤였다.

"이승주! 줄 놓고 손들어!"

자희는 아랫입술을 깨물었다. 조금만 더, 조금만 더 했으면 복수를 완성할 수 있었다. 그녀는 죽일 듯이 선혁을 보았다. 미리 경찰을 불러놓고 시간을 벌기 위해 이것저것 물었던 것이었다. 바보처럼 거기에 속아 마지막이라고 일일이 대답해 준 것을 후회했다.

"컥, 자희야…… 아니야……."

형사들이 달려왔다. 그중 맨 앞에 있던 남자가 자희의 손을 등 뒤로 돌리게 했다. 차가운 수갑이 그녀의 손목에 철컥 내려앉았다. 남자가 그녀를 자리에서 일어나게 했다.

"당신을 허필진, 고원택, 백도진 살인 사건의 용의자로 체포합니다. 묵비권을 행사할 수 있으며 당신이 한 발언은 법정에서 불리하게 사용될 수 있습니다. 당신은 변호인을 선임할 수 있으며……."

그 뒤로 하는 강차열 형사의 말은 자희에게 들리지 않았다. 다만 으르렁거리며 온몸을 뒤흔들었다. 시선은 똑바로 선혁에게 향해 있었다. 선혁은 숨을 가쁘게 쉬며 벌떡 일어섰다. 그의 목에 선명한 밧줄 자국이 남아 있었다.

"가시죠."

강차열이 뒤에 서 있는 형사들에게 고갯짓했다. 형사들이 양쪽에서 자희의 팔을 잡아 둑 위에 있는 차 쪽으로 연행했다.

"자희……."

깜짝 놀라 나서려는 선혁의 앞으로 강차열이 막아섰다.

"오선혁 씨는 함께 가실 수 없습니다. 차차 조사가 있을 테니 주거지를 벗어나지 마시고 기다려주십시오."

그는 일행을 따라가려는 듯 뒤를 돌다가 다시 선혁을 보았다.

"곧 9년 전 이승훈 실종 사건에 대한 재조사가 시작될 겁니다. 반성하시고 자수하신다면 지금 함께 가실 수 있습니다. 감형에도 도움이 될 겁니다. 같이 가시겠습니까?"

생각할 것도 없었다. 선혁은 머리를 흔들었다. 자기도 모르게 뒷걸음질을 쳤다.

딱딱하게 굳은 차열의 얼굴이 그의 행동을 그대로 보았다. 그의 시선에서 경멸이 읽혔지만 선혁은 마음을 바꿀 생각이 없었다.

차열은 몸을 돌려 조금 전 형사들이 올라간 둑을 향해 걸었다. 둑길에 세워져 있던 승합차에는 이미 자희가 올라 타 있었다. 양옆에는 형사가 앉았다. 차열은 조수석 쪽으로 돌아갔다.

"잠깐만요!"

둑에서 허겁지겁 선혁이 올라왔다. 그는 매달리듯 승합차의 창문을 잡았다. 열려 있는 창문 안으로 자희의 얼굴이 보였다. 그녀는 고집스럽게 앞을 응시하고 있었다.

"이러시면 안 됩니다."

"잠시만요! 한 가지만, 한 가지만 물어보고 싶은 게 있어요."

그는 간절하게 외쳤다. 자신을 보는 강차열의 얼굴에 혐오가 드러나는 것은 괘념치 않았다. 곤란한 듯 형사가 차열을 보았다. 차열이 살짝 고개를 끄덕였다.

창가 쪽에 앉아 있던 형사가 상체를 뒤로 물렸다. 가운데 앉은 자희가 보였다.

"자희야."

자희는 여전히 돌아보지 않았다. 그래도 묻고 싶은 것이 있었다. 다른 사람들이 들으면 비웃을지 몰라도 선혁은 꼭 알고 싶은 게 있었다. 지금이 아니라면 물어볼 수 없을 것 같았다. 이것이 자희를 보는 마지막이라는 것을 선혁은 직감하고 있었다. 그는 울 것 같은 얼굴로 입술을 열었다.

"한순간이라도 나에게 복수 말고 다른 마음을 가진 적은 없었니?"

자희의 얼굴이 이쪽으로 돌아왔다. 어이가 없다는 듯한 얼굴이었다. 그 얼굴은 곧장 험악하게 일그러졌다. 그녀의 호흡이 거칠어졌다.

"지옥에나 떨어져."

차의 앞쪽에서 보고 있던 차열이 고개를 저으며 조수석에 올랐다. 차는 시동을 걸고 출발했다. 대답을 들을 수 있을 리가 없다는 걸 알지만 선혁은 본능적으로 승합차의 뒤를 따라 뛰었다. 하지만 그것도 오래지 않아 포기해야만 했다.

형사들은 자희를 이승주라고 불렀다. 그것이 자희의 본명일 터였다. 처음 들어본 이름이었다. 선혁은 그 이름 석 자를 가슴에 깊이 박아 넣으려는 듯 한 글자 한 글자 조심히 되뇌어 보았다.

"이. 승. 주."

그녀와 정말 잘 어울리는 이름이었다.

16

경찰서 조사실에 앉은 이승주는 생각보다 차분해 보였
다. 체포되는 순간 그녀는 오선혁에게 큰 분노를 느낀 것
같았지만, 그 이후로는 내내 무슨 생각을 하는지 알 수 없
는 얼굴이었다. 체포되어 이곳 조사실로 오는 내내 협조적
이었다. 맞은편에 앉은 이승주의 얼굴을 차열은 가만히 보
았다. 성형수술로 금방 알아보지는 못해도 곳곳에 이승훈
과 비슷한 면이 있었다.

"다른 사람 신분은 언제부터 사용한 거죠?"

"5년 전, 집을 나올 때부터 가게 동료들의 명의를 썼어
요. 지금 이름은 백향 사장님 명의고요. 아빠가 혹시 찾아
올까 봐."

무너진 집안을 일으키기 위해 이자희, 아니 이승주가 술집에 나가기 시작했다. 그 사실을 알게 된 아빠와 반목했다는 것을 동네 주민들의 진술로 들어 강차열은 이미 알고 있었다.

"허필진, 고원택, 백도진 씨를 죽였습니까?"

"네."

그녀는 진술을 거부할 생각 자체가 없는 듯했다.

"왜죠?"

"오빠를 죽였으니까요. 형사님은 알고 계시는지 모르겠지만 우리 오빠와 같은 반이었던 백도진 역시 오빠를 죽이는 데 일조했습니다. 오빠를 괴롭히고, 그날 바깥으로 내보내지만 않았다면 오빠는 죽지 않았을 거예요."

"그 사실을 어떻게 알았습니까?"

그녀는 잠시 숨을 들이켰다. 대답을 주저하는 것은 아니고, 그날의 기억을 돌이키기가 괴로운 듯했다. 그녀는 천천히 대답을 이어갔다.

집을 나와 다른 술집으로 전전하던 이승주는 우연히 자신의 살인 경력을 떠벌리듯 자랑하는 고원택을 손님으로 만났다. 월선면, 고등학교 2학년 때, 월선 야영장 뒤편, 밤에 나온 남자아이. 그런 키워드들이 모두 오빠의 일과 맞아떨어졌다. 몰래 고원택의 지갑 속 신분증으로 그의 나이를 계산해 보았다. 고원택이 고등학교 2학년 때라면 2014년, 오빠의 실종 시기와도 맞아떨어졌다. 고원택에게 술을 더 먹이면서 그를 띄워줬다. 역겨운 것도 참아내며 고원택의 비위를 맞춰 더 긴 이야기를 요구했다. 그의 이야기 속에서 힌트를 얻어 결국 오선혁을 찾아냈다.

"그럼 첫 사건부터 이야기해 보죠. 고원택을 어떻게 불러냈습니까?"

고원택의 핸드폰을 조사했을 때는 특별한 것을 발견하지 못했다. 근래에 전화를 한 내역이 별로 없었고, 약속을 잡은 듯한 흔적도 없었다.

"그 정도는 쉬웠어요. 고원택은 처음 저희 가게에 왔을 때부터 저한테 추파를 던지고 2차를 요구했죠. 백향을 그만둔 뒤 고원택을 찾아갔어요. 물론 우연히 만난 것처럼 했죠. 성형을 했다고 하니까 더 예뻐졌다면서 좋아 죽더군요. 가게를 그만두고 혼자 뛴다고 했더니 얼씨구나 따라나섰어요."

그녀는 한쪽 입술만 끌어올려 비난의 웃음을 지었다.

"어떻게 죽였습니까?"

이승주가 강차열을 보았다.

"사인을 물어보시는 거예요?"

"아니요. 고원택의 사인은 목의 대동맥 절단으로 인한 과다 출혈이었습니다. 아시겠지만 고원택은 체격도 상당하고 싸움도 꽤 하는 사람이었어요. 그런데 몸에 다툼의 흔적도 없이 어떻게 죽일 수 있었던 겁니까?"

후, 하고 이승주가 웃었다.

"저랑 한번 잘 생각에 미쳐 있던 놈이었어요. 눈길 끄는 것은 일도 아니죠. 인적 없는 골목길에서 키스해 주는 척할 때 아빠가 뒤에서 그놈의 목에 칼을 찔러 넣었습니다."

"두 분은 사후 배에 칼을 꽂아 주차장으로 이동, 고원택의 시신을 차 위에 올려놓았습니다. 그리고 살인 예고까지 남겼죠. 왜 그랬습니까?"

"눈길을 끌어야 한다고 생각했어요. 어떻게든 잔인하게. 메모도 그렇게 남겨놓으면 당연히 경찰이 9년 전 일에 집중할 거라고 생각했어요."

실제로 강차열은 9년 전 일의 진상을 알기 위해 뛰어다녔다. 앞으로 월선면 경찰서에서 이 일을 계기로 재조사에

착수할 예정이기도 했다. 그들의 의도는 제대로 맞아떨어진 셈이다.

"허필진은 어떻게 죽였습니까?"

"그 사람을 잡기 위해서 오선혁과 사귀었던 겁니다. 오선혁에게 도청 장치를 숨겨놨었거든요."

그 일은 이미 오선혁이 신고를 하며 했던 이야기였다. 그날 강차열과의 몸싸움이 벌어져 핸드폰 고리가 파손되지 않았다면 어떻게 허필진이 모텔에 있다는 걸 알았는지 끝내 모를 뻔했다.

"경찰에게서 살인 예고에 대해 이야기를 듣는다면 오선혁은 분명히 허필진에게 연락할 것 같았어요. 그 생각은 역시나 맞았고요. 오선혁이 도착하기 전 숨어 있는 허필진에게 갔습니다. 모텔의 호수는 문자로 주고받아서 알 수 없었지만, 모텔 문 앞에서 기다렸다가 허필진을 따라 들어갔습니다."

허필진은 역시나 극도의 긴장을 하고 있었다. 쉽게 문을 열어주지 않으리란 예상은 맞아떨어졌다. 하지만 이승주가 자신이 오선혁의 약혼자이고 먼저 이곳에 가 있으라고 말했다는 이야기를 전하자 의아해하면서도 문을 열어주었다.

일단 상대는 여자고 오선혁의 이름을 알고 있으며 자신이 숨어 있는 것도 알고 있으니 걱정할 게 없다고 생각했을 것이다.

"혼자 갔습니까? 허필진의 시신에서도 몸싸움의 흔적이 없었습니다. 어떻게 한 겁니까?"

"절대 잡히지 않겠다, 그런 꿈을 꾼 것은 아니었습니다. 오선혁을 죽일 때까지만, 복수를 다 완성할 때까지만 잡혀서는 안 된다는 생각이었습니다. 그래서 증거를 남기면 안 됐죠. 제가 침대 쪽으로 들어가고 허필진이 뒤따라 들어올 때 닫히는 문을 아버지가 잡았습니다. 아버지는 순식간에 달려들어 허필진의 목에 칼을 꽂았습니다. 놀라서 버둥거리는 손을 저는 수건으로 감싸 꽉 쥐었습니다. 수건 같은 부드러운 끈으로 결박시키면 결박흔이 잘 남지 않는다는 것을 인터넷에서 봤습니다. 그렇게 죽이고 둘이 함께 모텔 방 문 앞에 매달아 놓았습니다."

강차열은 이승주의 진술을 하나도 빠짐없이 입력해 넣었다.

"순서대로였다면 다음은 오선혁 씨여야 했습니다."

이미 오선혁에게 이야기를 들은 바이지만 조서에 들어

가야 했기에 강차열은 다시 한번 물었다. 이승주는 백도진의 이야기를 할 때가 되자 얼굴을 일그러뜨렸다.

"오빠가 왕따를 당하고 있었다는 건 저희도 전혀 몰랐습니다. 오빠는 답답하리만치 규칙을 잘 지키는 사람이었습니다. 그래서 내내 궁금했어요. 왜 오빠가 갑자기 그 밤에 야영장을 벗어났는지. CCTV에 혼자 나가는 것이 찍힌 걸 보고도 도무지 이해할 수가 없었어요. 그런데 왕따를 당하고 있었던 거예요. 그 백도진의 주도로!"

오선혁은 백도진에 대해 알아보다가 왕따 사건을 알게 되었다. 오선혁이 모르는 사이 그 사실은 그대로 이승주에게로 전달됐다.

"그래서 백도진도 이승훈 씨의 죽음에 책임이 있다, 그런 생각을 해서 죽인 겁니까?"

"맞습니다."

이승주의 대답에 강차열은 화면에서 고개를 들어 그녀의 얼굴로 시선을 옮겼다.

"거짓말을 하시는군요."

"네?"

"백도진을 죽인 것은 당신의 아버지 이병춘 씨 혼자 벌인 짓입니다."

크게 떠진 이승주의 눈빛이 떨렸다. 놀랐는지 입을 살짝 벌리고 있었다.

"이전의 살인 현장과는 다르게 백도진 씨의 몸에서는 다툼의 흔적이 나왔죠. 손톱에서는 이병춘 씨의 혈흔과 유전자가 검출되었고요."

"……."

"이병춘 씨는 그즈음 알았던 겁니다. 여기서 자신이 모든 죄를 짊어지고 가야겠다고. 그 사실을 이승주 씨도 알고 있었습니까?"

이승주의 얼굴이 파랗게 질렸다. 내내 평정을 유지하던 얼굴이 무너지고 있었다. 눈시울이 시뻘겋게 달아올랐다.

"알고, 있었습니다."

덕분에 정말로 그즈음에서 사건이 마무리될 뻔했다. 하지만 이승주는 그런 사람이 아니었다. 아버지가 모든 걸 떠안고 죽는 걸로 끝낼 사람이 아니었다. 만약 사건이 그즈음에서 마무리된다면 이승주는 남은 한 사람을 자신이 처단하려고 했다. 바로 오늘이 그날이었다.

"허필진, 고원택 씨 살인, 그리고 오선혁 씨에 대한 살인

미수, 모두 인정하십니까?"

"인정합니다."

"그 모든 범죄가 계획범죄였다는 것도 인정하십니까?"

"인정합니다."

"더 하시고 싶은 말씀은 없습니까?"

"마지막까지 오선혁을 남겨놓은 이유가 뭔지 아세요, 형사님?"

오히려 질문이 되돌아왔다. 차열은 잠시 생각했다. 그는 고개를 가로저었다.

"우리 오빠, 시신을 어디에 묻었는지 말해줄 사람은 그 사람 하나밖에 없다고 생각했습니다. 그런데 그놈은 끝까지 말해주지 않았습니다. 그래서 죽이고 싶었어요. 형사님, 제발 부탁드립니다. 그놈을 조사해서 우리 오빠의 시신을 찾아주세요. 우리 오빠에게도 꿈이 있었습니다. 크면 어떤 회사를 다녀서 어떻게 살아갈지, 미래가 있었던 사람입니다. 그런데 빼앗겨 버렸어요. 그런 우리 오빠를 제대로 찾아 원혼을 달래주고 싶습니다. 제발 오빠의 시신을 찾아주세요."

그녀는 빌 듯이 양손을 모으고 울음을 터뜨렸다. 옹송

그런 어깨가 떨리고 있었다. 눈앞에 있는 것은 두 명을 살해하고 한 명을 더 살해하려다 미수에 그친 살인마였다. 그런데도 안타까운 마음이 들었다. 형사 생활에서 이런 기분은 처음이었다.

노크 소리가 들렸다. 강차열이 그쪽으로 고개를 돌리는 동안 문이 열리면서 최인욱이 들어왔다. 최인욱은 강차열의 귀에 대고 뭔가를 속삭였다. 차열이 고개를 끄덕거리며 건너편의 이승주에게 말했다.

"조금 전 증거 인멸과 도주의 우려가 있다고 판단되어 구속영장이 떨어졌습니다. 바로 수감되실 거고 이후 조사가 마무리되면 검찰로 송치될 겁니다."

"제발, 제발 우리 오빠 좀 찾아주세요."

고개를 번쩍 든 이승주는 모은 두 손으로 강차열에게 빌며 울음을 쏟아내었다. 자신에게 구속영장이 떨어진 것 따위는, 앞으로 자신이 어떤 처벌을 받게 될지에는 아무런 궁금증도 없는 모양이었다. 강차열이 말했다.

"이번 조사 결과를 토대로 월선면 경찰서와 협조해서 이승훈 씨 실종 사건을 재조사할 수 있도록 할 겁니다. 걱정 마세요."

이승주는 자신의 두 손에 얼굴을 파묻고 울었다.

"감사합니다. 감사합니다."

강차열은 최인욱을 향해 고개를 끄덕거렸다. 최인욱이 이승주의 한쪽 팔을 잡았다. 그녀의 양손에는 수갑이 채워져 있었다. 그 무게를 감당하기에 그녀의 손목은 너무 가녀렸다. 최인욱이 이승주를 끌고 조사실 밖으로 나갔다. 혼자 남은 강차열은 한참이나 그 자리에 서 있었다.

사무실로 돌아간 뒤, 강차열은 수사본부장에게 구두 보고를 하였다. 그러고는 자신의 자리에 앉아 사건종결보고서를 작성하기 시작했다. 이번 사건만큼 마음이 무거운 사건도 없다. 죽은 이병춘도, 살해당한 뒤 아직 시신을 찾지 못한 이승훈도, 무너진 집안을 살리기 위해 자신의 몸을 팔아 돈을 벌고, 죽음을 무릅쓰고 복수에 나선 이승주도 모두 그의 마음을 자유롭지 못하게 하고 있었다.

보고서를 써 내려가며 강차열은 고개를 갸웃했다. 보고서를 쓰는 것은 마음의 무거움을 하나하나 확인하는 과정이었다. 그런데 어딘가 찜찜한 것이 있었다. 뭔가를 놓치고 있다는 생각이 들었다. 강차열은 자신이 쓴 보고서와 증거

자료들을 하나하나 빠짐없이 확인하였다. 수사에는 문제가 없었고 증거는 명확했다. 무엇보다 살아남은 오선혁과 이승주의 진술이 뒷받침되었다.

그는 숨을 크게 들이켰다가 내쉬었다. 다른 사건들보다 마음을 무겁게 하는 것이 있어 그러리라 생각했다. 여행을 갈 때 꼭 뭔가 빠트린 것 같지만 정작 가보면 빠트린 것이 하나도 없는 것과 비슷한 감정이라고 여겼다.

30분 후쯤 최인욱이 수사본부로 복귀했다. 그들은 이제 곧 다시 형사1팀으로 복귀하면 될 터였다. 강차열이 일어나 손수 커피를 타 왔다. 최인욱의 자리로 가 내려놓으니 그가 신기하다는 듯 올려보았다.

"선배님 커피를 다 마셔봅니다?"

"나도 착하게 살려고 하지."

피식, 웃은 최인욱의 미소에도 씁쓸한 감정이 들어 있었다.

"저기, 오선혁 씨 말입니다."

커피를 한 모금 들이켜고는 최인욱이 우물쭈물하며 입을 열었다. 차열이 그를 보자 최인욱은 민망한 듯 웃으면서도 말을 이었다.

"왜 선배에게 이승주에 대한 정보를 넘겨준 걸까요? 그냥 자기가 살고 싶은 그런 마음이었다면 처음부터 줄 수도 있었잖아요? 아니면 끝까지 넘기고 싶지 않았는데 막상 자기가 죽을 것 같으니까 넘긴 걸까요?"

강차열은 고개를 저었다. 이미 그것에 대한 답은 오선혁으로부터 직접 들은 바 있었다.

"그도 처음부터 이승주가 이자희와 동일 인물인 건 몰랐어. 그래서 9년 전 사건에 대해 자백을 하지 않은 거야. 이승주, 아니 그의 여자친구인 이자희에게만은 알리고 싶지 않아서."

강차열은 이승주가 체포되어 경찰차에 올라탔을 때 오선혁의 마지막 질문을 떠올렸다.

어쩌면 충분히 비웃음을 살지도 모를 그 순간에도 오선혁은 물었다. 그에겐 그것이 굉장히 중요한 일이었던 것이다. 오선혁은 진심이었을 것이다. 그녀가 이승주라는 것을 알았을 때에도, 일부러 접근한 것임을 알았을 때에도, 오선혁의 마음만은 진심이었을 것이다. 그래서 오선혁은 차열에게 그런 말을 한 것이었다.

강차열이 오선혁에게 진실을 말하라고 다그쳤던 날, 부

서진 핸드폰 장식 안에서 도청기를 발견한 그는 모든 것을 알아챘다. 그리고 그는 강차열에게 자신이 낚시터에 이승주를 데려갈 테니 그때 체포해 달라고 부탁했다. 붙잡히던 현장에서 이승주는 오물을 뒤집어쓴 듯한 얼굴로 그에게 혐오의 말을 뱉었지만, 사실은 그게 아니었다.

"제가 죽는 것은 상관없습니다. 하지만 그렇게 되면 그녀는, 자살할 겁니다."

오선혁이 이승주가 체포되도록 불러낸 것은 그녀의 자살을 막기 위함이었다. 강차열도 그 생각에 동의했다. 아버지도, 오빠도 모두 죽은 상황이었다. 그리고 자신은 살인자가 되었다. 오빠의 마지막 복수 대상인 오선혁만 처리한다면 자신은 더 이상 살 이유가 없었다. 이승주를 향한 오선혁의 마음은 진심이었다.

"아, 그랬군요. 안타까운 일이네요."

'잠깐.'

최인욱의 말이 귓가에서 멀어졌다. 조금 전 차열은 아까 느꼈던 찜찜함의 흔적을 본 것만 같았다. 자신이 지금 한 말을 되짚어 보자 찜찜함의 흔적들이 점차 모양을 갖춰 갔다. 한순간 강차열의 눈이 휘둥그레졌다. 그는 황급히 자신의 핸드폰을 꺼내 번호를 눌렀다. 신호가 가는 동안에도 그는 조바심을 감추지 못했다. 한쪽 손으로 책상을 탁탁 치기도 했다.

'전화를 받을 수 없어……'

"왜 전화를 안 받아!"

강차열이 전화를 다시 한번 걸었지만, 여전히 받지 않았다. 그는 벌떡 일어나 차 키를 쥐고 사무실 밖으로 내달렸다. 최인욱이 그를 불렀지만 강차열은 뒤도 돌아보지 않았다.

주차장에 세워져 있는 차에 올라타 그는 곧장 오선혁의 집을 향해 내달렸다. 차로를 이리저리 바꾸며 계속 속도를 올렸다. 깜짝 놀란 다른 차들이 경적을 울렸지만 차열은 속도를 늦추지 않았다.

오선혁의 오피스텔 앞에서 강차열의 차는 굉음을 내며 멈추어 섰다. 그는 엘리베이터의 상향 버튼을 눌렀다. 엘리베이터는 28층에 머물러 있었다. 천천히 줄어드는 숫자의 속도에 참지 못하고 계단을 올라 뛰었다.

드디어 오선혁의 집에 도착했다. 그는 거친 숨을 몰아쉬며 동시에 초인종을 마구 눌렀다. 인터폰에서는 아무런 소리도 들려오지 않았다. 그는 다급히 문을 두드렸다.

"오선혁 씨! 오선혁 씨!"

역시나 들려오는 인기척은 없었다. 강차열은 주변을 둘러보았다. 엘리베이터 앞에 소화기가 있었다. 그걸 집어 들고 잠금장치를 마구 내리쳤다. 복도에 큰 소리가 왕왕 울렸다. 그 소리를 들었는지 맞은편 집에서 문을 열고 얼굴을 빼꼼히 내밀었다. 강차열은 한 손으로 지갑을 꺼내 말없이 경찰 공무원증을 내밀었다. 그녀의 머리가 다시 안으로 들어갔다.

"오선혁 씨!"

불안감이 온몸을 치달았다. 그는 더욱 힘을 주어 잠금장치를 내리쳤다. 다섯 번 만에 부서지는 소리가 들리며 문이 열렸다. 강차열은 신발을 신은 채로 안으로 뛰어 들어갔다. 하지만 오선혁의 모습이 보이지 않았다. 거실에도, 화장실에도, 침실로 쓰고 있는 복층에도 여전히 그는 없었다. 거칠게 호흡하며 강차열은 거실 중간에 선 채로 핸드폰을 꺼내 전화를 걸었다.

전화기는 꺼져 있었다. 몇 번을 해도 마찬가지였다. 이러면 마지막 신호가 어디서 잡혔는지만을 확인할 수 있을 터였다. 그것이 꼭 현재 그의 위치라고 보장할 수는 없었다.

강차열은 다시 어딘가로 전화를 걸었다. 신호가 몇 번 울린 뒤 상대 쪽에서 전화를 받았다.

"선배! 어디 가신 거예요?"

최인욱이었다. 길게 설명할 시간은 없었다.

"지금 즉시 오선혁 수배 내려. 월선경찰서에도 협조 요청해. 아마 거기로 갔을 거다."

"대체 무슨 말씀 하시는 거예요?"

"오선혁, 월선면으로 자살하러 간 거야."

오로지 살인을 위해 자신에게 접근한 걸 알면서도 그녀가 죽을까 봐 경찰에 신고한 사람이었다. 그만큼 이승주를 사랑한 오선혁이 이제 할 수 있는 것은 그녀의 한을 풀어주는 일뿐이었다. 그것은 이승훈의 시신이 어디에 있는지 알리고 자신이 이승주가 바라는 대로 죽는 일, 그것뿐이었다.

17

'지옥에나 떨어져.'

자희의 마지막 표정을 생각하면 가슴에 날카로운 송곳이 쑤시고 들어오는 것 같다. 이전의 자신을 향해 웃어주던 얼굴이 잘 생각나지 않았다.

자희는 분노하고 있었다. 결국 반성 없이 자신을 신고하고 선혁 혼자 살아남으려는 꼼수를 쓴 거라고 생각하고 있을 터였다. 마음은 아프지만 변명할 생각은 없었다.

선혁은 알고 있었다. 자신을 죽이고 나면 분명 자희는 자살할 것이었다. 그녀의 아버지처럼. 모든 것을 이뤘고, 모든 것을 잃었으니까.

자희에게 이승훈을 죽인 것은 자신이 아니라고 말해볼

생각을 하지 않았던 것은 아니었다. 실제로 그랬다. 원택이 갑자기 벌인 일이었다. 말려볼 시간조차 없었다. 그렇게 설명하면 자희는 자신에게 약간의 용서라도 베풀어주지 않을까. 잠깐 그런 생각을 했다.

하지만 그러지 않기로 했다. 어쨌든 자신은 현장에 있었고, 시신을 묻는 걸 도왔으며, 그 비밀을 9년 동안이나 지켜왔다. 그리고 그 9년 동안 자신은 나름대로 잘 먹고, 잘 살아왔다. 용서받을 수 없는 일이다.

반성하고 있다. 후회도 하고 있다. 9년 전 그런 일을 벌이지 말았어야 했다. 지갑을 돌려달라는 그 아이에게 지갑을 주고 돌려보냈어야 했다. 도망가는 그 아이를 쫓지 말았어야 했다. 자신을 쳤다고 분노하는 원택을 말렸어야 했다. 죽였더라도, 자수했어야 했다.

하지만 그때로 다시 돌아간다면 똑같은 일을 벌이지 않았을 거라고 선혁은 자신할 수 없었다. 그때는 그랬다. 친구들과 끼리끼리 돌아다니며 낄낄거리는 것이 우정이라고 생각했다. 친구의 잘못을 덮어주는 것이 우정이었다. 원택은 임신한 선생님을 폭행한 일로 불구속 상태로 경찰 조사까지 받고 있었다. 거기다 살인까지 알려지면 인생이 망가지는 거였다. 느닷없이 죽임을 당한 피해자보다 사람을 죽인 친구의 인생이 훨씬 무게가 컸던, 말도 안 되는 시절이었다.

선혁은 차를 세웠다. 이곳은 도시와 시간이 다르게 흐르는 것 같았다. 9년이 지났음에도 그다지 변한 게 없어 보였다. 그는 야영 시설이 있던 길을 찾아 천천히 걸음을 옮겼다.

의외인 것이 많았다. 그때는 이 길이 굉장히 길다고 생각했는데 얼마 지나지 않아 그 건물이 곧 모습을 드러내었다. 건물의 크기도 예전보다 훨씬 작게 느껴졌다. 야영 시설은 이제 어느 회사의 연수원으로 바뀌어 있었다. 건물을 크게 돌아 후문 쪽으로 돌아갔다. 안타깝게도 그들이 누비고 다니던 뒷마당은 이제 펜스가 쳐져 있어 들어갈 수가 없었다. 펜스 안쪽은 놀랄 만큼 깔끔하게 관리되어 있었다. 예전처럼 풀숲이 허리까지 올라오지도 않았다. 그곳은 족구장과 테니스장으로 변해 있었다. 행사가 있을 때만 사용하는 곳인지 지금은 사람도 없었다.

그는 펜스를 따라 뒷마당을 길게 돌았다. 자칫 발을 잘못 디디면 아래로 떨어질 것 같았지만 예전처럼 벼랑은 아니었고, 어느 정도 완만하게 경사를 지어놓았다. 아무래도 사고를 방지하기 위한 조치 같았다. 다행히 동굴은 그대로 있었다.

거기서 그들은 담배를 피웠었다. 술을 마신 적도 있었고, 여자아이들을 데려다가 시시껄렁한 농담을 하기도 했었다. 실종 사건이 났을 때 당연히 이곳까지 조사가 있었을 터였다. 만약 땅을 파봤다면, 그때 시신을 발견했다면 지금쯤 뭐가 달라져 있을까?

그들은 이승훈의 시신을 동굴 옆 땅에 묻었다. 그때는 지금과 달라서 동굴 입구 바로 앞이 벼랑이었다. 이쪽 땅에서 팔을 뻗어 동굴 입구의 벽을 붙잡고 다리 한쪽을 동굴 안으로 넣은 뒤 몸을 빙글 돌려야 안으로 들어갈 수 있었다. 이쪽까지 수색할 사람은 없을 거라 생각했다. 이승훈을 동굴 입구 옆에 묻고 난 이후 그들은 아무도 그곳을 찾지 않았다.

이승훈을 묻은 자리 앞에 발을 딛고 섰다. 하늘은 쨍했다. 땀이 등을 적셨다. 그는 아래를 내려다본 채로 한동안 가만히 서 있었다. 턱 아래로 툭, 물이 떨어졌다. 그는 허리를 숙였다.

"미안합니다. 미안합니다."

땀과 눈물이 뒤섞여 줄줄 흘러나왔다. 서서히 시작된 울음은 오열로 바뀌었다. 그동안 많은 생각이 흘러갔다. 처음엔 자희에 대해 생각했고, 그다음은 이승주라는 이름에 대해 생각했다. 그동안 자신을 사랑하는 척하면서 얼마나 괴로워했을까 생각했고 그녀의 아버지에 대해 생각했다. 필진과 원택에 대해서도 생각했다. 그들은 받아야 할 벌을 받은 걸까. 백도진의 시신을 본 날이 떠올라 눈을 질끈 감기도 했다. 마지막으로 떠오른 것은 다시, 자희였다. 그녀를 위해 해줄 수 있는 건 이제 한 가지뿐이었다.

선혁은 메고 온 가방을 열었다. 그 안에는 긴 로프가 들어 있었다. 이것을 걸 수 있는 적당한 장소가 있을까 생각했는데 이곳이 연수원으로 바뀌면서 펜스가 쳐져 있어 다행이었다. 그는 로프를 펜스 위로 넘겼다. 그러고는 펜스의 구멍 사이로 넘어간 로프를 빼내 묶고 그 아래로 자신의 머리 하나가 들어갈 만한 원형 모양을 만들어냈다.

그는 숨을 크게 들이쉬었다가 내뱉었다. 이쯤에 오니 오히려 마음이 편해졌다. 목을 로프에 걸었다. 그러고는 핸드폰을 꺼내 들었다. 꺼두었던 전원을 켜니 득달같이 강차열 형사에게서 전화가 걸려왔다. 부재중전화도 몇 통씩이나 되었다. 그는 전화벨이 끊기길 기다렸다가 저장된 강차열 형사 번호를 불러내 문자를 입력했다.

> 9년 전의 그 야영장이 이제 상수기업 연수원으로 바뀌었 더군요. 그쪽 뒷마당 펜스 바깥으로 따라오시면 제가 있 을 겁니다. 그리고 그 아래에…… 이승훈 씨가 있습니다. 이걸로 용서받을 수는 없겠지만 이승훈 씨가 이제 편안 히 쉬셨으면 좋겠습니다. 그리고 이승주 씨에게 전해주 세요. 마음의 응어리를 풀고 부디 살아달라고.

그는 핸드폰을 바닥에 던져놓았다. 그러고는 눈을 감았 다. 한 걸음을 앞으로 디뎠다. 곧 비탈길로 몸이 쭉 미끄러 져 내렸다. 턱, 숨이 받히는 것이 느껴졌다. 로프가 목을 파 고들었다. 그는 자기도 모르게 몸을 바르작거렸다. 어떻게 든 로프를 벗어나려고 손으로 목을 쥐어뜯었다. 그러나 이 미 돌이킬 수 없었다. 다행이라고 생각했다.

점점 흐릿해지는 시야처럼 정신도 몽롱해져 갔다. 그 속에서 선혁은 생각했다.

이승훈을 죽였다. 그 때문에 필진과 원택이 죽었다. 백도진이 죽었으며, 이승훈의 아버지도 죽었다. 이승주는 몸을 팔아야 했고, 이자희가 되어야 했으며 원수 같은 놈의 옆에서 웃어야만 했다. 이제 자신도 죽을 것이다. 자희는 살아남았지만 그녀에게서 자살의 욕구가 사라졌을지는 미지수였다. 어쩌면 그녀 역시 자유의 몸이 되는 순간 자살할지도 모른다. 여기까지 떠올리자 갑자기 그런 생각이 들었다.

대체 우린 누굴 죽인 걸까?

더 생각하려고 했지만, 거기에서 선혁의 정신이 암흑 속으로 떨어졌다.

누굴 죽였을까

초판 1쇄 발행 2024년 2월 28일
초판 4쇄 발행 2024년 10월 14일

지은이 정해연
펴낸이 안병현 김상훈
본부장 이승은 **총괄** 박동옥
책임편집 박윤희 **디자인** 김지연
마케팅 신대섭 배태욱 김수연 김하은 **제작** 조화연

펴낸곳 주식회사 교보문고
등록 제406-2008-000090호(2008년 12월 5일)
주소 경기도 파주시 문발로 249
전화 대표전화 1544-1900 **주문** 02)3156-3665 **팩스** 0502)987-5725

ISBN 979-11-7061-102-8 (03810)